藏在唐詩裡的趣事

王月亮——著

目錄

「牧人驅犢返，獵馬帶禽歸」

奠定五言律詩基礎的五斗先生——王績

也曾「學劍覓封侯」

一千四百多年前，古絳州龍門縣（今山西萬榮縣）有位國子博士待詔，名叫王隆。「國子博士」是對隋朝最高學府國子監中教導學生的官員稱呼，而所謂「待詔」，顧名思義就是時刻做好準備、隨時等待皇帝的召喚——能有這樣身分的人，一定是在某方面具有特別技能的人，如醫術一流、繪畫技藝一流或學術一流者，可見這位王隆不簡單。

有其父必有其子，雖然王隆生前並不顯貴，但他學識淵博，悉心薰陶教導出的兩個兒子都很有出息：一個是隋代大儒王通，年輕時曾遊歷長安，向隋文帝「奏太平十二策，尊王道，推霸略，稽今驗古」，後來因為朝廷給的官職不符合他的理想，索性回鄉教書育人，他潛心研究「六經」，以「王孔子」自詡，桃李滿天下；另一個則是在文壇赫赫有名、有著「五斗先生」之稱的王績。

王績比王通小五歲，其才名卻在王通之上。據《唐才子傳》載，王績「年十五遊長安，謁楊素，一坐服其英敏，目為神仙童子」。

楊素何許人也？楊素乃隋朝的一代權臣，他曾輔助楊堅一統天下，隋朝建立後，他又南下滅陳、剿平匪患、大破突厥，立下汗馬功勞。不光楊素自己寵遇無限、被封為越國公，而且「一人得道，雞犬升天」，他的兄弟、叔父都位列公卿，他的兒子沒有建立什麼功勳就被封為萬戶侯，其他親戚與過去的下屬也都佔據著朝中要職。其聲勢如此顯赫，在當時幾乎無人能比。

楊素出身將門，雖身經百戰，殺敵無數，卻不是一介魯莽的武夫。史書上記載，他「研精不倦，多所通涉。善屬文，工草隸，頗留意於風角。美鬚髯，有英傑之表。」（見《隋書・楊素傳》）若是脫下戰袍、放下刀劍，他便是一個儀表堂堂的才子。在戰場上，他是一個將軍，回到書房裡，就成了一個文人、詩人。看他寫的《山齋獨坐贈薛內史》二首：

其一

居山四望阻，風雲竟朝夕。深溪橫古樹，空巖臥幽石。
日出遠岫明，鳥散空林寂。蘭庭動幽氣，竹室生虛白。
落花入戶飛，細草當階積。桂酒徒盈樽，故人不在席。
日落山之幽，臨風望羽客。

其二

岩壑澄清景，景清巖壑深。白雲飛暮色，綠水激清音。
澗戶散餘彩，山窗凝宿陰。花草共縈映，樹石相陵臨。

獨坐對陳榻，無客有鳴琴。寂寂幽山裡，誰知無悶心。

不知道的人，還以為這些清靜淡雅的詩句出自某位隱士或文士之手，誰能想到竟是一個位高權重的大將軍所作呢？楊素為官專權，但頗具識人能力，而王績年紀輕輕能得到他的接見與稱讚，可見其才華之出眾。

六〇五年，王績舉孝廉、中高第，被任命為秘書省正字，正式踏入了仕途。秘書省正字相當於皇家圖書館管理員的職位，在京官中屬於起步的官階，不過畢竟此時的王績才十幾歲，未來有的是實現理想的機會。

說起理想，王績曾在《晚年敘志示翟處士》一詩中寫得明明白白：

弱齡慕奇調，無事不兼修。望氣登重閣，占星上小樓。
明經思待詔，學劍覓封侯。棄繻頻北上，懷刺幾西遊。
中年逢喪亂，非復昔追求。失路青門隱，藏名白社遊。
風雲私所愛，屠博暗為儔。解紛曾霸越，釋難頗存周。
晚歲聊長想，生涯太若浮。歸來南畝上，更坐北溪頭。
古岸多磐石，春泉足細流。東隅誠已謝，西景懼難收。
無謂退耕近，伏念已經秋。庚桑逢處跪，陶潛見人羞。
三晨寧舉火，五月鎮披裘。自有居常樂，誰知身世憂。

年少的時候，他博覽群書、修身養性，為的正是「明經思待詔，學劍覓封侯」。他希望能受到重用，能建立奇偉功業，能像楊素那樣成為萬人景仰的顯赫人物。

不過，被稱為「神仙童子」的王績似乎有些命運不濟、生不逢時——當他舉孝廉、中高第並進入朝廷任秘書省正字時，開創「開皇盛世」的隋文帝楊堅已經駕崩，太子楊廣成了隋朝新的主人。而楊廣其人與乃父大為不同，他在位期間，營建東都、大修離宮別院、開鑿京杭大運河，又為便於自己遊覽江都建造了數萬艘豪華船隻，並且好大喜功，向西征討吐谷渾、向東征討高句麗，致使「天下死於役」、「百姓苦役，天下思亂」。正如王績在詩中所寫的那樣，「中年逢喪亂，非復昔追求」，楊廣這個皇帝當了不足十年就民變四起，農民起義的風雲從山東席捲全國，幾乎可以用「全面爆發」來形容，以至於「官軍不能討」。生逢這樣驕奢淫逸的昏君，又遭遇這樣的亂世，當官還有什麼意義呢？

在皇家圖書館當個秘書省正字原本就不合王績的期望，而在京城為官時，看到隋煬帝和附和他的朝廷官員如此奢靡腐敗、強取豪奪，不顧天下蒼生之生死，他就更對所謂的仕途心灰意冷。在寫給姑表弟薛收的《薛記室收過莊見尋率題古意以贈》一詩中，他的此種心跡表露無遺：

伊昔逢喪亂，歷數閏當餘。豺狼塞衢路，桑梓成丘墟。
餘及爾皆亡，東西各異居。爾為背風鳥，我為涸轍魚。
逮承雲雷後，欣逢天地初。東川聊下釣，南畝試揮鋤。
資稅幸不及，伏臘常有儲。散誕時須酒，蕭條懶向書。
朽木不可雕，短翮將焉攄。故人有深契，過我蓬蒿廬。

曳裾出門迎，握手登前除。相看非舊顏，忽若形骸疏。
追道宿昔事，切切心相於。憶我少年時，攜手遊東渠。
梅李夾兩岸，花枝何扶疏。同志亦不多，西莊有姚徐。
嘗愛陶淵明，酌醴焚枯魚。嘗學公孫弘，策杖牧群豬。
追念甫如昨，奄忽成空虛。人生詎能幾，歲歲常不舒。
賴有北山僧，教我以真如。使我視聽遣，自覺塵累祛。
何事須筌蹄，今已得兔魚。舊遊儻多暇，同此釋紛拏。

既然人為刀俎，我為魚肉，在這貪官污吏橫行、民不聊生的年代，作為文士的他不可能有什麼作為，那麼何不離開長安這污濁之地，找一個清靜的地方度過餘生呢？

王績沒有像他的表弟薛收那樣隱居首陽山拒不出仕，也沒有像他的兄長王通那樣去開學館當老師，而是退而求其次，自請外放到揚州六合縣當了個縣丞。

縣丞是輔佐縣令大人的佐官，一般就是做些文書類的案頭工作及倉庫管理類的工作等，官職卑微，責任也不大，王績以為這一職位比較適合他這類性格疏放傲慢、不願受拘束的人，因此來到六合縣後，便過起了隨心所欲的生活。在生活中，王績其實也沒有什麼特別的嗜好，他唯一離不開的就是酒，還寫下了許多酒詩、酒賦。如《看釀酒》：

六月調神曲，正朝汲美泉。從來作春酒，未省不經年。

再如《嘗春酒》：

野觴浮鄭酌，山酒漉陶巾。但令千日醉，何惜兩三春。

王績喝酒一定要盡興，一定要喝醉。他後來隱居時曾作《醉後》一詩：

阮籍醒時少，陶潛醉日多。百年何足度，乘興且長歌。

可見他並不覺得醉酒有什麼不好——古代的名士，如阮籍、陶淵明，他們一個個不都是酒徒嗎？喝醉了，乘著酒興高歌一曲，不正是人生最瀟灑的活法嗎？

常常喝醉的王縣丞或許認為喝酒與醉酒都可論境界，只是在別人眼中，他那效仿阮籍、陶淵明的做法根本就是嗜酒誤政，一個貪圖酒杯的縣丞絕不是什麼好縣丞。因為嗜酒，王績受到了同僚的彈劾，而此時天下因隋煬帝楊廣的驕奢淫逸已戰亂四起，王績感到自己身處天羅地網中，沒有一點自由呼吸的空間，這縣丞當得很沒意思，乾脆託病回鄉了。

再度出仕的五斗先生

六一七年，起源於北魏的隴西軍事貴族唐國公李淵在天下大亂、群雄並起之時發動了晉陽兵變，並於次年稱帝，建立唐朝。從此，短命王朝隋朝滅亡，而在歷史上創造了諸多輝煌的大唐則徐徐拉開了帷幕。

唐朝建立後，李淵父子一邊以關中為基地掃除群雄、逐步統一天下，一邊吸取隋亡的教訓，戒奢從簡、留心吏治，選賢任能、從諫如流，使得朝政呈現出一派欣欣向榮的氣象。這一蓬勃的氣象，令在隋末或辭官或歸隱的天下志士看到了希望，於是紛紛復出為唐朝效力，王績就屬於這些士人中的一個。

王績復出為官這年已經三十六歲，朝廷參照他在前朝時的官職任他為門下省待詔——雖然改了朝、換了代，但對王績來說，兜兜轉轉二十年，竟然又回到了原點。

「待詔」是一種機遇與失意並存的身分，倘若有朝一日受到皇帝召見並被重用，則可能扶搖直上、平步青雲；但倘若一輩子得不到帝王的召喚，則只能在無所事事與年復一年的等待中虛度年華。王績這次復出是抱著很大的期望而來的，在一天天的等待中難免會感到焦灼，幸虧有酒為伴，可以令他忘記時間，忘記等待，忘記胸中一切煩惱與憂愁。

王績的弟弟王靜明白兄長的尷尬處境，因此有一天故意問他：「你這待詔當得高不高興啊？」對此，王績只得苦笑著回答：「待詔俸祿微薄，境況蕭瑟，唯獨一天三升的美酒尚值得人留戀。」

不知怎的，這話竟然傳到了江國公陳叔達的耳中，這位通情達理的頂頭上司知道王績酒量過人，因此特意將「待詔」每日三升美酒的量增至一斗，命人送給王績。（見《唐才子傳》）

這段佳話很快在長安城流傳開來，王績也因此被時人喚為「斗酒學士」，而事實上，王績的酒量又豈止一斗？他曾在《五斗先生傳》中如此自述：「有五斗先生者，以酒德遊於人間。有以酒請者，無貴賤皆往，往必醉，醉則不擇地斯寢矣。醒則復起飲也。常一飲五斗，因以為號焉。」

在長安為「待詔」的歲月裡，官署裡送來的一斗酒遠遠無法滿足王績的需求，他常常外出光顧酒肆，不醉不歸。

竹葉連糟翠，蒲萄帶曲紅。相逢不令盡，別後為誰空。

唐朝時，都城長安十分繁華，時人喜好飲酒，因此當時街道兩側酒肆林立，酒肆中的酒光澤奪目，有的「竹葉連糟翠」，有的「蒲萄帶曲紅」，此外還有來自西域的胡姬，她們在錚錚的管弦聲樂中載歌載舞，更助長了王績這位飲酒人的豪情。

而他為什麼要如此貪杯呢？難道他真的是一個只知道飲酒的醉鬼嗎？

王績在五首《過酒家》的一首中寫道：

洛陽無大宅，長安乏主人。黃金銷未盡，只為酒家貧。

雖然他生活的朝代已由隋入唐，但他的處境仍與二十年前一樣：偌大的一個京城，竟然沒有一個慧眼識才願意引薦他的伯樂。說來說去，他之所以嗜酒、醉酒，為的還不是借酒消愁嗎？而喝醉之後，「其動也天，其靜也地，故萬物不能縈心焉」——唯有酒，能令他抵達內心的自由之境。

隱居山林的初唐第一詩人

也許冥冥之中自有天命，有的人天生就是當官的材料，有的人卻天生不適合走仕途。無疑，王績屬於後者——雖然他有著出眾的才華，也有著「明經思待詔，學劍覓封侯」的遠大志向，可他的心性卻與他的理想並不匹配：在他的內心深處，他真正嚮往的一直都是閒雲野鶴般「忽焉而去，倏然而來」的生活，他的楷模不是楊素，而一直都是阮籍與陶淵明。正因如此，他幾度出仕都無法自適，因為他不願在官場隱忍，不願為五斗米摧眉折腰，也不願為謀取一個官位步步為營、精心設計、耐心等待。他的心始終無拘無束，所以他的行為也常常隨心所欲，這種隨心所欲，從他嗜酒誤事、幾度出仕又歸隱便可看出——在隋末那次歸隱之後，王績在貞觀初年再次歸隱，後來又被朝廷徵召為有司，但官沒當多久又旋即回到了老家。

歸隱後王績的生活，正如他在《野望》一詩中所寫：

東皋薄暮望，徙倚欲何依。樹樹皆秋色，山山唯落暉。
牧人驅犢返，獵馬帶禽歸。相顧無相識，長歌懷采薇。

阮籍有阮籍的「東皋」，陶淵明有陶淵明的「東皋」，王績在他的家鄉龍門也有一處屬於他自己的「東皋」。他自號「東皋子」，在一派寧靜的田園間過起了與牧人、獵馬、秋色、夕陽為伴、閒雲野鶴般的生活。他有著廣闊的田園與寬敞的住宅，家中還有幾個奴婢，日子過得寬裕而富足。

不像陶淵明，隱居後不得不親自耕種，王績的親耕躬種，完全是一種愉快的生活體驗。

他在田間種地，也在林間彈琴，而詩與酒，則成了他這個隱居才子最大的精神寄託。隱居「東皋」時，他寫下了大量的田園詩。《食後》寫的是他在山間的日常飲食：

田家無所有，晚食遂為常。菜剪三秋綠，飧炊百日黃。
胡麻山麨樣，楚豆野麋方。始暴松皮脯，新添杜若漿。
葛花消酒毒，萸蒂發羹香。鼓腹聊乘興，寧知逢世昌。

《採藥》寫的則是他深入蟲蛇出沒的山林尋找各類草藥之事：

野情貪藥餌，郊居倦蓬蓽。青龍護道符，白犬遊仙術。
腰鐮戊己月，負鍤庚辛日。時時斷嶂遮，往往孤峰出。
行披葛仙經，坐檢神農帙。龜蛇採二苓，赤白尋雙朮。
地凍根難盡，叢枯苗易失。從容肉作名，薯蕷膏成質。
家豐松葉酒，器貯參花蜜。且復歸去來，刀圭輔衰疾。

《山夜調琴》寫的則是他在幽靜的山林間對著明月、對著白雲獨自撥弦彈奏的情形：

促軫乘明月，抽弦對白雲。從來山水韻，不使俗人聞。

隱居山野的除了王績，還有程處士、王處士、翟處士等人，這些品性高潔的隱士之間常常相互探訪，時而也會聚在一起小酌幾杯。

如《秋夜喜遇王處士》這首小詩所寫，在田間勞作時偶遇朋友，王績總是滿懷欣喜：

北場芸藿罷，東皋刈黍歸。相逢秋月滿，更值夜螢飛。

詩中雖無一個「喜」字，但偶遇朋友時那種歡快的神情則早已從字裡行間流露出來。

而《山中別李處士》一詩所表露的，則是與品行高潔的友人分離時的不捨：

為向東溪道，人來路漸賒。山中春酒熟，何處得停家。

同樣，詩中沒有一句寫離愁，但不捨之情卻在一片關切中表露無遺。

不論是《獨坐》《策杖尋隱士》，還是《山中敘志》《贈學仙者》……王績用簡潔直白的詩句記載了他隱居生活的交遊與經歷，也記錄了他在山間的所見所聞與所思所想。或許王績從未想過要在詩壇成名，但命運讓他不知不覺間成了初唐田園詩的鼻祖，還因他在詩歌體裁上的創新，使他成了唐代五言律詩的奠基人。

嗜酒如命的醉詩人

隱居山林時，王績過得十分優越，從來不用為衣食操心，可有時也難免內心孤獨寂寞。幸虧有酒——酒是他一生中最忠實的伴侶，對他不離不棄，甚至可以說是他的血液、他的靈魂、他的性命。可以說，哪裡有王績，哪裡就有酒；或者說，哪裡有美酒，哪裡就有王績。

年輕時，王績曾因醉酒誤政而被彈劾罷官，隱居後，他更是無所顧慮了，自釀佳液、飲酒無度。他從來不會錯過春秋兩季釀酒的好時節，釀了好酒就一定要第一個品嘗。

他有時攜一壺酒去竹林間獨酌，有時也常邀他的啞巴鄰居子光一起歡暢共飲。兩個人雖無法高談闊論，但酒是他們的共同語言，令他們對飲時猶如心有靈犀，彼此都十分愉快。

王績的不少詩篇都是為酒而作的，這還不夠，他還編撰《酒經》《酒譜》，創作《酒賦》來獻給他所鍾愛的酒。別人批評時政往往要引經據典、擺出一副正兒八經的嚴肅面孔，王績卻別出心裁，作《醉鄉記》來表達他的憤世嫉俗，表達他對時事的憤懣與不滿。

但王績的愛酒還不止於此。在最後一次歸隱之前，王績曾第三次出仕為官，當時他在掌管音樂的部門太樂署供職，職位是個小小的太樂丞，而他之所以進太樂署，說來理由令人啼笑皆非——竟是因為太樂署史焦革釀得一手好酒。

在太樂署，王績與焦革成了常常一起對飲的好酒友。焦革去世後，他的妻子還一直為王績送去佳釀，而一年多以後，焦革的妻子也去世了，王績發出一聲悲嘆：「天不使我酣美酒邪？」（見《新唐書．列傳》）此後因為沒了美酒，他竟辭官歸去。歷史上恐怕鮮有人能像王績這樣為酒出仕、為酒辭官，可以說，王績的愛酒，真正是到了極致。

浮生知幾日，無狀逐空名。不如多釀酒，時向竹林傾。

浮生短暫、名利皆空，這首《獨酌》道出了他為何常常獨酌、常常喝醉傾倒竹林的緣由。

六四四年，這個縱酒自適的文人終於走到了生命的盡頭。臨終前，他曾效仿陶淵明自撰墓誌銘：

王績者，有父母，無朋友，自為之字曰無功焉。人或問之，箕踞不對，蓋以有道於己，無功於時也。不讀書，自達理。不知榮辱，不計利害。起家以祿位，歷數職而進一階。才高位下，免責而已。天子不知，公卿不識。四十五十，而無聞焉。於是退歸，以酒德遊於鄉里。往往賣卜，時時著書。行若無所之，坐若無所據。鄉人未有達其意也。嘗耕東皋，號東皋子。身死之日，自為銘焉。曰：有唐逸人，太原王績。若頑若愚，似驕似激。院止三逕，堂唯四壁。不知節制，焉有親戚。以生為附贅懸疣，以死為決疣潰癰。無思無慮，何去何從？壟頭刻石，馬鬣裁封。哀哀孝子，空對長空。

這是王績對自己一生的綜述，也是對自己一生的詮釋。

「海內存知己，天涯若比鄰」

才氣逼人的短命天才——王勃

滕王閣上的才子絕唱

在長江以南、嶺南以北，一條發源於江西石城縣武夷山南段石寮崠的廣闊河流沿著南高北低的地勢，一路匯集支流、曲折向北流淌，它浩浩蕩蕩地來到贛州，與章水匯合後始稱贛江，繼續蜿蜒向北，過吉水、峽江、豐城，一路來到廣闊平坦的江南重鎮南昌，最後向東北注入浩蕩的鄱陽湖。

贛江與撫河的下游在南昌交會，六五三年，就在這兩河交會的地段，一座高達五十多公尺的恢弘建築拔地而起。當時，南昌還名為洪州，而這座樓的主人，則是時任洪州都督的李元嬰。李元嬰乃唐高祖李淵的小兒子，自小生長於帝王之家，驕縱無度不成大器，但受宮廷藝術的薰陶，頗具音樂、舞蹈、繪畫方面的才華，當年，他耗費巨資彙集能工巧匠於贛江邊修建此樓，正是用以歌舞享樂，因他曾被封「滕王」，所以這座高插雲天的閣樓得名為「滕王閣」。

滕王閣一經修成就名震四海，千百年來，多少文人墨客曾登臨此樓吟詠讚頌，而其中最為著名、影響最為深遠的，恐怕還數六七五年在滕王閣上舉行的那場盛大宴會。

六七五年，距離滕王修建此閣已有二十餘年，此時李元嬰早已調任別處，閻公成了洪州新的主人。又逢九月初九重陽節，這是一年中最為盛大的節日之一，無論宮廷還是民間，人們都會聚在一起，以登高望遠、遍插茱萸、遊覽賞菊等方式來慶祝佳節。洪州主人閻公當然不能例外。這一日，他興致頗高，在滕王閣設宴大會賓客，並請諸位賓客行文賦詩以記當時盛況，一時，席間管弦齊奏、觥籌交錯，人們吟詩作賦，熱鬧非凡。

酒至半酣時，這位步入中年的洪州新主人命歌舞暫停，站起來向諸位賓客提議，希望大家能作一篇《滕王閣序》來記敘當日的盛況。紙硯筆墨早已備好，閻公讓侍者端著依照座次，挨個兒懇請諸公作序，結果這些人都不爽快，你推來我推去，沒有一個人敢答應。然而，當侍者走到坐在末席一個二十幾歲的年輕人面前時，這個年輕人卻欣然接過紙筆，當場就構思起來。

這個年輕人不是別人，正是隋朝大儒王通之孫王勃，初唐那位酒量大得驚人、自稱「五斗先生」、被時人譽為「神仙童子」的王績，便是他的堂祖父。王勃的才學，絲毫不遜色於他的祖父與堂祖父，他「六歲善文辭，九歲得顏師古注《漢書》讀之，作《指瑕》以擿其失」（見《新唐書・王勃傳》），十幾歲就已通「六經」、音律和《周易章句》《黃帝內經》《難經》等醫學專著，並因其出色的才學而聞名遐邇，不得不說是王家的又一個天才。

不過，王勃此番並非專程趕來參加閻公召集的這場宴會，而是從洛陽出發，要前往交趾縣去看望他的父親，只是恰好在重陽節前夕抵達洪州，趕上了滕王閣上這場盛大的宴會罷了。

接過紙筆之後，王勃端坐桌前，一邊研墨，一邊凝神打起了腹稿，完全沒有注意到在座諸公正面面相覷，更沒有發現原先還笑容可掬的閻公臉上掠過了一陣陣陰雲。

原來，閻公此番設宴並在席間提議作《滕王閣序》是有目的的，閻公的女婿孟學士在當時詩壇小有名氣，他想藉此機會在諸位名士面前推女婿一把，以成就他的詩名。孟學士的《滕王閣序》早已作好，只待吟誦出來供大家點評。在座的其他人都心中有數，因此才一個個推託謙讓，誰能料到坐在末席的這位年輕後生竟會如此不通人情世故呢？

不過，畢竟是一方之主，不一會兒閻公臉上又恢復了笑容。看王勃不緊不慢在那裡研墨沉思，他便與諸位賓客登閣賞景去了，同時命小吏在席上伺候，隨時通報王勃的進展。

就在諸人憑欄賞景之時，一個小吏跑來向閻公說道：「有了，有了，第一句為『豫章故郡，洪都新府』。」

閻公先是眉頭一皺，忽然又舒展眉頭，臉上露出了笑容。他想，原來這個才名在外的年輕人也沒傳說中那麼厲害，一開頭就是這樣的老生常談，想必接下來也寫不出什麼新意。

很快，小吏又來報：「第二句為『星分翼軫，地接衡廬』。」閻公聽了沉思不語。

如此來回幾趟，當閻公聽到「落霞與孤鶩齊飛，秋水共長天一色」時，臉色頓變。只見他的眉毛高高揚起，大聲稱讚道：「妙啊！」說罷，閻公轉身離開迴廊，向宴會大廳走去，其餘諸公也紛紛隨之回到了大廳。而此時，王勃的《滕王閣序》一文已經全部寫完，文後還附有《滕王閣詩》一首：

滕王高閣臨江渚，佩玉鳴鑾罷歌舞。畫棟朝飛南浦雲，朱簾暮捲西山雨。
閒雲潭影日悠悠，物換星移幾度秋。閣中帝子今何在？檻外長江空自流。

閻公請大家各就各位，命王勃當眾吟誦他剛作就的《滕王閣序》，在座諸位一邊聽，一邊嘖嘖稱讚，誰也沒有想到這個年紀輕輕的後生竟有如此敏捷的才思，在短短的時間內就寫出了這樣的天才之作。等王勃吟誦完畢，主人閻公親自帶頭，頻頻舉杯向這位年輕的後生敬酒，似乎忘記了女婿孟學士的存在，而其餘賓客也對王勃心悅誠服，紛紛前來與他攀談。

那一天，王勃成了滕王閣中最受矚目的焦點。

從「奇才」變成「歪才」

然而，對王勃來說，滕王閣作序一事根本算不上他人生中最風光、最輝煌的時刻，以他的才情，像《滕王閣序》這樣應時而作的文章，可以說是信手拈來，並不費什麼工夫。其實，十五歲的他就曾作《乾元殿頌》獻給高宗皇帝，這篇頌文寫得洋洋灑灑、文采斐然，令高宗皇帝看後讚嘆不已，高呼王勃為大唐奇才。相比當年皇帝的親口稱讚，如今諸公的追捧與驚嘆又算得了什麼呢？

可惜，回顧王勃短短的一生，雖然他出生於家學淵源的文人世家，雖然他少年揚名，雖然他有著蓋世才華，且學識淵博，年紀輕輕就開始著書立說，撰寫《易發揮》《唐家千歲曆》等專著，是天下不可多得的奇才，然而，在他短短二十幾年的生涯裡，他卻幾經沉浮，歷經了人間滄桑。

王勃人生中的第一次起落始於六六四年。這年仲秋，右相劉祥道奉旨巡視關內，考察吏治民風，當時，年僅十四歲的少年王勃「初生牛犢不怕虎」，大膽地給劉祥道寫了一封洋洋灑灑又文采斐然的信，在信中毛遂自薦，表達了自己匡國濟世的志向，並對唐王朝南征北戰的政策提出了批評：「闢地數千里，無益神封；勤兵十八萬，空疲常卒……飛芻挽粟，竭淮海之費……圖得而不圖失，知利而不知害，移手足之病，成心腹之疾。」劉祥道十分喜愛王勃，上表朝廷，向皇帝推薦了這個志向不凡的神童。（見《新唐書．王勃傳》）

次年，王勃作《乾元殿頌》獲高宗皇帝稱讚。再一年後，他受唐高宗的召見。面對皇帝的當面詢問，他引經據典、侃侃而談、對答如流，年僅十六歲就步入仕途，被授予了朝散郎的官職。

此後，由於他才思敏捷、才華出眾，朝廷每有慶典大事，他都會參與其中撰寫頌文，每有佳作就會呈獻上去。漸漸地，他的才名在京城長安傳開，時人幾乎無人不知王勃這位少年才俊的大名。

王勃才名日盛，不久便被派到沛王府任職。沛王李賢比王勃年少五歲，是高宗與武則天的次子，年幼時讀書過目不忘，深受高宗的喜愛。沛王身邊並不缺乏志士才子，而王勃如此年少就能躋身於這些能人中入沛王府供職，做李賢的侍讀，也是皇帝對他的器重。

然而，造化弄人，兩年後，王勃竟然因鬥雞一事被逐出王府，大好的前程毀於一旦。

說起鬥雞，這其實是唐初達官貴族間十分流行的一項娛樂活動，沛王李賢與他的弟弟英王李哲就常常在宮中鬥雞。為了給沛王助興，作為侍讀的王勃興致勃勃地寫了一篇《檄英王雞》的駢文，在文中將沛王的雞稱為不同凡響的「德禽」，警戒它「兩雄不堪並立，一啄何敢自妄」，鼓勵它「於村於店，見異己者即攻；為鸖為鶂，與同類者爭勝」，實在是一篇充滿鼓動的檄文。

然而，當《檄英王雞》傳到高宗耳中時，高宗當場龍顏大怒，大呼王勃為歪才，氣憤地指斥他身為博士，不僅不勸諫兩位皇子心向功業，反而有意虛構，誇大事態，起鬨吶喊、誘導沛王與英王兄弟不和，並當天就罷免了王勃的官職，將他逐出了王府。

王勃身為博士，學識固然淵博，但性格過於輕率，做事一點也不老成持重，他想當然地以為《檄英王雞》一文不過是隨便寫來玩玩，做夢也沒料到自己的大好前程竟然會栽在這件事上。

被罷免官職的那天，王勃猶如遭遇了五雷轟頂，他失魂落魄地呆立在長安城的街頭。長安城車水馬龍，人聲鼎沸，一如既往地繁華，然而王勃的內心卻痛苦到了極點。他知道，此次他是真正惹怒了高宗，想在短時間內翻身是沒有指望了。他多麼懊悔，可是事到如今，懊悔又有什麼用？辯解又有什麼用？他唯一能做的，就是認命。

儘管內心十分不捨，他還是帶著無限的失意與落魄離開了長安。當他一步步走向長安城的城門時，終於還是忍不住駐足凝望了許久。城邊熟悉的景象，令他想起了當年送別友人杜少府時的情景：

城闕輔三秦，風煙望五津。與君離別意，同是宦遊人。
海內存知己，天涯若比鄰。無為在歧路，兒女共沾巾。

當時杜少府離開長安去西蜀赴任，他曾作《送杜少府之任蜀州》以贈別。當年他春風得意，因此即便是離別，其詩句也寫得相當明快、爽朗，充滿了對美好前程的寄託與希望。而現如今，物是人非，那離開長安城的人竟成了他自己。

離開長安後，王勃開始了長達數年的漂泊生涯。他曾在巴蜀之地尋訪名勝、結交朋友，希冀能解除心中的鬱悶。然而，如《山中》一詩所寫，異鄉畢竟是異鄉，這裡的風景再美再壯闊，在一個遊子眼中始終帶有「悲」的色彩：

長江悲已滯，萬里念將歸。況屬高風晚，山山黃葉飛。

每逢重陽佳節，他就會忍不住思鄉。《九日登高》寫的就是他深切的思鄉之情：

九月九日望鄉臺，他席他鄉送客杯。人情已厭南中苦，鴻雁那從北地來。

久居他鄉令他厭倦，令他孤寂，而與友人的一次次分別，則使他更加感傷。他曾寫下《羈遊餞別》《別人四首》《秋江送別二首》等不少送客懷人之作，但這些詩作已不再具有當年《送杜少府之任蜀州》的高昂與明朗，而是充滿了羈旅之苦及恨意與倦意。如《羈遊餞別》一詩：

客心懸隴路，遊子倦江干。槿豐朝砌靜，筱密夜窗寒。琴聲銷別恨，風景駐離歡。寧覺山川遠，悠悠旅思難。

再如《別人四首》中的其中一首：

久客逢餘閏，他鄉別故人。自然堪下淚，誰忍望征塵。

又如《別薛華》：

送送多窮路，遑遑獨問津。悲涼千里道，淒斷百年身。
心事同漂泊，生涯共苦辛。無論去與住，俱是夢中人。

論文采，王勃的這些離別詩、思鄉詩寫得優美洗練，頗具表現力，具有很高的藝術價值，他不愧為「初唐四傑」之首。然而，這些詩歌卻滿是「寒」、「恨」、「淚」、「悲」、「淒」之類的字眼，從中再也尋找不到當年那個意氣風發的少年才子的影子了。

儘管此時的王勃不過二十歲左右，可他的內心卻在這一次突然的打擊下變得蒼老而沉重，始終被一種「悲」情所縈繞，怎麼也走不出來。

致命的災禍

王勃曾寫過一首讚頌風的詩：

肅肅涼景生，加我林壑清。驅煙尋澗戶，捲霧出山楹。
去來固無跡，動息如有情。日落山水靜，為君起松聲。

風不分高低、不舍晝夜地在林間吹拂，它在夏日給人送去陣陣涼爽，在林間吹散雲煙令人眼前豁然開朗，還在傍晚時分為人送來陣陣松聲。風來去無蹤，卻是有情之物。

王勃的這首《詠風》，讚頌的是風的勤奮、風努力有益於人的追求，以及宋玉《風賦》中所讚頌風「不擇貴賤高下而加焉」的品格。

雖然十八歲那年遭受的打擊曾令他消沉，令他沮喪，但時間可以撫平傷口，也可使人遺忘不愉快的過往。當他登臨葛憤山瞭望時，不覺想起了數百年前蜀相諸葛亮的功業，內心受到感召，決定也要像暫時停歇的風一樣再度奮起，去追逐昔日的理想。

他啟程了，再度回到了那個他曾經創造輝煌又一度失意的長安。他希望能再度崛起，但拒絕以文才入仕，因此觸怒了原本有意要用他的名臣裴行儉，結果自然是落了個灰頭土臉。

後來，受貴人引薦，他終於混了個虢州參軍的官職。參軍這一職位，跟他初入官場時的朝散郎一職相比，官品是略低了一點，但風可以吹過高崗、吹過平原，人生經歷一番起伏又有何妨？畢竟，他總算再次踏上了仕途，不再是四處漂泊的浪子了。

可惜，「江山易改，本性難移」，王勃雖有奮起的決心，卻沒能從第一次的受挫中吸取教訓，他沒有學會為官之道，沒有學會當官一定要懂得適時收斂鋒芒、謹言慎行的道理。在虢州參軍任上時，他跟以往一樣率性而為，恃才傲物的性格展露無遺，從來不會小心思量自己一言一行的後果。這種性格，在文壇或許可稱為「率真」，但在官場就成了吃不開的「魯莽」。因為魯莽，他得罪了許多同僚，受到了他人的擠對與嫉恨。

同僚們在心裡是如何看待他的，王勃不是沒有感受到，他也曾因此感到心寒，感到棘手，感到厭倦，在一次春遊時所作的《仲春郊外》詩中，他就曾表達過離開官場、歸隱田園的意向：

東園垂柳徑，西堰落花津。物色連三月，風光絕四鄰。
鳥飛村覺曙，魚戲水知春。初晴山院裡，何處染囂塵。

不過，此時的王勃還十分年輕，他還做不到說走就走、來去自由，對於官場、仕途和功名，他還心存眷戀。他不知道，就因為這最後一絲眷戀，一場致命的災禍正在悄悄醞釀。

這場禍事起因於一個與王勃相識的官奴犯了死罪，他跑來向王勃苦苦哀求，懇求王勃收留他，救他一命。王勃不是不知道窩藏罪犯的嚴重後果，起初也害怕，但這個亡命之徒的一再哀求攪得他心慌意亂，他一時心軟，竟鬼使神差地將這個官奴藏了起來。

當然，這件事並沒有這麼簡單就結束了——窩藏罪犯之後，王勃在家中坐立不安，焦慮不已，他整天想著萬一走漏風聲可能受到的責罰，越想越害怕，越想越後悔。為防止事情敗露，他乾脆一不做二不休，一時腦熱，再度做出了一項糊塗之舉——私自殺害了那個官奴。

至於王勃為什麼會做出如此魯莽之舉，後世有研究者稱，很可能是嫉妒、忌恨他的同僚精心給他設下了圈套，逼得他不得不這麼做。但不論怎樣，原來的窩藏變成了故意殺人，按照唐代律法，王勃犯的是死罪，若不是僥倖遇上朝廷大赦天下，他差點親手將自己送上了斷頭臺。

官奴一案後，王勃被貶為庶民不說，他原本在雍州任司戶參軍的父親王福時也受到連累，被貶到南荒之地任交趾縣令。

直到此時此刻，王勃才真正體會到了官場的險惡、人世的艱難。

落花落，落花紛漠漠。
綠葉青跗映丹萼，與君裴回上金閣。
影拂妝階玳瑁筵，香飄舞館茱萸幕。
落花飛，燎亂入中帷。
落花春正滿，春人歸不歸。
落花度，氛氳繞高樹。
落花春已繁，春人春不顧。
綺閣青臺靜且閒，羅袂紅巾復往還。
盛年不再得，高枝難重攀。
試復旦遊落花裡，暮宿落花間。
與君落花院，臺上起雙鬟。

他就像這首《落花落》中的落花，不論著生枝頭時多麼繽紛、多麼絢爛，隨著春天的逝去，它終將飛落。「盛年不再得，高枝難重攀」，他為自己的遭際感到無奈，也為自己的命運感到痛惜。

然而，既然生如繁花，終究逃不過凋落的命運，又何必強留枝頭呢？次年，當朝廷決定赦免王勃罪狀、讓他官復原職時，他果斷謝絕了。他終於學會了謹慎，學會了安心當一個文人。

只可惜，天妒英才，命運並未就此放過王勃。

據說，王勃生前曾遇到一個奇人，他看了看王勃的相貌，對王勃說：「子神強骨弱，氣清體羸，腦骨虧陷，目睛不全。秀而不實，終無大貴矣。」（見《唐才子傳》）不承想，結果竟然一語成讖。六七五年，王勃想起遠在天之涯、海之角的父親，於是乘舟一路南下，穿越千山萬水，直奔交趾縣而去，誰也沒有想到，就在乘船渡海之時，他因風暴落入水中，結果竟驚悸而死。他生命中最後的輝煌，永遠定格在了探父途中所經的洪州，定格在了於贛江畔寫就千古名篇《滕王閣序》的那一天。

「鵝，鵝，鵝，曲項向天歌」

少年才子老來遊僧——駱賓王

撰檄文討伐武則天

六四九年夏天，開創「貞觀之治」的唐太宗李世民在含風殿因病駕崩，按當時規定與太宗沒有子嗣的嬪妃一律被遣送進位於城郊的感業寺為尼。褪下華麗的裙裾，剪掉如雲的黑髮，曾經如花似玉的女子一下子變成了身著素衣的尼姑，此生從此跌入了看不見希望的谷底。然而，這些妃子中不乏絕代風華與野心兼具者，哪裡甘心於終日與青燈香燭為伴的清苦日子呢？

不久，從感業寺裡就傳出了一封書信，經由侍女及宮人之手，一直傳到了大唐新的統治者唐高宗李治手中。書信用蠅頭小楷寫成，墨跡如新，其中有一首名為《如意娘》的小詩如此寫道：

看朱成碧思紛紛，憔悴支離為憶君。不信比來長下淚，開箱驗取石榴裙。

看著這如泣如訴、充滿相思的文字，剛登基不久的年輕皇帝李治心中猶如翻江倒海，他想起了那個美麗又極富才智的武才人武媚娘，許多如夢如幻的往事不覺浮上心頭。他多希望將她從感業寺接回宮中，但身為天子，他的一言一行都要顧全大局，有許多事想為卻不能任意而為。

不過，李治心中這種痛苦的掙扎沒有持續太久。第二年，後宮發生了激烈的內鬥，因無子而失寵的王皇后為擊敗情敵蕭淑妃，力請皇帝將一直與之藕斷絲連的武媚娘接回宮中。王皇后做夢也沒想到，她的這一不慎之舉竟是引狼入室，雖除掉了蕭淑妃，但也使自己淪落到被廢為庶人且身陷囹圄的悲慘境地。

這場夾帶政治鬥爭的後宮之爭最大的勝利者，當然就是那位才智超人、心狠手辣的武則天——為穩固自己的地位，她幾乎無所不用其極，甚至不惜以犧牲自己的子女為代價。王皇后和蕭淑妃在這場爭寵中輸得一敗塗地，但武則天的野心絕不僅僅是當個皇后那麼簡單——她要的是統治天下，成為大唐的主人。

儘管這是一步險棋，為了這一天的到來，武則天歷盡艱險，在李治的猜疑和朝臣們的反對聲中曾幾度差點被廢，六八四年，在因李治患有風疾而其代為處理朝政長達二十多年之後，武則天雖暫未稱帝，但她卻廢中宗李顯、另立李旦為帝，開啟了武氏臨朝稱制、自專朝政的格局。

朝中不乏擁戴武則天攝政的大臣，同時也有許多激烈的反對者。譬如這年九月，出身將門的柳州司馬徐敬業（**因祖輩徐勣獲賜姓為李，又稱李敬業**）就自稱「匡復府大將軍」，與其弟徐敬猷及魏思溫、唐之奇等幾個官場失意的僚友聚集了十萬部眾，在揚州發動了反武的起義。

徐敬業志大才疏且戰略頻頻失誤，起義軍很快就在朝廷三十萬大軍的討伐中敗下陣來，他自己也因此被部將所殺，身首異處。起義雖然失敗了，但起義中那篇筆力雄健、號召天下人共同伐武的

《為李敬業討武曌檄》卻名垂千古，一直流傳至今。據史料記載，武則天看了此文後曾感慨道：「有如此才不用，宰相過也。」（見《唐才子傳》）而這篇檄文的撰寫者，正是被後世譽為「初唐四傑」之一的駱賓王。

詠鵝神童的西行與入獄

駱賓王曾當過官吏、參過軍、做過幕僚，但真正令他揚名千古的，還是他的文才。說起駱賓王的詩，無人不知他年僅七歲時隨口詠出的這首《詠鵝》：

鵝，鵝，鵝，曲項向天歌。白毛浮綠水，紅掌撥清波。

小小年紀就能寫出如此動靜相生的小詩，可見他的才華與天賦。然而，年少成名的神童駱賓王身世坎坷，一輩子都過得不太順暢。

十幾歲時，他那當縣令的父親就撒手人寰了。父親去世後，他窮愁不堪，曾一度顛沛流離，差點成了遊手好閒的賭徒。後來，駱賓王總算憑著自己的文才受到朝廷的眷顧，得了個主持祭祀之禮的閒差奉禮郎，但清閒日子沒過幾天就因事而被貶謫，從軍西域，過了很長一段戍守邊疆的生活。

從軍生涯十分艱辛，正如駱賓王在《從軍中行路難》詩中所寫的那樣：「杳杳丘陵出，蒼蒼林薄遠。途危紫蓋峰，路澀青泥阪。去去指哀牢，行行入不毛。絕壁千里險，連山四望高。」「東伐西征凡幾度。夜夜朝朝斑鬢新，年年歲歲戎衣故。」不論道路多麼難行，前方有著怎樣的險境，將士們都只能前往。太平年間，他們背井離鄉在荒僻之地戍邊，遇到戰事就被朝廷調來遣去、東征西戰。年復一年，當年的壯士成了鬢髮斑白的老人，可他們依然得身著戎裝，依然不得回到故鄉去。

對於這些戍邊將士，駱賓王是同情的，故而發出了「誰憚三邊征戰苦。行路難，行路難，歧路幾千端」的慨嘆。但在戰事頻仍的唐朝初年，時人都有尚武的傾向。對駱賓王來說，戍守邊疆固然艱辛，但西北蒼茫雄闊的淒涼景象，激發了他的雄心壯志，令他寫下了《從軍行》這樣慷慨雄健的邊塞詩：

平生一顧念，意氣溢三軍。野日分戈影，天星合劍文。
弓弦抱漢月，馬足踐胡塵。不求生入塞，唯當死報君。

與唐朝以前的詩人相比，駱賓王的詩歌筆力剛勁清新，一掃以前宮廷詩浮豔綺靡的詩風，開創了唐詩雄健、奔放的新氣象，不愧「初唐四傑」的名號。

作為詩人，駱賓王是開一代詩風的才子，但在仕途上，他是個命運坎坷的失敗者。離開西域後，駱賓王曾在西蜀一帶漂泊，在姚州道大總管李義幕府裡當過「檄文手」，當時平定蠻族叛亂的檄文，多出自駱賓王之手。不過，令駱賓王心心念念的還是京城長安。他曾在《久戍邊城有懷京邑》一詩中寫道：

擾擾風塵地，遑遑名利途。盈虛一易舛，心跡兩難俱。

弱齡小山志，寧期大丈夫。九微光貴玉，千仞忽彈珠。
棘寺遊三禮，蓬山簉八儒。懷鉛慚後進，投筆願前驅。
北走非通趙，西之似化胡。錦車朝促候，刁斗夜傳呼。
戰士青絲絡，將軍黃石符。連星入寶劍，半月上雕弧。
拜井開疏勒，鳴桴動密須。戎機習短蔗，祅祲靜長榆。
季月炎初盡，邊亭草早枯。層陰籠古木，窮色變寒蕪。
海鶴聲嘹唳，城烏尾畢逋。葭繁秋色引，桂滿夕輪虛。
行役風霜久，鄉園夢想孤。灞池遙夏國，秦海望陽紆。
沙塞三千里，京城十二衢。楊溝連鳳闕，槐路擬鴻都。
壁殿規宸象，金堤法鬥樞。雲浮西北蓋，月照東南隅。
寶帳垂連理，銀床轉轆轤。廣筵留上客，豐饌引中廚。
漏緩金徒箭，嬌繁玉女壺。秋濤飛喻馬，秋水泛仙艫。
意氣風雲合，言忘道術趨。共矜名已泰，詎肯沫相濡。
有志慚雕朽，無庸類散樗。關山暫超忽，形影嘆艱虞。
結網空知羨，圖榮豈自誣。忘情同塞馬，比德類宛駒。
隴阪肝腸絕，陽關亭候迂。迷魂驚落雁，離恨斷飛鳧。
春去榮華盡，年來歲月蕪。邊愁傷郢調，鄉思繞吳歈。
河氣通中國，山途限外區。相思若可寄，冰泮有銜蘆。

在西北、西南漂泊數年後，他終於又回到長安，回到了那個令他無比思念的地方。可回到長安之後，親人故去、故友離散不得相聚，而自己又賦閒在家的境況，又令他感到孤獨難過。

正如他在《西京守歲》一詩中所寫：

閒居寡言宴，獨坐慘風塵。忽見嚴冬盡，方知列宿春。
夜將寒色去，年共曉光新。耿耿他鄉夕，無由展舊親。

新春即將來到，而他卻獨自一人呆呆地守著一座空屋，境況慘澹。眼睜睜地望著自己一年年老去，駱賓王的內心除了孤寂，就只剩下志向得不到施展的苦悶與焦慮了。

不過，畢竟駱賓王是當時的名士，他想在京城謀個普通官職並非沒有門路，詩歌就是他的敲門磚。譬如那首被後世譽為絕唱的長詩《帝京篇》，就是駱賓王贈給時任吏部侍郎裴行儉的自薦詩。

山河千里國，城闕九重門。不睹皇居壯，安知天子尊。
皇居帝里崤函谷，鶉野龍山侯甸服。五緯連影集星躔，八水分流橫地軸。
秦塞重關一百二，漢家離宮三十六。桂殿嶔岑對玉樓，椒房窈窕連金屋。
三條九陌麗城隈，萬戶千門平旦開。複道斜通鳷鵲觀，交衢直指鳳凰臺。
劍履南宮入，簪纓北闕來。聲名冠寰宇，文物象昭回。
鉤陳肅蘭戺，璧沼浮槐市。銅羽應風回，金莖承露起。

校文天祿閣，習戰昆明水。朱邸抗平臺，黃扉通戚里。
平臺戚里帶崇墉，炊金饌玉待鳴鐘。小堂綺帳三千戶，大道青樓十二重。
寶蓋雕鞍金絡馬，蘭窗繡柱玉盤龍。繡柱璇題粉壁映，鏘金鳴玉王侯盛。
王侯貴人多近臣，朝遊北里暮南鄰。陸賈分金將宴喜，陳遵投轄正留賓。
趙李經過密，蕭朱交結親。
丹鳳朱城白日暮，青牛紺幰紅塵度。俠客珠彈垂楊道，倡婦銀鉤採桑路。
倡家桃李自芳菲，京華遊俠盛輕肥。延年女弟雙鳳入，羅敷使君千騎歸。
同心結縷帶，連理織成衣。
春朝桂尊尊百味，秋夜蘭燈燈九微。翠幌珠簾不獨映，清歌寶瑟自相依。
且論三萬六千是，寧知四十九年非。
古來榮利若浮雲，人生倚伏信難分。始見田竇相移奪，俄聞衛霍有功勳。
未厭金陵氣，先開石槨文。
朱門無復張公子，灞亭誰畏李將軍。相顧百齡皆有待，居然萬化咸應改。
桂枝芳氣已銷亡，柏梁高宴今何在。春去春來苦自馳，爭名爭利徒爾為。
久留郎署終難遇，空掃相門誰見知。當時一旦擅豪華，自言千載長驕奢。
倏忽摶風生羽翼，須臾失浪委泥沙。
黃雀徒巢桂，青門遂種瓜。
黃金銷鑠素絲變，一貴一賤交情見。紅顏宿昔白頭新，脫粟布衣輕故人。

故人有湮淪，新知無意氣。灰死韓安國，羅傷翟廷尉。

已矣哉，歸去來。

馬卿辭蜀多文藻，揚雄仕漢乏良媒。三冬自矜誠足用，十年不調幾邅回。

汲黯薪逾積，孫弘閣未開。誰惜長沙傅，獨負洛陽才。

此時，駱賓王已年屆不惑，不知不覺半輩子就在碌碌無為中揮霍掉了。回想自己的一生，明明才華過人卻得不到重用，他感到憤憤不平，而這種不平在久積於心之後終於釀成了《帝京篇》這一洋洋灑灑又充滿現實主義色彩的鴻篇巨作，在當時傳遍京畿，被時人嘆為「絕唱」。

而《帝京篇》一詩的主旨，正如清人沈德潛所評價的那般：「首敘形式之雄，宮闕之壯；次述王侯貴戚之奢僭無度，至『古來』以下，慨世道之變遷；『已矣哉』以下，傷一己之湮滯。」

後來因為具有才名且受人舉薦，駱賓王再度回到朝廷，還曾一度官至侍御史。侍御史好歹也算是個從六品下的官職，但是沒過多久，駱賓王就把這個好不容易得到的官職弄丟了。

至於怎麼丟的，跟「初唐四傑」中的另外三位一樣，駱賓王在仕途上之所以坎坷不順，很大一部分原因就出在文人才高氣傲、喜歡諷刺調侃的毛病上。

當時，因唐高宗李治的風疾越來越嚴重，皇后武則天漸漸成了大唐實際的統治者，朝中大臣自「廢王立武」風波以來，早就因贊同或反對這個女人而分成了兩個敵對陣營，而這場你死我活持續了十幾年之久的政治鬥爭大有愈演愈烈之勢。在支持武則天與反對武則天的兩派中，駱賓王明顯屬於後者，他看不慣武則天飛揚跋扈、心狠手辣的作風，因此幾度上表勸諫，結果勸諫不成，反倒被人誣告「貪贓」與「觸忤武后」，把自己「勸」進了大牢。

正是在獄中，他寫下了那首著名的《在獄詠蟬》：

西陸蟬聲唱，南冠客思深。不堪玄鬢影，來對白頭吟。
露重飛難進，風多響易沉。無人信高潔，誰為表予心？

駱賓王一身俠骨，平日裡專愛打抱不平，一心想著該如何建功立業、做於國於民有利的事，現如今卻被扣上「貪贓」和「觸忤武后」的罪名，他當然憤憤不平，要為自己澄清。

少年識事淺，不知交道難。一言芬若桂，四海臭如蘭。
寶劍思存楚，金錘許報韓。虛心徒有托，循跡諒無端。
太息關山險，吁嗟歲月闌。忘機殊會俗，守拙異懷安。
阮籍空長嘯，劉琨獨未歡。十步庭芳斂，三秋隴月團。
槐疏非盡意，松晚夜凌寒。悲調弦中急，窮愁醉裡寬。
莫將流水引，空向俗人彈。

正如這首《詠懷》所述，駱賓王年輕時也曾抱有「寶劍思存楚，金錘許報韓」的遠大志向，渴望能拋灑熱血，幹出一番驚天動地的事業來，可惜「少年識事淺，不知交道難」，如今人到中年，在親身經歷了一次次因遭小人嫉妒和陷害而被貶，甚至入獄的劫難後，才知道世事的艱難，才終於幡然醒悟，此時的長安並不是他駱賓王能施展才華與抱負的長安了。

可對此，他又能怎麼辦呢？

「悲調弦中急，窮愁醉裡寬。」歲月蹉跎，他就像當年的阮籍和劉琨一樣，空有才華與抱負卻無從施展，只能暗自嘆息、暗自惆悵。然而，空自悲嘆沒有一點用處，借酒消愁也沒有一點用處，與那些沒有大志向的俗人共事更是令人不堪忍受。第二年，駱賓王遇赦出獄，出獄後，他曾擔任過一陣子臨海縣丞，但不久就辭去職務，漫遊廣陵去了。

事敗之後不知去向

清代文學家趙翼曾作《論詩》云：

> 李杜詩篇萬口傳，至今已覺不新鮮。江山代有才人出，各領風騷數百年。

其實哪裡需要數百年？在政治開明、經濟繁榮的大唐，短短數十年間就湧現出了大量才俊，在詩歌領域，除了七歲就會詠鵝的駱賓王，還有「六歲解屬文」的王勃、九歲通過「神童試」的楊炯，以及被鄧王李元裕稱為鄧王府「司馬相如」的盧照鄰。當然，稍晚的宋之問、沈佺期、杜審言等人也頗有詩名，只是「初唐四傑」在後世的名聲更響亮。盛唐大詩人杜甫就曾作《戲為六絕句》

來稱讚駱賓王、盧照鄰、王勃、楊炯在詩歌上的成就：

……

王楊盧駱當時體，輕薄為文哂未休。爾曹身與名俱滅，不廢江河萬古流。

縱使盧王操翰墨，劣於漢魏近風騷。龍文虎脊皆君馭，歷塊過都見爾曹。

才力應難跨數公，凡今誰是出群雄。或看翡翠蘭苕上，未掣鯨魚碧海中。

……

王、楊、盧、駱四人並非後世才漸漸成名，在他們都還十分年輕的時候，就已經像文壇上四顆璀璨的新星，閃耀出了奪目的光彩。在唐高宗執政後期、武則天尚未完全獨攬朝政那些年，這四位才名顯赫的才俊曾一度齊聚長安城，像別的文人志士一樣，在那裡謀求實現理想抱負的機會。

當時，有個名叫李敬玄的朝臣十分傾慕王、楊、盧、駱的才華，曾向他的同僚裴行儉舉薦這四位才子。當然，裴行儉可不是一個尋常人物，作為唐高宗時的一代名臣，他不光文韜武略，對內有興邦立國之才，對外有兵不血刃、戰無不勝之謀略，據說還掌握了一門絕學，「通陰陽、曆術，每戰，豫道勝日。善知人」，能從一個人的面相和行為舉止推測出他未來的命運。

據說，當年裴行儉仍在吏部當官時，見了蘇味道後曾說他日後會擔當選拔人才的重任。而後果不其然，蘇味道成了大唐宰相。而對於當時在文壇頗具盛名的王、楊、盧、駱四人，裴行儉卻不怎麼看好，他向舉薦四傑的李敬玄說：「士之致遠，先器識，後文藝。如勃等，雖有才，而浮躁衒

露，豈享爵祿者哉？炯頗沉嘿，可至令長，餘皆不得其死。」（見《新唐書》）

巧合的是，這四人的命運竟均被裴行儉不幸言中。

王勃因浮躁而不懂收斂頻遭嫉妒與陷害，最終在探父途中溺亡，二十幾歲就終結了一生，既沒當上高官，也沒能長壽，的確不是個「享爵祿者」。

楊炯的命運似乎比王勃略好一些，曾在朝中當過一陣子校書郎、弘文館學士，後來又在盈川當過縣令，活得也比王勃更長久一些。

楊炯生活的年代，唐朝與西北邊境的吐蕃、突厥戰事不斷，跟當時許多有識之士一樣，他也曾渴望奔赴邊疆、投筆從戎，還為此寫下了不少充滿雄壯之氣的邊塞詩，如那首鏗鏘有力的《從軍行》，便是他報國志向的反映：

烽火照西京，心中自不平。牙璋辭鳳闕，鐵騎繞龍城。
雪暗凋旗畫，風多雜鼓聲。寧為百夫長，勝作一書生。

可惜，表面「沉嘿」、有著宏大報國志向的楊炯，也跟王勃一樣並不適宜當官。首先，他的骨子裡有著一股傲氣，像一匹難以駕馭的野馬，時時違背他刻意表現出的沉靜姿態，令他做出一些不合時宜之舉，從而成為冒犯他人並影響自己仕途的一道障礙。譬如，在京城當官時，因為看不慣一些朝臣的矯揉造作、趾高氣揚，楊炯就給他們起了一個外號叫「麒麟楦」，諷刺這些大臣是一頭頭鑽在華美麒麟套子裡的驢，看上去神氣活現，實際卻徒有其表、不堪一用。叫別人「麒麟楦」，楊炯的確是過了嘴癮，但在朝中如此為人處世，不得罪人才怪。

其次，楊炯也沒有在朝中當大官的氣度和器量。當他被調到地處江南的盈川當縣令時，一直對他頗為欣賞的張說曾在為他餞行時好意提醒他「才勿驕吝，政無煩苛」，可見楊炯一直是個驕吝、嚴苛的人，這也正是他在朝中遭受排擠、沉淪下僚的原因。

過去的驕吝、嚴苛已不可挽回地造成了他的仕途不順，但倘若楊炯能夠及時改正，或許還有補救的餘地，可惜，到了盈川之後還是一副我行我素的老樣子，恃才傲物、氣量狹小、待人嚴苛，導致的結果只能是上司不疼、下屬不愛，他的仕途又能夠走多遠呢？

裴行儉說楊炯「可至令長」，而楊炯一生也的確只當了些無足輕重的小官，最終四十幾歲就死於任所，一生也不曾大富大貴。

再說盧照鄰，雖然他才華橫溢，被鄧王李元裕稱為鄧王府之「司馬相如」，雖然他的長詩《長安古意》寫得文采飛揚，雄厚有力，被《唐詩鏡》評為「端麗不乏風華，當在駱賓王《帝京篇》上」，而詩中「得成比目何辭死，願作鴛鴦不羨仙」等名句，千百年來也一直為後人所傳誦，雖然與他同時代、恃才傲物、連王勃也不放在眼裡的楊炯曾一度自謙地表示，在時人「王楊盧駱」的排序中，他因自己的名字排在盧照鄰前面而感到羞恥，但盧照鄰活得並不幸福，不僅生前受盡被放逐、受牽累入獄的打擊，還因身體羸弱、疾病纏身而痛苦不堪。

浮香繞曲岸，圓影覆華池。常恐秋風早，飄零君不知。

這首作於早年的《曲池荷》，恰如一首讖詩，預言了盧照鄰的未來。在風疾的折磨下，纏綿病榻十幾年的盧照鄰終於不堪忍受手腳萎縮、生活不能自理的苦痛，與家人訣別後投水而亡，正應了裴行儉「不得其死」的預言。

而駱賓王的結局又是怎樣的呢？

此地別燕丹，壯士髮衝冠。昔時人已沒，今日水猶寒。

從獄中出來之後，駱賓王更是對武則天當權心懷不滿，他的理想是要成為荊軻那樣的壯士，伺機而動，為匡復李唐王朝幹出一番事業來。懷著這樣的雄心，駱賓王來到了江南，來到了揚州。他在街市上徘徊，在人群中尋覓，尋覓那些跟他一樣有著反武之心的人。

當時的政治和權力中心在長安，在洛陽，江南雖然是富庶之地、魚米之鄉，卻跟西蜀一樣，是失寵官員的流放地。正因如此，六八四年，當武則天廢李顯、立李旦，實際獨攬朝政之後，徐敬業才能一呼百應，在短時間內聚集起徐敬猷、唐之奇、杜求仁、駱賓王等對朝廷不滿的起義軍「領袖」，徐敬業自立為「匡復府大將軍」，其餘人有的為「長史」，有的為「司馬」，有的為「軍師」，而以詩文見長的駱賓王則還是幹回當年在姚州道大總管李義軍幕中所幹的老本行，被任命為「記室」，充當這支反武大軍的號角與吹鼓手，除了那篇著名的《為李敬業討武曌檄》，他還寫下了《在軍登城樓》一詩：

城上風威冷，江中水氣寒。戎衣何日定，歌舞入長安。

在駱賓王看來，徐敬業起兵討伐武則天，是以有道伐無道，因此定能得民心，最終在百姓的擁戴下順利進入長安城，將朝政還於被廢黜並被趕出了長安城的廬陵王李顯。

然而，文人畢竟是文人，駱賓王還是太簡單、太天真了。

事實上，徐敬業此次起兵的目的並不那麼單純，匡扶李顯復位只是噱頭，實際上他是妄想自己篡奪李唐江山，否則他就應當聽取軍師魏思溫的勸告，一路北上直取東都洛陽，而不是留下一部分兵力在江都營造自己的巢穴，只帶一部分人馬過長江攻打常州、潤州了。

對於徐敬業的這次起義，清代歷史學家蔡東藩曾如此評論道：

徐敬業起兵揚州，苟能用魏思溫之策，直指河洛，銳圖匡復，即至兵敗身亡，猶不失為唐室忠臣，乃始以失職生謀，繼以營巢致覆，死不足惜，例以翟義袁粲諸人，且有愧焉。要之私心一起，身名兩敗，裴炎、徐敬業，皆以一私字誤之。

起義失敗後，徐敬業被部將所殺，而唐之奇、魏思溫等餘黨也均被擒獲斬首，至於駱賓王，他的下落成了一個謎，歷史上眾說紛紜，有說他兵敗後被殺的，有說他在走投無路時投江而死，也有說他跳水逃生、最終隱姓埋名活了下來的。

此外，還有一種說法。據說某一年，唐代另一位詩人宋之問因事被貶，後來被召還時曾遊覽靈隱寺。在一個明月朗朗、清風徐拂的夜晚，宋之問獨自來到長廊，看著夜色涔涔中的山景，不覺詩興大發，隨口吟道：「鷲嶺鬱岧嶢，龍宮鎖寂寥。」

過了許久，見沒有下文，長廊邊一間僧房裡忽然傳來一個聲音：「年輕人這麼晚了還不睡，卻在這裡苦吟，是為何啊？」

宋之問聞聲望去，只見僧房裡點著一支昏暗的蠟燭，透過窗戶，依稀可見一個身形消瘦的老僧，便隨口答道：「我想為此寺題詞一首，無奈怎麼也想不出下聯來。」

此時，只聽老僧輕輕一笑，然後問道：「為什麼不對『樓觀滄海日，門對浙江潮』呢？」

因老僧的這一句點撥，宋之問這才終於文思泉湧，一口氣作完了《靈隱寺》這首詩：

鷲嶺鬱岧嶢，龍宮鎖寂寥。樓觀滄海日，門對浙江潮。
桂子月中落，天香雲外飄。捫蘿登塔遠，刳木取泉遙。
霜薄花更發，冰輕葉未凋。夙齡尚遐異，搜對滌煩囂。
待入天台路，看余度石橋。

因夜深不便探訪，宋之問在吟誦完這首得意之作後便回到自己的房間去了。第二天，他一早起來去拜訪老僧，可老僧已不知去向。據說，這位老僧不是別人，正是在徐敬業兵敗後僥倖逃出的駱賓王。（見《唐才子傳》）

「近鄉情更怯，不敢問來人」

歷史上最聲名狼藉的詩人——宋之問

龍門詩宴奪錦袍

在河南熊耳山南麓，古老的伊河從群山腳下匆匆流過，相傳這裡曾是鸞鳥棲息的地方，因此伊河在舊時又叫「鸞水」。鸞水由南向北，一路流向洛陽城南，它的兩岸，是東西對峙的香山和龍門山，兩山夾一水，草木蔥鬱、風景絕佳，不光有鬼斧神工的「伊闕」勝景，更有自北魏以來歷代雕刻於兩岸崖壁上的佛龕、佛像，景象壯觀，自古為帝王將相乘舟覽勝之地。

一千三百多年前的一天，清風朗朗，陽光明媚，龍門山水在藍天白雲的襯托下似乎更旖旎嫵媚了。這天，當時已獨掌朝政大權的武則天親率文武百官前來遊覽。

武則天是個有智慧而有野心的女人，同時也頗具才華，一生曾寫下不少詩歌，據說她當年在感業寺時寫給唐高宗的《如意娘》，曾令大詩人李白都悵然若失、自愧不如，而她少女時之所以被召入宮，除了美貌外，更是因為其出色的才華。

轉眼幾十年過去，當年的武才人已然成了天下的主人，但她雅興未減，遊龍門時命隨行的群臣即興賦詩以記當日之盛事，誰第一個作成，誰就能獲得一件錦袍作為獎勵。

一則，唐朝初年，尤其自「貞觀之治」之後，國家百廢俱興、人才濟濟，在文化上，詩歌這種古老的藝術也煥發出了新的光彩，開始出現五言古體詩、七言古體詩、五言絕句、七言絕句、五言律詩、七言律詩等豐富多彩的形式，其風格更是變化多端、不一而足，而詩人也井噴似的出現，甚至可以說，當時的文人幾乎沒有不會作詩的。二則，由於此次詩歌宴會的召集者為掌握百官命脈的武則天，這無疑成了一個展示自己才華的絕好機會，倘若能在此次詩會中有出類拔萃的表現，說不定還能因此加官晉爵、平步青雲。正因如此，當年那場看似只是為了助興的龍門詩會變成了一場百官的詩歌競技，武則天的話音剛落，隨行的官員們就立即各自沉思起來。

不一會兒，當其他人還在絞盡腦汁苦思冥想時，有一個官員已經快速吟成一首，並迅速寫下來呈了上去。此人便是左史東方虯。武則天看了看東方虯的詩，微微頷首，隨後便將事先已備好的錦袍賞賜給了他。東方虯叩謝了武則天，將欽賜的錦袍端在手裡看了又看，內心無比激動與喜悅。

不一會兒，又一名官員奮筆疾書後，微微擦了一把額頭的汗，也將寫完的詩稿呈了上去。他在詩中如此寫道：

宿雨霽氛埃，流雲度城闕。河堤柳新翠，苑樹花先發。
洛陽花柳此時濃，山水樓臺映幾重。群公拂霧朝翔鳳，天子乘春幸鑿龍。
鑿龍近出王城外，羽從琳琅擁軒蓋。雲罕才臨御水橋，天衣已入香山會。
山壁嶄巖斷復連，清流澄澈俯伊川。雁塔遙遙綠波上，星龕奕奕翠微邊。

層巒舊長千尋木，遠壑初飛百丈泉。彩仗蜺旌繞香閣，下輦登高望河洛。
東城宮闕擬昭回，南陽溝塍殊綺錯。林下天香七寶臺，山中春酒萬年杯。
微風一起祥花落，仙樂初鳴瑞鳥來。鳥來花落紛無已，稱觴獻壽煙霞裡。
歌舞淹留景欲斜，石關猶駐五雲車。鳥旗翼翼留芳草，龍騎駸駸映晚花。
千乘萬騎鑾輿出，水靜山空嚴警蹕。郊外喧喧引看人，傾都南望屬車塵。
囂聲引颺聞黃道，佳氣周回入紫宸。先王定鼎山河固，寶命乘周萬物新。
吾皇不事瑤池樂，時雨來觀農扈春。

這首名為《龍門應制》的七言歌行寫得洋洋灑灑，先描繪了洛陽花紅柳綠、亭臺樓閣的春日勝景，再寫群臣隨武后禮佛及在伊河上遊覽觀景的盛事，而無論寫景還是記事，文辭都十分優美，且用的全是「七寶臺」、「萬年杯」、「祥花」、「瑞鳥」這些祥瑞之詞，尤其是詩歌的最後兩句：「吾皇不事瑤池樂，時雨來觀農扈春」，對武氏政權進行了大肆讚美，這馬屁真是拍得既專又準，很得武則天之心。

武則天拿著這首新鮮出爐的應制詩，一邊看，一邊讚不絕口，於是命人將東方虯還未看夠的錦袍收了回來，轉賜給眼前這位儀表堂堂又才華橫溢的年輕官員。這位年輕官員就是宋之問。

宋之問比「初唐四傑」中的王勃、楊炯年齡要小幾歲，武則天登基稱帝時，他也不過三十歲左右。他的父親宋令文在高宗時曾任驍衛郎將，也是個奇人，相傳生平有三絕：一絕是他的書法，二絕是他的文辭，三絕則是他的神力。據說當年禪定寺有一頭力大無比的牛發了瘋四處頂人，人們嚇得不行，又沒有人敢靠近它，只好圍了一圈很大的欄杆將它關了起來。宋令文聽說這件事後覺得太不可思議了，他趕到禪定寺，二話不說就跳進了牛欄，直奔瘋牛而去。瘋牛見了他，低著頭一路猛衝過來，但宋令文絲毫不畏懼，待瘋牛靠近時，用兩隻手死死地抓住牛角拉拽，沒幾下，那瘋牛就被他折斷頸骨、倒地身亡了。

宋令文有三個兒子，據說三個兒子各繼承了他的一絕：一個工書法，一個驍勇過人，而作為長子的宋之問則在文才方面青出於藍而勝於藍，比父親宋令文高出了許多，並且年紀輕輕就進士及第踏上了仕途。

踏上仕途後不久，宋之問就同楊炯等名士一起被召入了崇文館任學士。崇文館原為太子讀書的地方，後成為融貴族學校與大型皇家圖書館為一體的綜合機構，在這裡讀書的學子都是皇親國戚或達官顯貴家的公子哥，而學士則是負責教授這些學子讀書的老師，其身分十分榮耀。

不過，同為才子的宋之問與楊炯在為人與性格上截然不同，而文如其人，因此他們的詩風也截然不同。跟同為「初唐四傑」的王勃相比，楊炯不及王勃狂傲，也曾為自己的政治前途時不時地寫些迎合聖上的應制詩文——如他寫給武則天、文辭雅麗的《盂蘭盆賦》，就對女皇大肆吹捧，但瑕不掩瑜，不管怎麼說，楊炯骨子裡還是清高的，內心也還是有理想的，否則就不會譏笑朝中大臣為「麒麟楦」，也不會寫出《從軍行》《戰城南》這類慷慨激昂的邊塞詩了。

至於宋之問，不知他是否也曾有過馳騁沙場、建功立業的理想抱負，但從他的行為和表現來看，他是個十足的投機份子，功名利祿是他畢生的追求，這也直接決定了他詩文的特色與格局。可以說，宋之問的詩文風格跟楊炯、王勃等人是完全對立的，「初唐四傑」所崇尚的是有骨氣的、剛健的詩風，而宋之問所追求的則是靡麗精巧的風格，所作也多為粉飾太平、歌功頌德的應制詩。

如《奉和九月九日登慈恩寺浮屠應制》：

鳳刹侵雲半，虹旌倚日邊。散花多寶塔，張樂布金田。
時菊芳仙醞，秋蘭動睿篇。香街稍欲晚，清蹕扈歸天。

又如《麟趾殿侍宴應制》：

北闕層城峻，西宮複道懸。乘輿歷萬戶，置酒望三川。
花柳含丹日，山河入綺筵。欲知陪賞處，空外有飛煙。

雖然宋之問所作的此類應制詩無非是寫寫景、敘敘事，其中再摻雜一些討主上歡心的阿諛奉承之詞，但結構精巧、用詞華麗，其中也不乏「今朝萬壽引，宜向曲中彈」等佳句。他尤其擅長寫五言律詩，在當時幾乎無人能出其右，並因此與善作七言律詩的沈佺期並稱「沈宋」，成為武則天時代最具盛名的宮廷詩人之一。

女皇武則天十分喜歡宋之問辭藻華美、聞之悅耳的詩文，無論巡幸何處都要帶上他，這令宋之問倍感榮耀，並更堅定了通過寫詩來博取聲名與官位的決心。與此同時，由於宋之問善於作詩而深得女皇寵幸，靡麗精巧的「宋氏」詩風一度在朝中流行開來，為攀龍附鳳之人競相效仿。

為女皇的男寵倒夜壺

武則天當權時，天下朝臣中權勢最為顯赫的，不是哪個宰相，也不是哪個將軍，而是被時人稱為「五郎」、「六郎」的張易之與張昌宗兄弟。

這對張家兄弟並非出身貧寒，說起來還算有些來頭——他們出身於中山張氏，其祖先可一路追溯到西漢丞相張蒼，而張家傳到唐代時，又出了一位宰相，名叫張行成，他就是張易之與張昌宗的叔祖父。

不過，同樣是當官，張易之與張昌宗這對兄弟跟叔祖父張行成的方式截然不同：張行成靠的是執法嚴明、善於進諫、不畏權貴的才幹，而他的兩位侄孫靠的竟是諂媚之功與秀美的容貌——先是面若蓮花的「六郎」張昌宗受太平公主引薦成了武則天的男寵，其後，「六郎」又向武則天推薦了自己的哥哥「五郎」張易之。張易之也是個響噹噹的美男子，不光身材秀美、皮膚白皙、容貌俊美、顧盼生輝，且精通音樂及多項技藝，甚至還會煉製丹藥。

在權力達到頂峰之後，武則天開始了縱情享樂的人生，對於這兩位男寵十分滿意，雖然這對兄弟什麼功績都沒有，但她還是冒天下之大不韙，任性地憑著自己的喜好，大方地賜給他們高官厚祿、寶馬豪宅，還將兩人分別封為「恆國公」和「鄴國公」，對其父母也進行了追封。

因為有武則天這座靠山，張易之、張昌宗兄弟在當時權傾朝野，誰在背後非議他們與武則天的關係，或對他們有所不滿，他們就毫不留情地藉女皇之手將其剷除。

大臣魏元忠不過是在武則天面前說了「使小人得在君側，臣之罪也」，就被張氏兄弟誣告，稱其在背後說「主上老矣，吾屬當挾太子而令天下」。幸虧武則天還沒老到昏聵，她對張氏兄弟的話心存懷疑，於是把涉事的幾人找來對質，又將一開始迫於壓力不得不作了偽證的張說單獨召來盤查，才得知魏元忠是無辜的。儘管如此，為了張氏兄弟，她還是將魏元忠貶了官。（見《舊唐書》）

除了朝中大臣，張氏兄弟的膽子竟然還大到敢對皇室貴族動手，貴為皇太孫的李重潤就因為私下與妹妹永泰郡主和妹婿魏王武延基議論張氏兄弟和祖母武則天的事而被賜死。（見《新唐書》）

因為武則天的無限寵愛與包庇，張易之與張昌宗在朝中炙手可熱、權傾一時，當時別說是朝中大臣，就連宗室成員和皇親國戚也都紛紛上門去巴結、迎合他們。

憑藉相貌得到的權勢雖然為正人君子所不齒，但一心追求富貴顯赫的宋之問則將這一切都看在眼裡，他對張氏兄弟既羨慕又嫉妒，多麼渴望自己也能像他們一樣服侍於女皇左右，不費吹灰之力就得到自己想要的一切榮耀。

儘管宋之問也容貌秀美，但畢竟不及張氏兄弟年輕，要想獲得女皇的青睞，唯一能靠的就是他的才華。為此，他曾謀求成為「北門學士」。「北門學士」為武則天的私人智囊團，全由文章高手組成，職責是分宰相之權，幫助武則天造輿論、出主意，具有從玄武門出入禁中的特權。可遺憾的是，因為他有口臭，不能像張氏兄弟那樣口吐蘭香，因而遭到了女皇的拒絕。（見《唐才子傳》）

這件事令宋之問備受打擊，內心的憂鬱無法排遣，卻又不可明說，只好通過詩中含蓄的筆調來表達心中的傷感與惆悵。

八月涼風天氣晶，萬里無雲河漢明。昏見南樓清且淺，曉落西山縱復橫。

洛陽城闕天中起，長河夜夜千門裡。複道連甍共蔽虧，畫堂瓊戶特相宜。
雲母帳前初汜濫，水晶簾外轉透迤。倬彼昭回如練白，復出東城接南陌。
南陌征人去不歸，誰家今夜搗寒衣。鴛鴦機上疏螢度，烏鵲橋邊一雁飛。
雁飛螢度愁難歇，坐見明河漸微沒。已能舒卷任浮雲，不惜光輝讓流月。
明河可望不可親，願得乘槎一問津。更將織女支機石，還訪成都賣卜人。

四處都是「畫堂瓊戶」、「雲母帳」、「水晶簾」的洛陽城多麼美好；八月裡清風吹拂、萬里無雲時那天上的銀河是多麼美好。可是在這明亮的銀河照耀之下，卻有著那麼多離別之人、相思之人，她們是丈夫遠征的擣衣女，是與情人分離的紡織女，同時也是想親近明河而不得的宋之問。詩中的明河，既是宋之問嚮往成為的「北門學士」，也是女皇武則天。

這首《明河篇》筆調神奇瑰麗，充滿了浪漫色彩，而淒迷、傷感的基調中，又隱隱流露出志不得揚的悵惘，與宋之問尋常所作無關痛癢的應制詩大為不同，堪稱一篇佳作。據說武則天看了《明河篇》後，曾對朝中另一才子崔融說：「我不是不知道宋之問有才，之所以拒絕他，實在是因為他有口疾啊！」（見《本事詩．怨憤》）

不過，這一小小的挫折並沒有令宋之問放棄追求通達宦途的努力，既然無法親近女皇本人，何不親近與她親近之人呢？

宋之問很快又將目標轉向了因受武則天恩寵而權傾一時的張易之，為討好張易之，宋之問不光甘願當他的槍手替他寫詩文，還自降人格到替張易之端夜壺的地步。當然，這種沒有底線的付出是有回報的，這回報就是得以與達官顯貴們交往，得以安享榮華富貴。

然而，畢竟是文人，宋之問並非不知羞恥之徒。有時他的內心也會掙扎，會產生厭倦情緒，會有隱退的念頭，可他始終無法下定決心這麼做。當他厭倦了官場上的逢迎、厭倦了自己諂媚的嘴臉時，他就逃到他的別業中去，逃向陸渾山莊和藍田山莊去。

歸來物外情，負杖閱巖耕。源水看花入，幽林採藥行。
野人相問姓，山鳥自呼名。去去獨吾樂，無然愧此生。

正如這首《陸渾山莊》所寫，秀美的山川野景成了宋之問的精神寄託，他得以在那裡暫時忘卻為追求世俗功名帶來的煩惱，忘卻自己昧心討好奉承的齷齪之舉，在花影與鳥鳴中過上一段清靜的生活。

「大義滅親」的壯舉之後

七〇五年正月的一天，年逾八旬的女皇武則天躺在病床上，沉沉地睡著了。當時，她的身邊沒有其他人，唯有她最為寵愛的張氏兄弟獲准侍奉在側。時間一分一秒地過去，一切都如往常一樣安靜，但空氣中似乎又充滿了莫名的躁動，彷彿將有不尋常的事情發生。

突然，寢宮外傳來了一陣紛沓的腳步聲。女皇和她的兩位男寵還沒反應過來發生了什麼事，一支由右羽林衛大將軍李多祚、駙馬王同皎、右散騎侍郎李湛率領的禁軍就衝了進來，將張易之、張昌宗兄弟倆以謀反罪抓獲並立即殺死，接著，他們又對女皇進行了兵諫，逼迫老邁的武則天退位。這就是歷史上有名的「神龍政變」。

武則天知道自己大勢已去，知道反抗也只能是螳臂當車，只好無可奈何地選擇了屈服與退讓。就這樣，由武氏建立的周朝滅亡了，廢帝李顯重新繼位為皇帝，天下又成了李氏的天下。

病中的武則天被遷到上陽宮，不足一年就去世了。樹倒猢猻散，在武則天失勢和張氏兄弟被殺後，曾經攀附張氏兄弟的官員都遭到了清算，當時已官至尚書監丞、左奉宸內供奉的宋之問當然也不例外，被貶謫到了偏遠的瀧州任參軍。

此時，宋之問已經是年近半百之人了，生平過慣了悠遊華貴的生活，哪裡受得了在這荒蠻之地吃苦呢？沒過多久，他就逃了回來，並在回鄉途中寫下了那首著名的《渡漢江》：

嶺外音書斷，經冬復歷春。近鄉情更怯，不敢問來人。

逃回洛陽後，無處可去的宋之問藏匿在好友張仲之家。不巧的是，當時張仲之與駙馬王同皎等人正在密謀暗殺武三思。

武三思是武則天的侄子，為人善揣人意、阿諛奉承，為討好武則天，他不惜大興土木、勞民傷財，曾率四夷首長請鑄銅鐵為天樞，藉以「黜唐頌周」，又在武則天晚年時建三陽宮於嵩山、興泰宮於萬壽山，以便武則天巡遊。武三思的種種逢迎之舉很得武則天的歡心，武則天稱帝後，將武三思封為「梁王」，在晚年時，還曾一度猶豫究竟要立兒子還是侄子為太子。

武三思從來都不是一盞省油的燈，在武則天晚年時，他就曾說過「自古天子未有以異姓為嗣者」這樣的話——很明顯，言外之意就是希望姑姑武則天能立自己為太子。若不是當時狄仁傑等朝臣的勸阻，說不定武三思就是皇位的繼承人了。現如今，武則天雖然已經去世，但武三思位極人臣，家族勢力又很大，他一掌權就積極網羅親信、迫害異己，不久就將張柬之、敬暉等人或流放或殺害了。

張仲之與駙馬王同皎等實在痛恨武三思的所作所為，故而密謀殺之。然而，王同皎在張仲之家進進出出的異常舉動引起了宋之問的懷疑，通過打探，他終於得知了這場密謀的內容，感到這正是上天賜予自己再度結交權貴的良機，於是秘密安排家人跑到武三思府上，向武三思告發了這件事。

不久，張仲之與王同皎等人全部被殺，而宋之問卻因告發有功，不僅被免除了私自逃回的罪，還重新當上了京官，被擢任鴻臚主簿，仕途又有了新的轉機。

然而，因賣友求榮一事，宋之問的名聲徹底敗壞了。甚至還有人將他與二十多年前的一樁人命官司聯繫在一起，認為他正是殺害劉希夷的凶手。劉希夷是與宋之問同時代的詩人，據史料記載為宋之問的外甥。劉希夷十分有才，善彈琵琶，詩歌則以歌行見長，辭章柔婉華麗、情調感傷，在初唐頗具詩名。他最著名的詩歌，就是人們耳熟能詳的《白頭吟》：

洛陽城東桃李花，飛來飛去落誰家？洛陽女兒惜顏色，坐見落花長嘆息。
今年花落顏色改，明年花開復誰在？已見松柏摧為薪，更聞桑田變成海。

古人無復洛城東，今人還對落花風。年年歲歲花相似，歲歲年年人不同。
寄言全盛紅顏子，應憐半死白頭翁。此翁白頭真可憐，伊昔紅顏美少年。
公子王孫芳樹下，清歌妙舞落花前。光祿池臺文錦繡，將軍樓閣畫神仙。
一朝臥病無相識，三春行樂在誰邊？宛轉蛾眉能幾時？須臾鶴髮亂如絲。
但看古來歌舞地，唯有黃昏鳥雀悲。

這是一首詠落花、嘆思婦、悲年華的詩：花開花落，美貌女子如花的容顏在等待中老去，年少公子輕歌曼舞的生活也很快將成為回憶，這世間沒有什麼可與時間抗衡，一切美妙的東西都是短暫的、易逝的。

創作這首詩時，劉希夷還是個二十幾歲的青年，年紀輕輕的他似乎天生就是個憂傷的才子，他總能一眼洞穿世事，好談笑的表象之下掩藏著一顆悲觀的心。因為悲觀，劉希夷的處世態度是消極的，他不像舅舅宋之問熱衷於追名逐利，更不會像宋之問那樣追在達官顯貴後面寫各類奉承之作，而是安於自己一方小小的天地，彈彈琵琶，喝喝小酒，再寫寫詩歌，聊作平淡生活的點綴。

可惜，這樣一個在生活中不爭不搶、頗具才情的文人竟然年紀輕輕就被人所害、死於非命，而導致這場不幸的，正是他寫的那首《白頭吟》。

劉希夷與宋之問是親戚，而且兩人年齡相仿，又都是好寫詩的文人，平時二人見個面，聊一聊詩歌、聊一聊創作，是很尋常的事。在一次閒聊中，宋之問得知劉希夷寫了一篇新作《白頭吟》，便急忙要來一睹為快。由於劉希夷的《白頭吟》寫得太好了，宋之問越看越喜歡，尤其是其中「年年歲歲花相似，歲歲年年人不同」這句，令他拍案叫絕，反覆吟誦，欲罷不能。

或許在才子眼中，絕妙的佳句猶如絕色美人一般撩人心魄吧，當宋之問得知他是這首詩的第一位讀者時，突然心生邪念，想將這首詩據為己有，因此對外甥劉希夷提出了不情之請，希望劉希夷能將這首詩「轉讓」給他。宋之問的懇求在劉希夷看來無疑荒唐到了極點，不管宋之問如何苦苦哀求，劉希夷都不肯答應。宋之問求詩不得，嫉妒的烈火在胸中熊熊燃燒，又覺得自己遭受拒絕很沒面子，一怒之下，竟派家奴用裝滿沙土的袋子壓死了劉希夷。（見《唐才子傳》）

被嫌棄的見風使舵者

自女皇武則天死後，由於唐中宗怯懦無能，朝政大權落於韋皇后手中，而當年女皇無比寵愛的太平公主此時也從幕後走到臺前，開始公然插手政治。此外，朝中如武三思之流的大臣也野心勃勃、蠢蠢欲動，積極籠絡人才、排除異己，將在「神龍政變」中立下汗馬功勞的張柬之等人一一翦除，事後又頻頻露出圖謀不軌的跡象。同時，在未來的皇位繼承人李重俊與韋后之女安樂公主之間也開始了劍拔弩張的奪權鬥爭。看似太平的世道，實際風雲暗湧，誰也不知道明天會發生什麼。

在如此複雜動盪的局勢之下，一向善於見風使舵的宋之問也不覺感到迷茫。他先借告密一事攀附上了權勢顯赫的宰相武三思，後又跑去附庸太平公主，不久見安樂公主似乎有可能成為未來的女皇，便積極與安樂公主親近，而他在各派勢力之間周旋的法寶，依然是他的那一枝筆。

如《奉和梁王宴龍泓應教得微字》：

水府淪幽壑，星軺下紫微。鳥鷩司僕馭，花落侍臣衣。
芳樹搖春晚，晴雲繞座飛。淮王正留客，不醉莫言歸。

再如《奉和春初幸太平公主南莊應制》：

青門路接鳳凰臺，素滻宸遊龍騎來。澗草自迎香輦合，巖花應待御筵開。
文移北斗成天象，酒遞南山作壽杯。此日侍臣將石去，共歡明主賜金回。

又如《宴安樂公主宅得空字》：

英藩築外館，愛主出王宮。賓至星槎落，仙來月宇空。
玳梁翻賀燕，金埒倚晴虹。簫奏秦臺裡，書開魯壁中。
短歌能駐日，豔舞欲嬌風。聞有淹留處，山阿滿桂叢。

又如《奉和幸韋嗣立山莊侍宴應制》：

樞掖調梅暇，林園藝槿初。入朝榮劍履，退食偶琴書。
地隱東巖室，天回北斗車。旌門臨窈窕，輦道屬扶疏。

雲罕明丹壑，霜笳徹紫虛。水疑投石處，溪似釣璜餘。
帝澤頒卮酒，人歡頌里閭。一承黃竹詠，長奉白茅居。

在宋之問眼中，這些權貴是保他平安富貴的靠山，而在權貴們看來，出遊或設宴時多個吟詩作賦、拍馬溜鬚的人也不是壞事。但在朝廷混跡了大半輩子的宋之問聰明反被聰明誤，竟然忘了一身不事二主這個最為簡單的道理。一開始，他與這些權貴相處得還算融洽，但漸漸地，他發現自己已不知不覺陷入了各派勢力鬥爭的漩渦中難以脫身了。

七〇七年，李重俊在與韋后及安樂公主的權力鬥爭中漸落下風，甚至還被安樂公主當面呼為奴，受盡了凌辱。因感到太子地位受到嚴重威脅，這年七月的一天，太子李重俊秘密聯合左金吾大將軍李千里、左羽林大將軍李多祚、右羽林將軍李思沖等人，率左右羽林軍及千騎三百餘人發動兵變，先衝入武三思府邸，殺死武三思、武崇訓父子及黨羽十餘人，而後又率軍闖入皇城，欲殺害韋皇后、安樂公主與昭容上官婉兒。

韋皇后聞變，和唐中宗一起奔向玄武門。李多祚等人在玄武門遇阻，因手下士卒倒戈而被殺。李重俊得知失敗後，帶著左右親信和幾個家奴騎上快馬飛奔而逃，結果還是被身邊人所叛，被害於逃亡途中。一場醞釀已久的骨肉相殘的政變在一片腥風血雨中結束了。

李重俊政變失敗後，為剷除競爭對手，韋皇后與安樂公主又開始將矛頭指向為她們所忌憚的太平公主，陷害她與太子李重俊同謀。太平公主因蕭至忠在唐中宗面前流淚進諫而躲過此劫，但從此與安樂公主母女的敵對變得白熱化，已經到了不共戴天的地步。

在這樣的情勢之下，先追隨太平公主後又攀附安樂公主、向皇帝上表歌頌政變中被害的武氏父子功德的宋之問受到了太平公主的嫌惡與忌恨，結果被彈劾貪贓枉法，從考功員外郎的職位上跌落下來，被貶到了越州（今紹興）當長史。

妾住越城南，離居不自堪。採花驚曙鳥，摘葉餵春蠶。
懶結茱萸帶，愁安玳瑁簪。待君消瘦盡，日暮碧江潭。

正如這首《江南曲》所寫，被貶到遠離京城的越州之後，宋之問就像一個被情人冷落的思婦，心中的失落是在所難免的。然而，越州畢竟地處江南，是山清水秀的魚米之鄉。在那裡，宋之問遊山玩水、置酒賦詩，日子倒也過得十分逍遙。

但這樣的太平日子沒過幾天，又一場宮廷政變發生了。七一〇年，太平公主與李隆基合謀誅殺韋皇后與安樂公主，擁立李旦為帝，李旦就是唐睿宗。至此，武氏徹底失勢了。當年因為攀附武三思、奏請為武三思父子歌功頌德而升官的宋之問，如今卻因同樣的原因被流放到了遙遠的欽州。這是宋之問繼被貶瀧州之後第二次來到嶺南。命運的輪迴、身世的沉浮，令他生出了無限的感慨，在途經大庾嶺時，寫下了《題大庾嶺北驛》一詩：

陽月南飛雁，傳聞至此回。我行殊未已，何日復歸來。
江靜潮初落，林昏瘴不開。明朝望鄉處，應見隴頭梅。

宋之問聽聞大庾嶺是大雁南飛的最南端，而自己卻要繼續往南，去往那人跡罕至的荒涼之地，登嶺遠眺，長安與洛陽越來越遠，故鄉越來越遠，不覺思鄉情怯、悲從中來。

然而，這種悲愁的情緒，掃除了宋之問這個宮廷詩人身上的綺靡之氣，令他在流放途中寫下了不少充滿真摯情感的優秀之作。如他途經桂林時所作的《始安秋日》：

桂林風景異，秋似洛陽春。晚霽江天好，分明愁殺人。
捲雲山角戢，碎石水磷磷。世業事黃老，妙年孤隱淪。
歸歟臥滄海，何物貴吾身。

此時已是秋天，而地處嶺南的桂林卻依然一片草木蔥翠的景象，看著異鄉傍晚雨後初霽、霞光滿江的勝景，宋之問的內心卻充滿了憂鬱與痛苦。他後悔了，後悔自己當年不夠果決，幾十年來一直留戀官場追名逐利，而最終，他費盡心機求來索去，又得到了什麼呢？

「歸歟臥滄海，何物貴吾身。」這是宋之問得出的結論。他再一次產生了歸隱之心，想去到那幽靜的山林中，在那雲霧縹緲的海島之上，過著遠離俗塵的隱居生活。

然而，此時才悔悟已經晚了。宋之問早先的一切所為已經鑄就了他此身的孽緣，比被流放欽州更壞的命運正在不遠處等待著他。七一二年，李隆基登上皇位後果斷地下旨賜死宋之問，這位才華橫溢卻聲名狼藉的詩人，就這樣以悲劇的方式結束了自己的一生。

「少小離家老大回，鄉音無改鬢毛衰」

最負盛名的詩壇老仙——賀知章

被人嘲笑的禮部侍郎

初唐時期有個了不起的宰相，叫陸象先。他在還沒有當上宰相的時候就已經有了很高的聲望。七一一年，當時的皇帝唐睿宗最倚重的妹妹太平公主，為了進一步培植自己的勢力，向皇上推薦宰相。她非常看重時任太子詹事的崔湜，就召他面見，對他說：「太子詹事的職位不足以發揮愛卿的才能，本宮覺得愛卿不應屈居，目前宰相職位尚且空缺，愛卿以為如何？」沒想到崔湜卻說：「殿下，臣的才能與德望都還不足以居相位，如果殿下要選賢能，臣以為陸象先最合適，如果陸象先屈居下位，臣是萬萬不敢上位的。」太平公主怎麼會不知道陸象先，只是她覺得此人不一定能為她所用。但既然崔湜這樣說，她心想：加以高官厚祿，恩寵日久，為我所用應該是沒問題的。

於是，太平公主就讓崔湜和陸象先一同就任宰相之職，崔湜對自己所舉薦的這個人感到很滿意，經常說：「陸公才德，真是超人一等。」但是陸象先並沒有因為這個宰相位而依附於太平公主。當時，太平公主權傾朝野，朝廷高官爭相示好，只有陸象先不為所動。後來，太平公主想要廢掉剛剛受睿宗禪讓即位的玄宗，而另立寧王李憲為帝，便召來所有宰相（**唐朝實行「群相制」**）商議：「寧王是嫡長子，太上皇不應該廢長立幼，諸位愛卿意下如何？」由太平公主推舉的宰相都唯唯諾諾，只有陸象先說：「殿下，玄宗能夠即位，是因為什麼呢？」太平公主說：「當今皇帝能夠即位只是因為有一時之功，可是如今德不服人，難道不應該廢掉嗎？」陸象先說：「當今皇上因有功而立，那麼要廢掉也得戴罪而廢，現在無罪而廢，說不通啊。」太平公主大怒，再也不見陸象先，謀反之事找別人商議。

太平公主廢帝之事敗露後，玄宗決心對其黨羽一網打盡，便在宮中起事，驚動了已是太上皇但任然執掌軍政大權的唐睿宗李旦。唐睿宗驚慌中來到承天樓召集眾臣，對他們說：「能夠幫朕的就留在這裡，不能的可以離開。」許多大臣左右為難，但為了不得罪太上皇，都寫了名帖呈給睿宗。後來唐玄宗得到了投名帖的官員名單，就讓陸象先把這些人關押起來審訊，可是陸象先卻私自把名單給燒了，玄宗大怒，想連同陸象先一起治罪，陸象先卻說：「陛下，國家有變，大臣們保護國君是忠誠的表現。陛下以德教化天下，怎麼可以殺這些仁義之士呢？臣違命燒毀名單，是為了讓那些因為此事而擔驚受怕的人安心，這樣才能一心為朝廷。」玄宗這才明白了陸象先的用意，也更加讚賞他的忠心和長遠的眼光。太平公主事敗之初，由她推舉的人多被牽連，唯有陸象先因最初反對公主廢帝之事而被玄宗特赦，玄宗感慨地說：「天氣嚴寒之時，才知松柏不易凋零啊。」

就是這麼厲害的陸象先卻非常看重一個人，遇到好朋友經常說：「賀兄說起話來率真有趣，灑脫無拘，論事清雅不俗，常有高見遠論，是真正的風流才子。我和兄弟表親分別多年，都不怎麼想念，唯獨賀兄，一天不見到他，心中就會產生齷齪世俗的想法。」陸象先所說的這位賀兄就是唐代著名詩人賀知章，史書上也說賀知章性格率直豪放，風趣幽默，當時的賢達之人都很樂意和他交往（見《舊唐書．文苑．賀知章傳》）。賀知章是陸象先的表兄，兩人意氣相投，所以陸象先做中書侍郎的時候，不止一次推舉他的這位表兄，為賀知章的仕途發展提供了很大的幫助。

作為武則天時期的狀元，賀知章的才華也是令時人折服且深受朝廷重視的。七二五年，賀知章升任禮部侍郎。這一年，唐玄宗正好要到東嶽泰山封禪，因為不想眾聲喧嘩破壞泰山的清明潔淨，就獨自和宰相以及相關官員登上泰山上的齋宮，其他官員都留在登山的谷口。出發前，玄宗召來賀知章，探究並敲定封禪儀式。賀知章對玄宗這次具有變革性質的安排表示非常欽佩，並說了自己對一些細節的考慮，玄宗高興地說：「愛卿和朕想的一模一樣，就這樣辦吧。」這次封禪儀式上吟詠的七首獻詩，都出於賀知章一人之手，可見他是多麼受唐玄宗的器重，如這首用於祭祀天神、誠厚典雅的《唐禪社首樂章．順和》：

> 至哉含柔德，萬物資以生。常順稱厚載，流謙通變盈。
> 聖心事能察，增廣陳厥誠。黃祇僾如在，泰折俟咸亨。

這裡所說的「社首」是指社首山。社首山是泰山的附屬神山，古代帝王封禪泰山時多在社首山上設立祭壇祭祀后土，在泰山頂上設壇祭祀昊天上帝。但一九五一年，社首山被當作封建迷信而鑿毀取石，從此便消失了，這些寫給它的詩歌就變得沒有著落了。這些獻祭之詩收錄在《全唐詩》中，均是御用應制之作，沒有生動事實，所以如今讀起來不免生澀而空洞，也無法體現賀知章的詩才。要說能表現他文學才華的，還要數他的其他詩作。比如，廣為流傳的《詠柳》，寫詩人驀然見到二月柳葉時的驚喜：

碧玉妝成一樹高，萬條垂下綠絲絛。不知細葉誰裁出，二月春風似剪刀。

再如，寫送朋友西出邊塞從軍的《送人之軍》：

常經絕脈塞，復見斷腸流。送子成今別，令人起昔愁。
隴雲晴半雨，邊草夏先秋。萬里長城寄，無貽漢國憂。

又如，寫漢代孝子董黯為了不讓母親擔心，忍辱負重十年，等母親過世後再尋找當年羞辱母親的仇家一雪舊恥的《董孝子黯復仇》：

十年心事苦，惟為復恩仇。兩意既已盡，碧山吾白頭。

賀知章由於性情率直、不拘禮節、風趣幽默，所以就算官職很高，也依然很難（或者說他根本不屑）在別人面前樹立權威，還因此鬧過一個笑話。七二六年，他還在當禮部侍郎的時候，岐王李範病逝，按照當時的慣例，岐王的葬禮上要挑選一批十四五歲的權貴子弟充當輓郎，他們會在出殯時牽引死者的靈柩，唱誦輓詩。喪禮結束後，這些有幸被選作挽郎的少年因為給岐王送葬、忠孝皇室而立下功勞，他們的檔案就直接移交吏部，供吏部選拔分配，很多人會因此年紀輕輕就步入仕途。

可想而知，這樣的機會誰願意放棄，每家的少年郎都盯著呢。可是名額有限，選誰不選誰，都有問題。所以輓郎名單剛一公布，賀知章的家就被那些落選的公子哥給包圍了，他們吵吵鬧鬧，叫嚷著要賀侍郎給個說法。賀知章知道門外的這些少年平時驕奢橫行，不敢得罪，又不敢開門解釋，也不能置之不理，一時手忙腳亂。他靈機一動，命人搬來一架梯子搭在牆上，下人很是納悶，不知道侍郎老爺想幹什麼。等梯子搭好，令人驚奇的是，賀知章自己爬了上去。大家心想：堂堂禮部侍郎，難不成為了這麼點小事翻牆逃跑？賀知章爬上去後，顫顫巍巍地對牆外的少年們說：「各位公子，大家靜一靜，靜一靜，聽老朽解釋。各位公子都人才出眾，是我大唐未來之棟梁，可是此次輓郎名額有限，老朽實在是無能為力啊。」話說到這裡，人群中又七嘴八舌地嚷嚷起來，大意是說那為什麼厚此薄彼。賀知章趕緊說：「各位公子快回家去吧。我聽說啊，寧王身體也不太好了。」這樣，門外的一群富家公子才散去。

《唐語林》裡記載，賀知章的原話是這樣的：「諸君且散，見說寧王亦甚憯澹矣。」寧王是玄宗的哥哥李憲，賀知章言下之意是，寧王快要去世了，很快大家就有機會了。他這麼做有點讓人哭笑不得。當務之急是解決了，可是這爬牆事件在長安城裡傳得沸沸揚揚，很多人嘲笑他當官沒有一點權威，也有人指責他詛咒寧王，所以沒過多久，賀知章就被調任工部侍郎，換了一個部門當領導。可見玄宗還是很喜歡他。

吳中四士，飲中八仙

賀知章性情灑脫、為人隨和，毫無尊卑貴賤的觀念，在唐代詩壇是名副其實的「交際花」，所以他的朋友圈是老的、少的，當官的、不當官的，念佛的、得道的，飛黃騰達的、窮愁潦倒的，什麼人都有。比如，他與陳子昂、盧藏用、宋之問、王適、畢構、李白、孟浩然、王維、司馬承禎等被稱為「仙宗十友」，與張若虛、張旭、包融並稱「吳中四士」，又與李白、李適之、李璡、崔宗之、蘇晉、張旭、焦遂並稱「酒中八仙人」。這些都是傳為美談、見之於史書的，史書未有記載的，想必更不在少數。

唐玄宗即位前後的十幾年間，「吳中四士」風流倜儻，名滿天下，他們的詩歌清新雅麗，就像江浙一帶的自然山水一樣，獨具格調。「四士」中包融流傳下來的資料很少，現在只知道他當時在吳越之地詩名俊秀，名揚上京，在張九齡的引薦下出任懷州（今河南沁陽）司馬，後來遷升為集賢直學士、大理司直。《全唐詩》收錄了包融的八首作品，很能體現他作為江南文人的格調，如《送國子張主簿》：

湖岸纜初解，鶯啼別離處。遙見舟中人，時時一回顧。
坐悲芳歲晚，花落青軒樹。春夢隨我心，悠揚逐君去。

張旭詩書俱佳，為人灑脫不羈，豁達大度，卓爾不群，最以書法聞名，是一位非常有個性的書法家。杜甫在《飲中八仙歌》中這樣寫他：「張旭三杯草聖傳，脫帽露頂王公前，揮毫落紙如雲煙。」張旭喜歡喝酒，經常喝得酩酊大醉，醉後又手舞足蹈，高歌長嘯，踉踉蹌蹌地走到桌前提筆即書，一氣呵成，瀟灑神氣有如天人，有時候甚至用頭髮蘸了墨汁來寫字，時人稱其「張顛」。當時的人只要能得到他的書法，哪怕是隻字片語，都會視如珍寶，世代珍藏。李頎在《贈張旭》一詩中非常生動地記述了張旭醉後揮毫的情形，十分有趣，直逼魏晉風流：「露頂踞胡床，長叫三五聲。興來灑素壁，揮筆如流星。」

當然，張旭還是一位出色的詩人，但他的詩歌作品清雅無為，書寫自然清趣，全然不像他癲狂而張揚的書法，如描寫春日花溪的《桃花溪》：

隱隱飛橋隔野煙，石磯西畔問漁船。桃花盡日隨流水，洞在清溪何處邊。

再如勸朋友不要著急回家而應安心自然的《山行留客》：

山光物態弄春暉，莫為輕陰便擬歸。縱使晴明無雨色，入雲深處亦沾衣。

排在「吳中四士」之首的張若虛，更是不可不說。從「吳中四士」的排序來看，張若虛在當時影響力應該是很大的，可是不知什麼原因，這四人之中，反而是關於張若虛的史料最少，僅知道他是揚州（今江蘇揚州）人，曾經當過兗州兵曹這麼一個小官。《全唐詩》僅收錄張若虛的詩作兩首，一首是《代答閨夢還》，另一首就是千古名作《春江花月夜》。他的作品在唐代乃至宋元兩代都不被重視，直到明代的胡應麟在《詩藪》中高度評價說：「張若虛《春江花月夜》流暢婉轉，出劉希夷《白頭翁》上。」這才引起重視，到清代，這首交響樂一般的詩幾乎人人推崇，再到近代，聞一多將其推為：「詩中的詩，頂峰上的頂峰。」（**見聞一多《宮體詩的自贖》**）至此，張若虛的詩名達到了頂峰，《春江花月夜》也以「孤篇壓全唐」，在詩歌史上的地位驟升至頂峰。

但無論由於什麼原因導致張若虛生前盛名而死後湮沒無聞，他的這首《春江花月夜》的藝術和思想價值都是無法磨滅的，無論歷來對這首詩的評價有多少爭論，都不影響人們從中感受江南春夜美景、感受詩人對人生有涯而天地無限的感慨。全詩意境靜謐悠遠、空明無限、深沉寥廓，詩情、畫意、哲理被完美地融為一體，語言清麗而氣息婉轉，像一曲宏大而深沉的交響樂，樂音豐繁卻渾然一體，確實是中國古代詩歌寶藏中的藝術珍品。

春江潮水連海平，海上明月共潮生。灩灩隨波千萬里，何處春江無月明！
江流宛轉繞芳甸，月照花林皆似霰。空裡流霜不覺飛，汀上白沙看不見。
江天一色無纖塵，皎皎空中孤月輪。江畔何人初見月？江月何年初照人？
人生代代無窮已，江月年年望相似。不知江月待何人，但見長江送流水。
白雲一片去悠悠，青楓浦上不勝愁。誰家今夜扁舟子？何處相思明月樓？
可憐樓上月徘徊，應照離人妝鏡臺。玉戶簾中捲不去，擣衣砧上拂還來。
此時相望不相聞，願逐月華流照君。鴻雁長飛光不度，魚龍潛躍水成文。

昨夜閒潭夢落花，可憐春半不還家。江水流春去欲盡，江潭落月復西斜。
斜月沉沉藏海霧，碣石瀟湘無限路。不知乘月幾人歸，落月搖情滿江樹。

本來就瀟灑不羈，再加上整天和這樣的風流人物交遊往來，賀知章自然是「變本加厲」，隨著年歲的增長以及德望的積累，越來越率性而為，越來越不循規蹈矩。晚年時，他乾脆自稱「四明狂客」，整日裡在長安城好玩的地方飲酒玩樂，醉酒之後作書作詩，一氣呵成，常常欣然忘我。除了詩詞，賀知章還是一位出色的書法家，擅長草書和隸書。傳說有一些人想得到賀知章的墨寶，就跟著他，自備紙張，等他醉酒後拿筆寫字的時候，趕緊把紙放在桌子上，等他寫完，就興高采烈地抽紙拿走。每張大紙也就寫十幾二十個大字，但是拿到的人都放在家中世代珍藏，視為傳家寶。

杜甫在《飲中八仙歌》中寫到的第一個人就是賀知章，詩中這樣寫道：「知章騎馬似乘船，眼花落井水底眠。」這是說晚年的賀知章好飲，經常醉酒，醉酒後騎馬過街市，在馬上前俯後仰東倒西歪，就像坐在沉浮不定的船上一樣；醉眼昏花掉到水池中，落水也不會讓他醒過來，反倒在水中繼續呼呼大睡。詩中所寫多少有點誇張，但可見賀知章的放誕，也可見他的好飲與率性。賀知章寫過一首名為《題袁氏別業》的小詩，也足以表現他面對美酒時的瀟灑豪邁：

主人不相識，偶坐為林泉。莫謾愁沽酒，囊中自有錢。

詩壇老仙，告別長安

《原化記》記載，賀知章在長安城西宣平坊有一套住宅，對門有一個小院子。五六年來，賀知章經常看見有一個騎驢的老人進出小院，更令他奇怪的是，五六年來，老人的衣服絲毫沒有變化，就連衣服的顏色也沒有因為年月侵染而有變化。賀知章就讓人打聽這個老人的身世，周圍鄰居都說，老人姓王，一直在街市上賣穿銅錢用的繩子，並沒有什麼奇特之處。賀知章不相信，就經常找機會前去拜訪，老人每一次接待他都禮數周到。

經過拜訪，才知道這個老人有一個侍奉他的童子，除此之外並無家人，交往更深入之後，慢慢地知道了老人善於修道煉丹。賀知章便提出想拜老人為師，請求老人給他講道授法。拜師這天，賀知章帶來了家中珍藏的明珠作為禮物獻給老人，可沒想到老人轉身就把明珠給了童子。一轉眼工夫，童子帶著三十多個餅回來了，賀知章這才知道被他視為珍寶的明珠竟然被拿到街市上賤賣了，不免有點生氣。老人覺察到了賀知章的心思，便對他說：「道術要用心修得，而非用力爭的。吝嗇的人，怎麼可能得道呢？」賀知章聽了這話，恍然大悟，拜謝老人之後就離開了。

此時的賀知章已經八十多歲高齡了，白鬚白髮，像個仙人一樣。這一年，賀知章身體不是太好，得了一場大病，以至於經常精神恍惚，現實與夢幻經常分辨不清，有一天晚上竟然夢見自己去了天帝的宮殿。病癒後，賀知章請求辭去官職、告老還鄉。唐玄宗知道賀知章的脾氣，也沒有挽留，只是問他回家後做什麼，需要什麼賞賜。賀知章說：「老臣多謝陛下隆恩。老臣年邁，已無所求，待回到老家，只想將祖宅改為道觀，在那裡做一名道士，一待終老。而在京城的住所，老臣想捐為道觀，還望陛下恩准。」這簡直不算什麼要求，玄宗自然滿口答應，並為即將由他的京城居所改建的道觀賜名「千秋」。

七四四年五月，唐玄宗親自為賀知章安排了一場聲勢浩大的送別儀式，在長安城的東門設立幕帳，大擺酒宴，王公諸臣，咸集而來，為這位數朝老臣餞行。不僅如此，唐玄宗還特寫贈別詩：「遺榮期入道，辭老竟抽簪。豈不惜賢達，其如高尚心。寰中得秘要，方外散幽襟。獨有青門餞，群英悵別深。」這對當時的文人士子來說，真是無上的榮耀。賀知章自然非常感動，拖著老邁的身軀，在侍從的攙扶下，對玄宗拜了又拜，然後再拜別同僚群臣，方才上車離開這座居住了約五十年的長安城而去。數十年的宦海沉浮，終於要在這一刻畫上句號，而久別的自然風物又越來越多地進入他的生活。

長途跋涉數月，終於到了江浙一帶，此時已近秋天，陰雨開始多起來。雲氣騰騰的山林如同遠在天邊，那些雲霧飄浮過來，就像見到久違的老朋友，撲在故人的臉上，鑽到他的鼻子裡。長安雖然也人傑地靈，但畢竟地處西北，氣候乾燥，哪裡有南方這樣雲氣宜人。回到家鄉，房舍街市，湖山雲樹，還是和記憶中的樣子差不多，尤其聽到那些親切的老家話，即便是幾十年不說，也還能馬上說出口來，街上追逐打鬧的孩子們嬉笑著問他：「客官，儂是從哪裡來的呀？」這些孩子，詩人也不認識，他不禁感慨離家日久，重新歸來，卻像客人一樣。待到家中，不禁提筆寫下那首至今為人傳誦的《回鄉偶書二首》：

其一

少小離家老大回，鄉音無改鬢毛衰。兒童相見不相識，笑問客從何處來。

其二

離別家鄉歲月多，近來人事半消磨。惟有門前鏡湖水，春風不改舊時波。

然而，回家沒多久，賀知章就留下那方生他養他的秀麗山水，溘然長逝了。七四七年，李白獨自對酒，回想起當初在長安與賀知章金龜換酒一醉方休的情景，思念不已，寫下《對酒憶賀監二首》懷念賀知章與他的友情：

其一

四明有狂客，風流賀季真。長安一相見，呼我謫仙人。
昔好杯中物，翻為松下塵。金龜換酒處，卻憶淚沾巾。

其二

狂客歸四明，山陰道士迎。敕賜鏡湖水，為居臺沼榮。
人亡餘故宅，空有荷花生。念此杳如夢，淒然傷我情。

這兩首詩的並序這樣寫道：「太子賓客賀公，於長安紫極宮一見余，呼余為『謫仙人』，因解金龜換酒為樂。歿後對酒，悵然有懷，而作是詩。」所說的正是七四二年李白奉詔進京時在紫極宮遇見賀知章一事。當時，賀知章早知李白有詩名，待看到眼前那個風清骨峻的中年人時，自然心生歡喜，而再待看到《蜀道難》一詩時，直呼：「真是下凡的詩仙啊！」隨後，一路相攜，直奔酒家。可是進了酒家，賀知章才想起身上沒帶錢，乾脆解下腰間佩帶的金龜來換酒，二人詩酒高談，一醉方休，遂成忘年之交。往事歷歷在目，可是當初與李白談笑風生、金龜換酒的那個神仙般的老頭如今已不在了。

「野曠天低樹，江清月近人」

終身未仕的山水隱士——孟浩然

鹿門山的年輕隱士

出於秦嶺南麓的漾水、沮水、玉帶河在漢口會合，匯成漢水，自此一路奔騰，流經陝西、湖北兩地，貫穿漢中、安康、十堰、丹江口、襄陽、荊門等城市，最後在武漢流入滾滾長江。至襄陽附近，兩岸聚集眾多名山，如同仙人聚會，氣象非凡。鹿門山與峴山隔江相望，如同兩位老僧憑江對弈。又有獅子山、香爐山、霸王山、李家山等環列四周，如同觀棋。整個山群，林木蒼莽，雲遮霧繞，江水湧動，鳥鳴清幽，四時花香接替，真如仙人所在。

其中鹿門山最為殊勝。傳說漢光武帝劉秀聽說此山靈秀前來遊覽，晚上宿於山間，卻與侍中習郁做了一個一模一樣的夢，夢見兩隻梅花鹿在山上迎接。光武帝覺得其中有天意，便命令習郁在山中建立廟宇，廟宇前聳立石碑，石碑上刻著夢中所見的兩隻梅花鹿。老百姓把這個廟稱為鹿門廟，久而久之，也以廟名山，稱為鹿門山。

三國時期的龐德公是與諸葛亮、龐統、徐庶、司馬徽等人齊名的智者，隱居鹿門山，卻名揚天下，荊州刺史劉表聽說龐德公賢能，不惜親自前往禮賢下士，可是龐德公始終沒有出山。劉表說：「先生隱居山林，不肯出來做官，拿什麼留給子孫呢？」龐德公說：「世人追慕名利，所以留給子孫的只會是危險，我留下的卻是安居樂業。與世人相比，只是留下來的東西不同罷了。」劉表說：「名利怎麼能和危險相等同呢？」龐德公說：「禹湯得到天下，把國家交給自己的親人，這才使桀敗退，使紂的人頭被掛在周的旗幟上，而他們的親族也都被俘獲。這還不是危險嗎？」劉表自知龐德公出山無望，便嘆息而去，龐德公始終隱居山林，採藥而終。

七〇八年，家住峴山附近的一個青年人在書上讀到龐德公的故事，慕名訪山。一大早他就收拾了一點行李，划一葉小艇順流而下，他知道經過熟悉的峴山，漢江對岸就是鹿門山了。這是他第一次正兒八經地尋訪名山。早晨的霧氣還沒有散開，縈繞在半山腰上，就像一條巨大卻輕盈無比的絲帶，遠遠近近地浮動著。山頂高處的樹木已經露出了茂盛的樹冠，陽光照在上面，閃耀著不同的色澤。沿江而下，江面上的霧氣也逐漸消散，這才發現江邊的白石白沙上停落著前來飲水的水禽，它們也不懼怕往來的船隻，自由自在地在江邊淺水中踱步、徘徊。霧中的江樹模糊一片難以分辨，簡直就像一團團深色的霧，凝結成不同的形狀，在清晨幻化萬千。快到目的地的時候，山勢才明朗起來，霧氣幾乎消散，鹿門山的輪廓漸漸顯現。待停舟繫纜，一個人行行止止，在山上懷古流連，恍惚之間像是到了古代，眼前的岩石古木，石床苔蘚，都是龐德公所用之物，縹緲無定的白雲，暗香孤芳的丹桂，也都是龐德公隱居時的樣子。

這樣行止流連，不覺之間夕陽西下，只好下山解纜，回艇歸家，然而對於龐德公的仰慕、對於世事的思索，年輕人還意猶未盡。回到家中，年輕人提筆寫下了一首《登鹿門山懷古》，這不僅是他初訪鹿門山的行記，也是他與鹿門山不解之緣的開端，更是他作為一個優秀詩人的開始。

清曉因興來，乘流越江峴。沙禽近方識，浦樹遙莫辨。
漸至鹿門山，山明翠微淺。巖潭多屈曲，舟楫屢迴轉。
昔聞龐德公，採藥遂不返。金澗餌芝朮，石床臥苔蘚。
紛吾感耆舊，結攬事攀踐。隱跡今尚存，高風邈已遠。
白雲何時去，丹桂空偃蹇。探討意未窮，回艇夕陽晚。

這個年輕人就是唐代著名詩人孟浩然，他出生在襄陽城一個「薄有恆產」的書香門第，九歲時才開始讀書、習劍，他讀到龐德公的傳說時，大約是七〇八年。三年後，孟浩然和好友張子容一同來到鹿門山讀書、隱居。從此，鹿門山和孟浩然都開始發生深刻的變化：一方面，鹿門山山高林深的幽靜環境不斷為本來就一身隱逸風度的孟浩然集聚自然山水的仙氣；另一方面，孟浩然寧靜恬淡的文人氣質和天然風雅的詩詞為鹿門山帶來了文化的溫潤和溫度。這樣一來的結果就是，一千多年已經過去，時至今日，人們提到鹿門山第一個必然想到的人就是孟浩然，而不是他當時心心念念的高士龐德公；一提到孟浩然，則必然想到滋養了他一生的鹿門山。孟浩然之於鹿門山就如同李白之於大匡山，王維之於終南山，文化與自然之間的這種相互造就已經滲入二者的血脈，難捨難分。

鹿門山本就距離襄陽城不遠，孟浩然選擇在此處隱居，不僅因為鹿門山風景殊勝，還因為這裡離家不遠，也就是說在此隱居的孟浩然所過的並非那種完全不食人間煙火的生活。隱居山林是為了修身養性，同時也是為了安心讀書，所以免不了和朋友交遊、唱和。

有一年秋天，一個老朋友說剛收了新的穀子，邀請孟浩然前去品嘗。孟浩然欣然前往，一路綠樹成蔭、青山如畫，老朋友所在的村莊就被這樹這山圍在懷中，靜謐而安然，偶爾傳來的雞鳴狗叫增添了鄉野生活的趣味，這樣的田園景象深深觸動著詩人的心。到了朋友家，坐在桌前吃飯，窗外就是晾曬莊稼的場院和菜圃，說起話來也無關國事政治，而是談論莊稼和收成。這種田園生活場景，在喜歡談論歷史與政治的書中是難以見到的，清雅淡泊，令人難忘。著名的《過故人莊》記載的正是這件事。

故人具雞黍，邀我至田家。綠樹村邊合，青山郭外斜。
開軒面場圃，把酒話桑麻。待到重陽日，還來就菊花。

孟浩然在鹿門山上的居所處於山腰的一塊不太大的岩石上，用樹枝圍成一圈並不高的籬笆牆，圈出一個小院子。四周古樹參差，山溪潺潺，站在這裡看出去，一片莽莽蒼蒼，上山下山的石徑隱藏其中，根本看不到。山下不遠處就是蒸騰的漢水，河邊的幾個村莊隱約可見，河對面的峴山顯得遠不如平日裡那樣高大。峴山後面就是襄陽城。天際不可見，春日的雲朵和霧氣還糾纏在一起，看不到成形的白雲。山間林下的百草已經很高了，落過葉子的樹上都已經抽出了不小的新葉，未落葉子的樹零零散散地落起葉來，而等舊葉剛落，新葉早已在那裡了。早開的花都在這和煦的春日裡爭相開放。一個清晨，鳥鳴啾啾，獨居草屋的詩人被叫醒，外面陽光閃爍如同誰散落的碎黃金，詩人這才想起昨晚風雨大作，不禁想：剛長出來的花兒，不知道被風雨打掉了多少。那首婦孺皆知的《春曉》就誕生於詩人隱居鹿門山的時候。

春眠不覺曉，處處聞啼鳥。夜來風雨聲，花落知多少。

這樣風輕雲淡、質樸悠長的生活，孟浩然斷斷續續地過了一生，其間他也曾數次出遊干謁、入京求仕，但均未有理想的結果，而每當他落寞而歸，鹿門山始終像一個寬容的母親一樣，毫無怨言地接納這個風塵僕僕的遊子。並且，終其一生，鹿門山的山水雲樹從未變過，它們為他消除俗世的疲憊，為他撫平俗世的創傷，它們給了孟浩然太多的庇護、啟發和靈感。鹿門山不僅僅是物質性的，更是精神性的，甚至是人格化的，像孟浩然永遠都可以敞開心扉的老朋友。所以，短短一生，孟浩然在鹿門山寫了許多流傳至今的名作。除了以上所錄，再如《夏日南亭懷辛大》：

山光忽西落，池月漸東上。散發乘夕涼，開軒臥閒敞。
荷風送香氣，竹露滴清響。欲取鳴琴彈，恨無知音賞。
感此懷故人，中宵勞夢想。

又如他寫鹿門山的那首最有名的《夜歸鹿門山歌》。這首詩所寫的鹿門黃昏景象更有人間煙火味，而略顯熙攘的黃昏過後，又是「松徑寂寥」「幽人來去」的清涼，或許這首詩最動人的地方正是它恰到好處地表現了詩人不離人間煙火卻也清涼自在的妙隱狀態：

山寺鐘鳴晝已昏，漁梁渡頭爭渡喧。人隨沙岸向江村，余亦乘舟歸鹿門。
鹿門月照開煙樹，忽到龐公棲隱處。巖扉松徑長寂寥，惟有幽人自來去。

隱居鹿門山一年後，他的朋友張子容決定出山求仕，要西去長安應試。那天傍晚，他將朋友送到下山的路口，目送他離去，還寫下一首《送張子容進士赴舉》，說：「夕曛山照滅，送客出柴門。惆悵野中別，殷勤岐路言。」第二年，張子容一舉考中進士，出任武進（今江蘇常州）縣尉，後貶為樂成（今浙江樂清一帶）令，十幾年後孟浩然求仕無果漫遊江浙時，曾在張子容的治所與其相見，並一起過除夕。兩位老友，一官一隱，幾十年奔波打拼，那時都顯得歲月蹉跎，收穫無多，孟浩然在《除夜樂成逢張少府》一詩中嘆息又嘆息：「雲海泛甌閩，風潮泊島濱。何知歲除夜，得見故鄉親。余是乘槎客，君為失路人。平生能復幾，一別十餘春。」

漫長的長安路

張子容的出山應舉且一舉成功，多少對孟浩然產生了影響。所以五年後，年近三十歲的孟浩然決定出山，他也想步入仕途，畢竟這是幾乎所有文人都必經的一條路。但他並沒有選擇去長安，而是先下湖南，他選擇的是一條壯遊干謁之路。到湖南自然首先要去遊覽洞庭湖。時值八月，秋高氣爽，孟浩然獨自一人來到洞庭湖畔，登上了著名的岳陽樓，俯瞰洞庭湖。此時風平浪靜，浩渺無際的湖水在遠處與天相接，兩不分別，顯得更加壯闊無比，滌蕩人心。水汽蒸騰，宛如仙境，讓人不免想到這裡就是《子虛賦》中所說的雲夢澤之所在。岳陽城城樓一面臨水，湖水波濤蕩漾，時時襲來，拍打著城牆，似乎能感到岳陽樓在微微地晃動。

這壯美闊大的洞庭盛景讓孟浩然想到了大唐的太平盛世，一派繁榮景象，而他作為一個讀書人卻不能出仕建立功業，終究有負盛世皇恩。要想建功立業，就必須有所行動，不能兩手空空，望著這洞庭湖水臨淵羨魚。回到居所後，孟浩然就寫下了那首《望洞庭湖贈張丞相》一詩，獻給張說，委婉表達自己想出仕的願望，希望能得到引薦。

八月湖水平，涵虛混太清。氣蒸雲夢澤，波撼岳陽城。
欲濟無舟楫，端居恥聖明。坐觀垂釣者，徒有羨魚情。

但張說並沒有回應，這對思索再三才下山求仕的孟浩然來說還是造成了一定的打擊。在湖南遊了一圈之後，孟浩然再次回到了家鄉襄陽，一邊隱居，一邊交遊，還是希望能有機會出仕為官。很快兩三年過去了，孟浩然依然沒有機會出仕，不免有點著急，甚至一反之前過於委婉的風格，直接在詩中呼籲他人舉薦自己，所謂「誰能為揚雄，一薦甘泉賦」。這種狀況下，孟浩然的田園詩也似乎充滿了坐立不安的焦急情緒，質樸沖淡的風度隨之衰減。實際上，這也並非一時的情緒變化，出仕為官的念頭將在接下來的十餘年間繼續影響孟浩然的人生，也影響他的詩歌創作。而能體現他那種心境巨變的詩作，卻恰恰題為《田園作》，只不過困居田園的是一匹不甘心老死於此的駿馬，它來回走動，心不能寧。

弊廬隔塵喧，惟先養恬素。卜鄰近三徑，植果盈千樹。
粵余任推遷，三十猶未遇。書劍時將晚，丘園日已暮。
晨興自多懷，晝坐常寡悟。沖天羨鴻鵠，爭食羞雞鶩。
望斷金馬門，勞歌採樵路。鄉曲無知己，朝端乏親故。
誰能為揚雄，一薦甘泉賦。

這種狀態持續了好幾年，直到七二四年唐玄宗遊幸東都洛陽時，孟浩然再次前往洛陽求仕，一去便是三年，仍無所獲。七二六年，他決定下揚州遊覽，途徑武漢時路遇舊友李白，遂與李白同遊，觀覽黃鶴樓之後，他獨自下揚州。李白的那首《黃鶴樓送孟浩然之廣陵》寫的就是這件事。七二七年冬天，孟浩然改變四處干謁的策略，第一次西進長安，趕赴科舉考試。

雖然滿腹經綸，但是過低的上榜率實際上令所有前去應舉的文人士子都惴惴不安，有如奔赴險惡的戰場。孟浩然自然也不例外。數九寒冬，一路上可以說是饑寒交迫，這還不算，走著走著竟然下起雪來。天色更加昏暗陰沉，黃土高原延綿浩大的溝壑一時間就銀裝素裹，南飛的雁群都無法繼續飛行，只好落在小沙洲上團團轉，成群的烏鴉在麥田裡淒厲地聒噪著，看上去也是饑寒交迫。形單影隻的趕路人走著走著就停下來，不知如何是好，放眼望去不見有人家，唯有大雪紛紛揚揚，一刻不停息。西北風物和江南完全不同，這讓孟浩然印象深刻，此時出現在他筆下的紀行詩《赴京途中遇雪》，自然就多了一些秦地寒冬的蕭索和愁苦：

迢遞秦京道，蒼茫歲暮天。窮陰連晦朔，積雪滿山川。
落雁迷沙渚，饑烏噪野田。客愁空佇立，不見有人煙。

當然，這種愁苦也是詩人心境的表現。第二年春天，三十九歲的孟浩然第一次邁進了進士應舉的考場，可是放榜那天，他找了半天也沒有找到自己的名字，最終落寞而去。但他並沒有離開長安，而是繼續留在這裡，獻詩干謁。孟浩然雖然年近四十還沒有一官半職，甚至進士都不是，但他詩名卓著，當時的文人無人不知，王維是他的好朋友，李白簡直就是他的崇拜者，三番五次寫詩稱讚他，說「吾愛孟夫子，風流天下聞」。

傳說，孟浩然有一次跟隨朋友進入太學，和太學的諸多文人雅士以及太學生交談文學，興之所至，大家就提議當場鬥詩，而孟浩然作為著名詩人，又是太學的客人，眾人就請他先來。孟浩然推託不過，只好說：「那在下就獻醜了，權當拋磚引玉。」此時天上正淅淅瀝瀝地下著小雨，落在地上也無聲無息，可門外正好有幾棵老梧桐，小雨落在寬大的梧桐葉上，等集聚多了，再稀稀疏疏、吧嗒吧嗒地落在地上，彷彿是提醒人們天在下雨。天上也並沒有烏雲密布，雲層很淡，天色也不陰沉，反而是透著一些藍綠相浸的顏色，看上去非常美妙。孟浩然看看外面的景色，稍作沉思，便說：「各位大人，各位公子，在下就今日這天色造作幾句，各位見笑。『微雲淡河漢，疏雨滴梧桐。逐逐懷良馭，蕭蕭顧樂鳴。』」但這哪兒是造句啊，明明是讓他人難以望其項背的「絕句」。眾人先是一頓，隨後紛紛拍手叫好，滿座傾服，沒有人再敢說什麼了，因為僅這一首詩，就勝負已分。

早幾年孟浩然投遞給張說的獻詩《望洞庭湖贈張丞相》，張說收到了，並且非常喜歡，只是一直沒有合適的機會來向皇帝舉薦。這一次孟浩然來京城考試雖然失利，但是太學賦詩之事卻讓他一時間名動京師。張說想起了他，便找了機會向皇帝推薦了孟浩然贈給他的那首詩。唐玄宗看了之後，也很是嘆服，覺得此人人才高雅，氣勢如虹，有建功立業之心，又謙遜低調，說話懂得委婉，是可造之才，便讓張說召孟浩然來面見。這個機會來得太突然，孟浩然一時非常慌亂，畢竟他沒經過這樣的大場面，但時間緊急，他也沒有機會做準備，便急急忙忙隨著宮人入宮了。

拜見過玄宗之後，玄宗說：「愛卿平身。久聞愛卿詩名，可否為朕吟詠新近所作？」孟浩然沒想到這皇帝如此直接，見面就要聽詩，更加緊張，便說：「草民遵旨。」接下來就開始吟誦新近所作，誦曰：「北闕休上書，南山歸敝廬。不才明主棄，多病故人疏。白髮催年老，青陽逼歲除。永懷愁不寐，松月夜窗虛。」沒錯，這確實是他的新作，因為應試落第心情鬱悶，準備再回襄陽隱居山林，但是孟浩然只管低頭誦詩，沒有發現皇帝的表情在不斷變化，到最後簡直不耐煩了。站在旁邊的張說急得為他捏了一把汗，但也不好在一旁提醒，也只能順其自然。唐玄宗當然知道文人士子入仕不易，可是誰容易呢，沒有誰的路是容易的，包括他自己，所以他非常不喜歡牢騷滿腹的人。等孟浩然誦完，唐玄宗便說：「愛卿未曾求仕，而朕也未曾拋棄愛卿，為什麼要誣衊朕？」

皇帝沒發怒，但是這次面見也就僅此而已。事後，孟浩然自知說錯了話，錯過了最好的機會，感到遺憾與悔恨。但很快又覺得自己年歲日高，當初一心出來尋求入仕機會的心思似乎也已減淡，便又一次拾起隱居的念頭，又想念自由自在的鹿門山了。同時，十數年的奔波遊走使他身心疲憊，聽聽秋蟬焦躁，不禁覺得年華空逝，悲從中來。於是，他在寫下一首《秦中感秋寄遠上人》後就離開了長安，放飛功業之心，開始了自己真正了無羈絆的遊歷。

一丘常欲臥，三徑苦無資。北土非吾願，東林懷我師。
黃金燃桂盡，壯志逐年衰。日夕涼風至，聞蟬但益悲。

終非宦海客

七二九年，孟浩然幾乎徹底放下了功名心離開了長安，輾轉襄陽、洛陽，再到吳越之地，進行了長期的漫遊。其間，他曾與曹御史詩酒唱和，泛舟於太湖上，曹御史表示可以向上級舉薦孟浩然，但被他婉言謝絕。這大約和他在洛陽要拜訪老朋友袁拾遺不遇有關，袁拾遺就任洛陽是不久前的事，可當孟浩然前去拜訪時卻被告知沒有袁拾遺這個人，經過打聽才知道他又一次被貶官，現在被打發到嶺南去了。孟浩然不禁感慨萬千，真是宦海浮沉，今日不知明日，對於一個久居北方的人來說，即便嶺南的梅花臘月就開放，又怎麼能比得上家鄉遲來的春天呢？這就是孟浩然的另一首名作《洛中訪袁拾遺不遇》所述：

洛陽訪才子，江嶺作流人。聞說梅花早，何如北地春。

一面是自己的入仕艱難，一面是四面八方傳來的老朋友們動輒遭貶流放的消息，這使得孟浩然即使感嘆歲月蹉跎，也還是逐漸熄滅了應舉進士的心思。如他在從洛陽前往吳越的路上就寫過一首《自洛之越》，詩中寫道：「遑遑三十載，書劍兩無成。山水尋吳越，風塵厭洛京。扁舟泛湖海，長揖謝公卿。且樂杯中物，誰論世上名。」三十載是指他讀書習劍以來三十年奔波，功名不成，也沒有著書立說，東西二都他都已流連日久，但一無所獲，只有對這種終日干謁生活的厭倦。葉舟出江湖，詩酒慰平生。至此，詩人心中已經再無羈絆了。

在吳越之地，孟浩然流連忘返，一去就是三四年，遊覽多地，如桐廬、建德、臨安、天台山、赤城山、四明山、剡縣、鏡湖、大禹陵、錢塘江，並特意前往樂成看望十幾年未謀面的老朋友張子容。一路上，詩人心情愉悅，一路行舟一路詩，為越中山水寫盡了妙詩佳句，如今這些詩都成了孟浩然為這方山水所立的傳。如那首寫建德江著名的《宿建德江》，天然去雕飾，不染一絲俗塵，清淨平和，而又包含「天行健」的自然生命力，可以說是寫江南晚景的千古絕句：

移舟泊煙渚，日暮客愁新。野曠天低樹，江清月近人。

又如寫桐廬江的《宿桐廬江寄廣陵舊遊》：

山暝聞猿愁，滄江急夜流。風鳴兩岸葉，月照一孤舟。

建德非吾土，維揚憶舊遊。還將兩行淚，遙寄海西頭。

再如寫紹興若耶溪的《耶溪泛舟》：

落景餘清輝，輕橈弄溪渚。澄明愛水物，臨泛何容與。
白首垂釣翁，新妝浣紗女。相看似相識，脈脈不得語。

孟浩然在樂成和老朋友張子容一起過除夕，詩酒暢談，沒想到由於長期旅途勞頓，除夕剛過，孟浩然竟然病倒了，只好在張子容家裡養病。病好之後前往永嘉，不多久就乘船北歸，五月回到了襄陽。不清楚是什麼原因，兩年後孟浩然又一次西進長安求仕，但最終還是無功而返。這次離開長安前，孟浩然的心情低落到了極點，雖然他的詩中很少激憤之詞，但不難發現，在那些平淡的用詞背後，是一顆落寞淒涼的心。舉世皆重的功名，他苦苦追尋多年，卻始終一無所獲，但他並非沒有才華，那麼是缺少知音嗎，是這世上已無伯樂嗎？離開長安前，他作了一首《留別王侍御維》贈給王維：

寂寂竟何待，朝朝空自歸。欲尋芳草去，惜與故人違。
當路誰相假，知音世所稀。只應守寂寞，還掩故園扉。

辭別王維後，他當年就回到了襄陽。因為太學賦詩一事，當時的襄州刺史韓朝宗非常欣賞孟浩然，甚至經常在人面前說：「我們襄州有一位名人，太學賦詩，滿座皆驚。」見到孟浩然後，韓朝宗和他約好了時間，說要和他一起去長安，向達官權貴推薦他。可是到了這一天，遲遲不見孟浩然來，韓朝宗就派人去孟浩然家裡請他，誰知他正在和一幫朋友喝酒，十分熱鬧。來人便說：「孟君，您和韓刺史約定今日進京，韓刺史特派小人來請。」孟浩然已經喝得有些多了，便很不耐煩地對來人說：「酒喝得這麼痛快，哪裡還有時間管其他事啊！」韓朝宗聽說此事之後十分生氣，就一個人進京去了。

七三七年，張九齡出為荊州長史，因一向看重孟浩然的才華，便請他來幕府做事。這段時間裡，孟浩然的主要工作是處理一些文書，其次是陪同張九齡，與他一起遊山玩水，出城打獵。這完全是張九齡愛惜他的才華，為他安排的一個閒職，相當於變相供養他。但即便如此，過了一年左右的時間，孟浩然發現他那被鹿門山滋養的性格確實不適合官場，他確實終究不是宦海客。在給朋友宋鼎的詩中，孟浩然又一次表現出了對躬耕生活的嚮往，也表達了幕府生活的壓抑，所謂「願隨江燕賀，羞逐府僚趨。欲識狂歌者，丘園一豎儒」（《和宋太史北樓新亭》）。

第二年夏天，孟浩然背上長了一個毒瘡，便時而在張九齡幕府，時而回家休養，但一年過去，非但沒有見好反而又加重了。但總體而言，病情時好時壞，沒有特別糟糕，也始終不能痊癒。每有朋友前去探望，孟浩然總是高高興興，有時候還寫詩答謝，但詩中所言盡是老邁之語，先前登岳陽樓時的豪情以及鹿門山的清興都藏起來了，如「隙駒不暫駐，日聽涼蟬悲。壯圖哀未立，斑白恨吾衰」「斗酒須寒興，明朝難重持」（《家園臥疾畢太祝曜見尋》）。七四〇年，好友王昌齡路過襄陽，與孟浩然一見，這位性情中人一高興就忘乎所以，把不能飲酒食海鮮的醫囑忘得一乾二淨，連續幾日與王昌齡食鮮豪飲。很快，背上的毒瘡發作，再次倒下，醫治無效，溘然長逝。

孟浩然去世後，王維被貶出京城，前往南選上任，路過襄陽，得知孟浩然去世，悲痛欲絕，作《哭孟浩然》一詩，悼念這位令人尊敬的老友：「故人不可見，漢水日東流。借問襄陽老，江山空蔡州。」待行至郢州（今湖北武漢境內），又在刺史亭內為孟浩然畫像，後來這個刺史亭改名浩然亭，再後來因諱其名號，又改稱孟亭。

「洛陽親友如相問，一片冰心在玉壺」

豪氣任俠的大唐邊塞詩人——王昌齡

「詩家夫子」的邊塞前輩

在唐詩的百花園中，邊塞詩從來都以其雄渾、磅礴、豪放、浪漫、悲壯、瑰麗的獨特美學風格成為最綺麗的一枝，獨成一派。圍繞這枝花，至盛唐時期形成了一個龐大而光彩熠熠的詩人群，除了王昌齡、高適、岑參、王之渙、李頎等尤以邊塞詩著稱的詩人，還有初唐的楊炯、陳子昂、杜審言，以及盛唐時期的三大詩人李白、杜甫、王維——他們雖不以邊塞詩聞名，但也寫出了不少邊塞名篇，如李白的《關山月》《塞下曲》，王維的《使至塞上》《從軍行》，杜甫的《前出塞九首》《後出塞六首》等。而這個群體中，最負盛名的當屬被稱為「詩家夫子」、「七絕聖手」（語出《唐才子傳》）的王昌齡。

但最早以豪氣俠任及爽朗綺麗的邊塞詩聞名的詩人是王翰——就是寫出「葡萄美酒夜光杯，欲飲琵琶馬上催」的那位。王翰出身於并州（今山西太原）一個富裕家庭，長相俊秀，飽讀詩書，英姿豪邁，為人豪放不羈，甚至讓人覺得過於不羈。因此，見過王翰的人會很快分為兩個陣營，而絕不會出現模棱兩可的中間派：喜歡他的人覺得他不拘俗禮、瀟灑直率，不喜歡他的人則覺得他粗俗無禮、放浪形骸。

七一〇年，二十三歲的王翰一舉進士及第，高中進士的他非但沒有在行為舉止上略作收斂，反而更加恃才傲物、狂傲放縱，經常「發言立意，自比王侯」（《舊唐書．王翰傳》），以放蕩為風骨。他在著名的《古蛾眉怨》中這樣寫道：「人生百年夜將半，對酒長歌莫長嘆。情知白日不可私，一死一生何足算。」詩中透出一種強健、豪邁、快意、坦蕩的精神力量，這是他骨子裡面帶來的。在當時，這樣的人未免過於特立獨行，當然會讓大多數人難以接受，覺得他過於輕狂，因為中國文化強調的是內斂謙虛、言行合禮。但是，也有人非常欣賞這種敢於突破傳統牢籠的怪才，如當時的并州長史張嘉貞及其繼任者張說。

張嘉貞出任并州長史時，早就聽說過王翰的文名，便派人將其邀請到府中，禮遇有加，甚至親自出門迎接，還留下他一起用餐。王翰感恩長史如此禮遇，當場就作詩填詞，表達自己的感激之情。誰也沒有想到，王翰寫完詩呈到張嘉貞面前，張嘉貞剛要看，他卻說：「恩公莫急，有如此美酒相伴，不如我王某將此詩唱於恩公，如何？」張嘉貞心頭一動，心想果然瀟灑爽直，便請他即席唱詩。王翰張口一唱，音調清越，意蘊豪邁，聽者無不默默讚賞，可唱著唱著，他還跳起舞來了，自唱自跳，舞姿剛健，神氣豪邁。這樣一來，任誰也難忘這王翰的瀟灑風度，任誰也難忘「王翰」二字。

張嘉貞離開并州後，張說繼任并州長史，對王翰更是重視，經常與他談論政事乃至治國經略，還舉薦他當了昌樂縣尉。七二一年，張說入朝為相，調王翰入朝任秘書正字，不久又擢升其為駕部員外郎，這是一個負責往前線輸送馬匹與糧草等軍需物資的官職。不久之後，王翰以駕部員外郎的身分前往西北前線，這才有機會飽覽塞外風物及邊疆戰事。有一天，王翰在軍帳中看到了一位將軍正在飲用葡萄酒，卻突然獲得軍報，還來不及喝完杯中的葡萄酒，號角聲就已經嗚嗚地響起，將軍不禁對左右說：「如果這次出戰我醉倒沙場，你們可別笑話啊，自古以來沙場征戰有幾人能完身歸來！」到了晚上，更是聽到有人用胡笳演奏《折楊柳》，聲音極其悲涼，令人思念正當春暖花開的長安。

王翰感觸極深，當晚即寫下了兩首流傳千古的《涼州詞》：

其一

葡萄美酒夜光杯，欲飲琵琶馬上催。醉臥沙場君莫笑，古來征戰幾人回。

其二

秦中花鳥已應闌，塞外風沙猶自寒。夜聽胡笳折楊柳，教人意氣憶長安。

西北邊疆歸來的王翰，雖然見識了沙場征戰、人生無常，但畢竟生逢大唐盛世，國家蒸蒸日上，許多男兒均通過投邊報國建功立業，光耀門楣，這種樂觀向上的盛唐氣象激勵著他，使他熱血沸騰，對走馬沙場、殺敵報國的壯士們充滿了崇敬之情。但是過了長城，看到長城腳下的累累白骨，王翰震驚了，附近的老人告訴他，那是秦始皇時代築城卒的遺骨。王翰由此感慨萬千，認為秦始皇費力築長城是一種愚蠢的做法，秦王朝滅亡的本源是「禍起蕭牆」，自我消耗。這就是王翰傳世不多的作品中的另一首邊塞名作《飲馬長城窟行》，從戰爭激奮人心的一面，看到了保國安民的重要性：

長安少年無遠圖，一生惟羨執金吾。麒麟前殿拜天子，走馬西擊長城胡。
胡沙獵獵吹人面，漢虜相逢不相見。遙聞鼙鼓動地來，傳道單于夜猶戰。
此時顧恩寧顧身，為君一行摧萬人。壯士揮戈回白日，單于濺血染朱輪。
回來飲馬長城窟，長城道傍多白骨。問之耆老何代人，云是秦王築城卒。
黃昏塞北無人煙，鬼哭啾啾聲沸天。無罪見誅功不賞，孤魂流落此城邊。
當昔秦王按劍起，諸侯膝行不敢視。富國強兵二十年，築怨興徭九千里。
秦王築城何太愚，天實亡秦非北胡。一朝禍起蕭牆內，渭水咸陽不復都。

作為唐代重要的邊塞詩人，這次西北之行對王翰影響至深，甚至可以說，如果沒有此次遠行，重要邊塞詩人的行列裡可能就不會有王翰之名。王翰家中富有，回京後立刻回歸了富家公子的奢侈生活，據說他家中養了好幾匹名馬，蓄養著十幾位歌伎，整天呼朋喚友前來飲酒作樂，喝大酒，賭大錢，狂妄不已，長安城無人不知王翰的豪氣，也無人不討厭他這樣的囂張氣焰。厄運很快降臨。張說被罷相後，他一手提拔的王翰自然難免被貶的命運，先被貶為汝州（今河南汝州）長史，接著又被貶為仙州（今河南葉縣）別駕。

但是到任後的王翰並不收斂，而是索性破罐子破摔，繼續整天呼朋喚友喝酒賞樂、遊山打獵，天天如此，自然是聲名在外了。當時的河南名士祖詠、杜華等都是他的座上賓。傳說杜華的母親知道王翰很有才華，又有官職，還有萬貫家財，非常羨慕，有一天對自己的兒子說：「我聽說古代有一個孟母三遷的故事，孟母帶著兒子和厲害的人做鄰居，我們也可以搬過去和王大人做鄰居。你如果能和王大人走得近一些，我就放心了。」可見王翰當時的名聲多大，在小地方簡直成了神話。當然，王翰的「美名」不可能不傳到長安，所以很快他又一次被貶。這次他被貶為道州（今湖南道縣）司馬，可是還沒上任就病歿於途中，享年不足四十歲。

這一年大約是七二六年，王昌齡剛剛結束漫長而收穫頗豐的壯遊，在藍田縣隱居。

躬耕與壯遊

稍晚於王翰的王昌齡是長安灞上（今西安白鹿原）人，出身於貧苦農家，所以從十幾歲開始就在灞上躬耕漁獵，以維持生活，補貼家用，同時讀書作詩，直到約七二〇年前後懷著投身報國、戍邊建功的雄心壯志出遊西北邊塞。灞上躬耕漁獵的生活給了王昌齡不少的磨練，所以即便他年紀輕輕，所作的詩詞也毫無年輕氣盛的戾氣，讀來頗覺修行深厚、老成持重，頗有隱者風度。

如《題灞池二首》之一所寫：「腰鐮欲何之，東園刈秋韭。世事不復論，悲歌和樵叟。」完全是一派隱者的生活場景，恬然淡泊，不問世事，漁樵為樂，但也掩飾不了清貧生活所帶來的不甘。而至「庭前有孤鶴，欲啄常翩翻。為我銜素書，吊彼顏與原」（《灞上閒居》）及「永懷青岑客，回首白雲間。神超物無違，豈繫名與宦」（《獨遊》），就更是超然物外、萬事不關心的得道隱士了，翩躚飛至眼前的白鶴，床頭桌角的無為閒書，青青莽莽的山林，飄飄蕩蕩的白雲，才是真正可以讓這個年輕人安心的東西，官銜功名對他來說遠不如清風與浮雲。這是大自然、漁耕生活以及那些閒書對王昌齡的塑造。

但至七一九年，唐玄宗已經即位八年，政權穩定，寰宇安寧，社會進一步發展，國力進一步強盛，玄宗不安於僅做守成皇帝，開始敲打周邊小國，想使它們進一步臣服，進一步昭示大唐天威，所以邊塞之地開始大量吸收人才。這為許多科舉不順的豪放文人提供了一條新的入仕之途。這一年冬天，王昌齡離開了家鄉灞上，向北而行，想在西北邊境一帶獲得沙場征戰的機會（**當時那裡正在發生叛亂**），正如《變行路難》一詩所言：「單于下陰山，砂礫空颯颯。封侯取一戰，豈復念閨閣。」

數九寒天，一路行來，自然十分艱辛，如他在《大梁途中作》這首詩中所云：「怏怏步長道，客行渺無端。郊原欲下雪，天地稜稜寒。當時每酣醉，不覺行路難。今日無酒錢，悽惶向誰嘆。」路途遙遠，路上連個人影都看不見，本來就十分陰冷的天氣看起來還要再降一場大雪，囊中羞澀的他這一路勞累艱辛，連個傾訴的人都沒有，但還是要繼續行路。冬天的黃土高原百草枯萎，光禿禿的山頭之間是縱深的溝壑，溝壑上零零散散地長著一些彎彎曲曲的樹，都光禿禿的，乾枯的樹枝斜刺天空。行至涇州（今甘肅涇川）時，他甚至動了打道回府的念頭：「林巒信回惑，白日落何處。徙倚望長風，滔滔引歸慮。」（《山行入涇州》）

經冬歷夏，好幾個月之後，王昌齡終於到了蕭關（今寧夏固原東南）。在關中的西北方向，橫亙著綿長而險峻的六盤山，它是阻扼西北突厥、吐蕃進攻中原的天然屏障。此時王昌齡所在的蕭關正位於六盤山山口，它依險而建，是關內抗擊西北游牧民族進犯的前哨。正值八月，但西北的秋意已經十分濃重，百花落盡，枯葉滿地，老蟬還在做最後的吶喊，秋風一過，沙塵漫天，夜晚風大時，風聲猶如鬼哭狼嚎，令人不安。短暫的夏季已經消逝，蕭索漫長的冬季很快就要來臨，王昌齡似乎能感受到秋風漸冷、寒意加強的速度，自然心生悲涼，作了《塞下曲四首》，勸人珍惜好時光，莫學爭勇鬥狠、炫富賣俏的遊俠兒，詩中滿是邊塞之地的蒼涼氣象：

其一

蟬鳴空桑林，八月蕭關道。出塞入塞寒，處處黃蘆草。
從來幽並客，皆共沙場老。莫學遊俠兒，矜誇紫騮好。

其二

飲馬渡秋水，水寒風似刀。平沙日未沒，黯黯見臨洮。
昔日長城戰，咸言意氣高。黃塵足今古，白骨亂蓬蒿。

其三

奉詔甘泉宮，總徵天下兵。朝廷備禮出，郡國豫郊迎。
紛紛幾萬人，去者無全生。臣願節宮廄，分以賜邊城。

其四

邊頭何慘慘，已葬霍將軍。部曲皆相弔，燕南代北聞。
功勳多被黜，兵馬亦尋分。更遣黃龍戍，唯當哭塞雲。

過了蕭關，再往前就是邊塞駐軍所在地白草原了。白草原以北便是突厥人的地盤「六胡州」，叛亂中心蘭池州就位於這一帶。王昌齡策馬來到白草原邊緣，望著渾濁的黃河水從黃土高原上奔流而去，又回望京城長安的方向，一片蒼茫。那滔滔的黃河水，源源不斷，沒有盡頭。白草原一片蕭索，無邊無際的曠野上空無一人，他不禁想，如果有人看到我，定會在心中發問：「那個騎馬東來的人是誰呀？」這正是他的《出塞行》中所描寫的內容：「白花原頭望京師，黃河水流無盡時。窮秋曠野行人絕，馬首東來知是誰。」

王昌齡「馬首東來知是誰」的這種尷尬直覺沒錯。確實，他這單槍匹馬長途跋涉的投邊之舉有點尷尬：當他歷經數月、千里迢迢趕到白草原時，那裡的叛亂已在一個月前被平息。王昌齡只好帶著滿心失落，又開始千里迢迢的漫遊，打算漫遊一圈之後回長安參加科舉考試。他繼續北上，遊歷了幽州、薊州、平州等地，後來暫時客居并州（今山西太原），七二三年玄宗駕幸河東時，他還寫了一首《駕幸河東》詩來歌頌太平，又寫了《上李侍郎書》贈給吏部侍郎李元縮，希望得到舉薦，但終無結果。秋天，王昌齡返回長安。

王昌齡的首次科舉並不順利，這年春天，在知道自己未及第後，他又一次離開長安，繼續漫遊，想去更遠的邊疆，再次尋求建功報國的機會。這次他一路向西北進發，經原州、隴右、騰格里沙漠以南地區，然後溯黃河而上，經會州，至蘭州，又至臨洮、鄯州、涼州、甘州，最後到達肅州，在肅州逗留期間，還去了肅州西部的玉門軍駐地，見到了玉門關，然後又遠遊碎葉（今吉爾吉斯境內）。

一路行來，唐王朝遼闊的西北邊塞、壯觀的邊疆風光、軍中將士們的戎馬生活、戰爭傳說，以及邊地風物民俗，都對王昌齡產生了很深的觸動。雄偉的烽火臺、古老的長城、催人思鄉的月亮、悲涼的羌笛聲、因乾旱而扭曲的老榆樹、沙場故地的森森白骨、雄壯延綿的祁連山、聳入天際的雪山、遙遠的玉門關、狂風驟起時的沙塵蔽日等深深地刻在了王昌齡的腦海裡，它們以悲涼的氣息、雄壯的聲音共同醞釀了邊塞的詩意，於是便有了著名的《從軍行七首》。

其一

烽火城西百尺樓，黃昏獨上海風秋。更吹羌笛關山月，無那金閨萬里愁。

其二

琵琶起舞換新聲，總是關山舊別情。撩亂邊愁聽不盡，高高秋月照長城。

其三

關城榆葉早疏黃，日暮雲沙古戰場。表請回軍掩塵骨，莫教兵士哭龍荒。

其四

青海長雲暗雪山，孤城遙望玉門關。黃沙百戰穿金甲，不破樓蘭終不還。

其五

大漠風塵日色昏，紅旗半捲出轅門。前軍夜戰洮河北，已報生擒吐谷渾。

其六

胡瓶落膊紫薄汗，碎葉城西秋月團。明敕星馳封寶劍，辭君一夜取樓蘭。

其七

玉門山嶂幾千重，山北山南總是烽。人依遠戍須看火，馬踏深山不見蹤。

然而詩中描寫的這些戰爭王昌齡並沒有機會參與，他對戰爭細節的了解源自將士們的講述。他只看到玉門山層巒疊嶂，峰迴路轉，人馬在山中行進，很快就不知身之所在，而樓蘭還遙遙無際。

時光荏苒，很快又將近兩年過去了，王昌齡始終沒有得到征戰的機會，通過戍邊而報國立功的路途渺茫，他不禁產生了懷疑：「雖投定遠筆，未坐將軍樹。早知行路難，悔不理章句。」（《從軍行二首》）他想，對於一個文人來講，參軍報國這條路過於艱難，或許還是應該老老實實地「理章句」，參加科舉考試。他決定不在邊塞繼續徘徊等待。

七二五年年末，在一片「殺氣凝不流，風悲日彩寒」（《代扶風主人答》）的肅殺景象中，王昌齡帶著滿心失落回到了久違的長安，決定棄武從文，開始另一種與投邊截然不同的生活。幾年的邊塞奔波及回程路上的所見所聞，使王昌齡對戰爭有了新的認識，戰爭不僅僅是人們建功立業的途徑，更是許多家庭妻離子散、一貧如洗的根源，唐朝數量龐大的戍邊將士中有多少人「十五役邊地，三回討樓蘭。連年不解甲，積日無所餐」（《代扶風主人答》），這個問題令人深思。

長安入仕，旗亭畫壁

長安郊區的藍田縣有一個叫石門谷的地方，那裡終年溪水泠泠，滿山的松柏蒼蒼翠翠，白雲飄浮在山嶺上，是隱居佳境，清淨宜人，別有洞天。晴好的天氣裡，還能看到幾個僧人在松樹下乘涼打坐。夜晚，月光皎潔，透過密密匝匝的松針，為行人照路，花影投射在茅屋牆壁上，影影綽綽，四野寂靜無聲。從西北歸來的王昌齡就隱居在此，讀書作詩，同時與長安眾多名士交遊往來，凡來過這裡的朋友都無比羨慕他的這種生活，如常建說「余亦謝時去，西山鸞鶴群」（《宿王昌齡隱居》），王維說「笑謝桃源人，花紅復來覿」（《藍田山石門精舍》）。

七二七年，王昌齡再次應試，終於進士及第，任長安秘書省校書郎，一邊做官一邊繼續與長安名士詩酒交遊，聯唱迭和，名動一時。這一時期與王昌齡密切交往的除了王維和常建，還有高適、王之渙、王縉（王維之弟）、李白、鄭臚、崔國輔、裴迪、儲光羲等。這其中最被傳為美談的是唐人薛用弱《集異記》中記載的「旗亭畫壁」的故事。

冬季的一天，天空飄著小雪，王昌齡、王之渙、高適三人酒興大起，就相攜來到一家小酒館，沽酒小飲。這時，一位梨園官員帶著十幾位女弟子登樓宴飲。三位詩人換到了角落裡一個不起眼的位置，圍著小火爐，邊飲酒邊看她們表演。一會兒，又有四位美貌的梨園女子走進門來，開始伴著樂曲演唱當時的名曲。三位詩人悄悄約定：「我們三人在詩壇算是有些名氣了，今天看看這些歌女們唱誰的詩更多一些。」這雖然是個玩笑，但每個人其實都很看重。

一位歌女首先唱道：「寒雨連江夜入吳，平明送客楚山孤。洛陽親友如相問，一片冰心在玉壺。」王昌齡伸手在牆壁上畫了一道，隨口說：「我的絕句。」隨後一歌女唱道：「開篋淚沾臆，見君前日書。夜臺今寂寞，猶是子雲居。」高適伸手畫壁，隨口說：「我的。」又一歌女出場，唱道：「奉帚平明金殿開，且將團扇共徘徊。玉顏不及寒鴉色，猶帶昭陽日影來。」王昌齡又伸手畫了一下，說道：「又是我的絕句。」王之渙要年長於王昌齡和高適，並且出名很早，可是歌女竟然沒唱他的詩，心裡有點不太痛快，就對其他二位說：「這幾個都是不出名的小丫頭，所唱不過是下里巴人之詞，那陽春白雪之曲豈是她們唱得了的！」他指著幾位歌女中最美貌嫺靜的一個說：「這位美人如果還不唱我的詩，我就甘拜下風。如果她唱了我的詩，那二位就尊我為師好了。」

輪到那個最美貌的姑娘唱了，她一開口就唱道：「黃河遠上白雲間，一片孤城萬仞山。羌笛何須怨楊柳，春風不度玉門關。」是王之渙的《涼州詞》。王之渙自然得意至極，揶揄王昌齡和高適：「怎麼樣，我沒有妄言吧？」三人開懷大笑。歌女們聽到他們的笑聲，不知何故，走上前來詢問：「請問幾位大人，何事這樣開懷？」王昌齡把比詩一事告訴她們，歌女們紛紛施禮下拜：「請原諒我們俗眼不識神仙，恭請諸位大人一同就宴。」三人也不推辭，歡飲了一整天。

王之渙、高適都是王昌齡的好朋友，也是詩歌史上跳不過去的重要邊塞詩人。他們的故事是不能不說的。先說年長於王昌齡的王之渙，那個「春風不度玉門關」的王之渙，那個「白日依山盡，黃河入海流。欲窮千里目，更上一層樓」（《登鸛雀樓》）的王之渙。

王之渙出生於六八八年，北方人，年輕時就一身豪俠義氣，放蕩不羈，常擊劍悲歌，在詩壇上頗負盛名。王之渙出眾的才華受到了許多人的賞識與欽羡，由於他「慷慨有大略，倜儻有異才」，在擔任衡水縣主簿時，還因此締結了一段良緣。他的妻子李氏是衡水縣令李滌的千金，當時正值十八歲妙齡，可她願委身下嫁給父親的部下，一個比自己大將近二十歲的男人。許多人對此竊竊議論，但這樁婚姻恰恰是王之渙的出眾才華和人格魅力的體現。不過，這樣一個大才子，仕途卻不太得意。他在衡水主簿任上曾遭人誣謗，才高氣盛的他不願為五斗米折腰，乾脆拂袖棄官而去，此後一直閒居在家。直到十六年後，在朋友苦口婆心的勸說下，五十歲的王之渙才復出為官，在文安縣當了個小小的縣尉，但不到一年就因病去世在官任上。

當然，作為一代著名詩人，他的詩歌不僅僅只有《登鸛雀樓》和《涼州詞》，他還另有兩首送別詩，也是唐詩中的名作，一首題為《送別》：

楊柳東門樹，青青夾御河。近來攀折苦，應為別離多。

一首題為《九日送別》：

薊庭蕭瑟故人稀，何處登高且送歸。今日暫同芳菊酒，明朝應作斷蓬飛。

再來說說，那個「千里黃雲白日曛，北風吹雁雪紛紛。莫愁前路無知己，天下誰人不識君」（《別董大》）的高適。高適是渤海蓨（今河北滄州）人，後遷居宋城（今河南商丘睢陽），出身名門，祖父高侃為一代名將，曾屢破外敵，立下過赫赫戰功，但到他父親時家道中落，顯赫不再。高適繼承了祖父身上的將軍氣概，豪爽開朗，積極進取，有著強烈的功名心，所以二十歲左右的時候，他就隻身進長安，尋找入仕機會。可是蹉跎數年並沒有結果，非但如此，當他失意落寞地回到家中，才知道父親已經過世，這使得他的處境更加艱難，因為他不僅要繼續尋求出仕的機會，還要承擔起養家糊口的責任來。無奈之下，他只好客居梁宋之地（**梁是如今的河南開封一帶，宋為商丘一帶**），在宋城鄉間以耕種、漁樵為生，「兔苑為農歲不登，雁池垂釣心長苦」（《別韋參軍》），一時間窮困潦倒。

七三一年前後，高適聽說幽燕邊境爆發了戰爭，認為這是個建功立業的大好機會，便獨自仗劍北去，經過一番長途跋涉，來到了燕趙邊塞之地。和同時代的優秀邊塞詩人一樣，面對壯闊無比的塞外風光，初到此地的高適豪情澎湃，而唐王朝將士們與胡人糾纏的血腥殺戮更是令他難忘而悲嘆。高適許多著名的邊塞詩正是緣起於他的這次邊塞之行，如寫營州少年的《營州歌》：

營州少年厭原野，狐裘蒙茸獵城下。虜酒千鐘不醉人，胡兒十歲能騎馬。

再如寫幽州民風尚武的《薊門行五首》：

其四

幽州多騎射，結髮重橫行。
一朝事將軍，出入有聲名。
紛紛獵秋草，相向角弓鳴。

其五

黯黯長城外，日沒更煙塵。
胡騎雖憑陵，漢兵不顧身。
古樹滿空塞，黃雲愁殺人。

又如他反思征戰的名作《燕歌行》：

漢家煙塵在東北，漢將辭家破殘賊。男兒本自重橫行，天子非常賜顏色。
摐金伐鼓下榆關，旌旆逶迤碣石間。校尉羽書飛瀚海，單于獵火照狼山。
山川蕭條極邊土，胡騎憑陵雜風雨。戰士軍前半死生，美人帳下猶歌舞。
大漠窮秋塞草腓，孤城落日鬥兵稀。身當恩遇常輕敵，力盡關山未解圍。

鐵衣遠戍辛勤久，玉箸應啼別離後。少婦城南欲斷腸，征人薊北空回首。
邊庭飄颻那可度，絕域蒼茫更何有。殺氣三時作陣雲，寒聲一夜傳刁斗。
相看白刃血紛紛，死節從來豈顧勳。君不見沙場征戰苦，至今猶憶李將軍。

高適此次出塞的目的很明確，就是通過投邊從軍，謀取入仕的機會，在那裡他寫了不少詩歌投贈給恆州刺史韋濟、朔方節度副大使信安王李禕，可惜都沒有回音。無奈的高適帶著無限的惆悵與失落，重回家鄉。當他回到梁宋之地時，恰巧碰上李白和杜甫也在這裡，於是意氣相投的三人，一同登臺遠眺，一同飲酒賦詩，過了一段愜意的日子。到了七三五年，對功名念念不忘的高適又一次西進長安應舉，但等待他的是又一次失敗。接下來的幾年他都留在長安等待入仕的機會，可是直到他再一次離開也沒等到出頭之日。他又一次回到宋州，繼續與文人士子保持聯繫，等待時機，這一等就是十幾年。

雖然七四九年、七五二年，高適曾分別出任封丘縣尉和河西節度使哥舒翰幕府書記官，但都不算特別得志，直到七五五年安史之亂爆發，哥舒翰受命鎮守潼關，素受哥舒翰器重的高適才因此先官拜左拾遺，後轉監察御史，官銜與政治地位陡然上升。不久，因楊國忠屢次催促哥舒翰出兵潼關，打亂了哥舒翰嚴防死守的戰略，致使潼關失守，長安不保，玄宗倉皇出逃。高適毫不猶豫地追隨玄宗向西南而去，他忠心的舉動贏得了玄宗的信任與好感，因此官拜諫議大夫，成為朝中的重要諫官。後來，他又在反對玄宗「諸王分鎮」和討伐永王李璘等大事上立了功，受到了剛即位的肅宗破格提拔，驟登高位，官居御史大夫、淮南節度使，後來又遷劍南節度使、刑部侍郎等。《舊唐書》中說：「有唐以來，詩人之達者，唯適而已。」

一再貶謫，坎坷仕途

七三六年，唐玄宗任用牛仙客為宰相，擔心朝野有非議，就問高力士：「任用牛仙客做宰相，朝野議論覺得如何？」高力士回答說：「陛下，牛仙客出身地方，並無宰相之才。」唐玄宗非常生氣。不久監察御史周子諒就上書彈劾新任宰相，也說他才能威望均不符宰相之職，唐玄宗覺得這是挑戰了他的權威，盛怒之下對周子諒嚴加制裁，判罪流放。不久，周子諒的舉薦者張九齡被罷相，接著又被貶為荊州長史。牛仙客之前雖然也統領一方，但確實沒有宰相之才，所以就相位之後，凡事唯唯諾諾不敢裁決，所有政務幾乎都由李林甫作主，而李林甫則一心奉承玄宗、獨斷專權、閉塞言路、排斥賢才、重用胡兵，被認為是導致唐朝由盛轉衰的關鍵人物之一。

張九齡是唐代幾百年間著名的賢相，他被罷相招致了士子的非議，而議論最激烈的人中，就有王昌齡。三四年前，在秘書省校書郎一職上一待就是七年的王昌齡再次參加官員選拔考試，因表現超群絕倫，剛剛被授予汜水縣尉的小官職，因為替張九齡抱不平，很快遭到貶謫，貶往嶺南。春天，王昌齡從汜水出發，一路經南陽、新野，特意繞道襄陽拜會老朋友孟浩然，詩酒遊樂，逗留了好幾個月，直到秋天才離開。孟浩然在《送王昌齡之嶺南》一詩中記載了這次送別，其中寫道：「已抱沉痾疾，更貽魑魅憂。數年同筆硯，茲夕間衾裯。意氣今何在，相思望斗牛。」此時，他們都已經是快五十歲的人了，所以感慨往日的青春意氣。

七三九年，唐玄宗加號「開元聖文神武皇帝」，大赦天下，王昌齡因此由嶺南返回長安，歸途中還特意去荊州拜望貶官至此的宰相張九齡。張九齡已經年過六十，由於長期的操勞，盡顯老態，但並不落寞，這次貶官使他徹底放鬆下來，他看淡了仕途的得失，縱情自然山水之中，像一個隱士一樣，令人羡慕。就像王昌齡在《奉贈張荊州》中所寫的那樣：「祝融之峰紫雲銜，翠如何其雪嶄岩。邑西有路緣石壁，我欲從之臥穹嵌。」

當然，王昌齡也不會忘記去看看老朋友孟浩然。這次相會非常美妙，但結果令人遺憾。在王昌齡前去拜訪之前，孟浩然已經患病日久，他的背上長了毒瘡，經過治療眼見有所好轉，醫生叮囑他忌口，不能飲酒，不能吃辣，也不能食用海鮮。可是老朋友王昌齡的到來，實在令久病落寞的孟浩然高興不已，興之所至，當然是無酒不歡，於是他吩咐家人準備了酒菜魚肉，款待王昌齡。一時高興，將醫生的囑咐忘得一乾二淨，所以王昌齡還沒離開時，孟浩然就舊病復發，沒幾天就過世了。這讓王昌齡悲傷不已，待孟浩然安葬之後，才心懷內疚地踏上返回長安的路途。

七四〇年冬天，返回長安沒多久的王昌齡被任命為江寧丞，又一次離開京城長安。離開長安那天，年僅二十多歲的詩人岑參為他送行，還特意寫了一首《送王大昌齡赴江寧》，對他一生不得志表示惋惜，同時又勉勵他到任後愛惜身體：「對酒寂不語，悵然悲送君。明時未得用，白首徒攻文……惜君青雲器，努力加餐飯。」經過洛陽時，又有李頎為他設宴送行，李頎寫了一首題為《送王昌齡》的送別詩，其中寫道：「漕水東去遠，送君多暮情。淹留野寺出，向背孤山明……嘆息此離別，悠悠江海行。」

與王之渙和高適一樣，岑參和李頎也是不能不提的著名邊塞詩人。出身貧苦的岑參是江陵（今湖北荊州）人，此時的他還在長安淹留，整整四年後才如願進士及第，謀得了一個參軍的小官職。這個時候，岑參也還沒能寫出他那些膾炙人口的邊塞詩。七四九年，岑參辭去了無聊的參軍之職，仗劍騎馬，千里迢迢奔赴西域，在安西四鎮節度使高仙芝的幕府充掌書記。

安西四鎮節度使駐地為舊時龜茲都城（今新疆庫車地區），為唐時西部邊陲，再往西便是中亞諸國。那裡的自然風光與關內截然不同，廣袤的大漠、飛沙走石、雪原火山，這些氣象宏偉、瑰麗的塞外風情，令岑參感到非常震撼，同時無邊的荒涼也讓離家許久的詩人懷念起家人來。《磧中作》正是他第一次出塞時的見聞與感受：

走馬西來欲到天，辭家見月兩回圓。今夜不知何處宿，平沙萬里絕人煙。

對於初次出塞的岑參來說，風景雖壯觀無比，可是辛苦的軍旅生涯令人難以忍受。所以兩年之後岑參回到長安，半官半隱。七五四年再度出塞，這一次他是在安西北庭節度使封常清的幕府任判官，官職有所提升，也適應了苦寒的邊塞生活，心情明快，經常隨軍出行，對從軍生活也有了更深入的了解和更深刻的體會。種種因素的疊加，使岑參在這一時期創作了大量優秀的邊塞詩。

如為大將封常清出師壯行的《走馬川行奉送封大夫出師西征》，非常生動地描繪了冬季西域風吹斗石滿地走的惡劣自然環境及將士忍受嚴寒行軍打仗的情景，令讀者讀之有如身臨其境：

君不見走馬川行雪海邊，平沙莽莽黃入天。

輪台九月風夜吼，一川碎石大如斗，隨風滿地石亂走。
匈奴草黃馬正肥，金山西見煙塵飛，漢家大將西出師。
將軍金甲夜不脫，半夜軍行戈相撥，風頭如刀面如割。
馬毛帶雪汗氣蒸，五花連錢旋作冰，幕中草檄硯水凝。
虜騎聞之應膽懾，料知短兵不敢接，車師西門佇獻捷。

而送友人歸京的邊塞送別詩《白雪歌送武判官歸京》，則描繪了邊疆地區銀裝素裹的雪天景象，依依不捨的送別之情為此詩增添了一種浪漫的情調：

北風捲地白草折，胡天八月即飛雪。忽如一夜春風來，千樹萬樹梨花開。
散入珠簾濕羅幕，狐裘不暖錦衾薄。將軍角弓不得控，都護鐵衣冷難著。
瀚海闌干百丈冰，愁雲慘澹萬里凝。中軍置酒飲歸客，胡琴琵琶與羌笛。
紛紛暮雪下轅門，風掣紅旗凍不翻。輪台東門送君去，去時雪滿天山路。
山迴路轉不見君，雪上空留馬行處。

七五五年，安史之亂爆發，封常清被詔回京城，保衛長安，兵敗被殺。失去依靠的岑參也不得不離開邊塞，重回關內。後來，在老朋友杜甫等人的推薦下，他曾在動盪的肅宗朝廷擔任過右補闕，但幾經官場沉浮，一直鬱鬱不得志。

李頎與王昌齡年歲相近，在洛陽相見時也已年近五十歲。早早中了進士的李頎，仕途更不如意，中進士後授官新鄉（今河南新鄉）縣尉，但多年不見升遷，久而久之，他也不以為意，任其自然，後來在這個小小的縣尉任上半官半隱，最後乾脆辭官隱居嵩山，聊度餘生。李頎雖也以寫作邊塞詩著稱，但他一生都未出塞，只是因為交遊廣泛，和王昌齡、高適等人關係密切，所以對邊塞生活的艱辛、戰爭的殘酷，有一些間接的了解。在唐代邊塞詩中，他的《古從軍行》和《古意》都是名篇。《古意》先寫男兒在邊塞心懷壯志、奮勇殺敵，後寫聽見羌笛聲不覺思鄉落淚，通過前後對比，生動地刻畫了戍邊將士的生活，也非常巧妙地表達了詩人的反戰思想：

男兒事長征，少小幽燕客。
賭勝馬蹄下，由來輕七尺。
殺人莫敢前，鬚如蝟毛磔。
黃雲隴底白雲飛，未得報恩不得歸。
遼東小婦年十五，慣彈琵琶解歌舞。
今為羌笛出塞聲，使我三軍淚如雨。

李頎的邊塞詩在思想上比較獨特，他廣為流傳的詩歌，不管是《古意》還是《古從軍行》表達的均是反戰思想，如果說《古意》只是有所流露，《古從軍行》則是尖銳的諷刺與批評。《古從軍行》以漢喻唐，以漢武帝開邊諷刺唐玄宗征戰，直說經過多年的征戰，犧牲了萬千將士，最終換來的只是一些葡萄種子，反戰思想非常明顯：

白日登山望烽火，黃昏飲馬傍交河。行人刁斗風沙暗，公主琵琶幽怨多。
野雲萬里無城郭，雨雪紛紛連大漠。胡雁哀鳴夜夜飛，胡兒眼淚雙雙落。
聞道玉門猶被遮，應將性命逐輕車。年年戰骨埋荒外，空見蒲桃入漢家。

再說王昌齡。在江寧任上，他曾多次回京，希望可以留任長安，為國效力，但始終沒有機會。那一時期，唐玄宗對周邊少數民族地區窮兵黷武，王昌齡還希望上書言事，把自己有關興國安邦的見解上陳給皇帝：「良馬足尚蹄，寶刀光未淬。昨聞羽書飛，兵氣連朔塞。諸將多失律，廟堂始追悔。安能召書生，願得論要害。戎夷非草木，侵逐使狼狽。雖有屠城功，亦有降虜輩……」（《宿灞上寄侍御璵弟》），可惜早已懶於政事的皇帝哪裡還對這些感興趣，一切政務早都交給了李林甫。

王昌齡一直對自己被貶江寧心懷不滿，所以從長安奔赴江寧時，他曾在洛陽逗留了半年，遲遲不去報到。而到江寧之後，每天借酒消愁，又經常去太湖等地遊歷，看上去確實三天打魚，兩天晒網。這就是他接連被貶的原因，即「不矜細行，謗議沸騰」（見《河岳英靈集》）。七四二年的一天，好友辛漸在江寧小住一陣後要回洛陽去了，王昌齡依依不捨地將他送到了潤州，這才在渡口與他分別。臨別時，王昌齡寫下了著名的《芙蓉樓送辛漸》，特意囑咐辛漸，如果洛陽的朋友問起他的近況，就告訴他們自己如玉壺冰心一樣不改初衷：

寒雨連江夜入吳，平明送客楚山孤。洛陽親友如相問，一片冰心在玉壺。

永遠回不去的長安

李白有一首著名的《聞王昌齡左遷龍標遙有此寄》：「楊花落盡子規啼，聞道龍標過五溪。我寄愁心與明月，隨風直到夜郎西。」這首詩大約作於七四九年（一說七五三年）李白在揚州聽說王昌齡被貶龍標（位於今湖南洪江市）時。王昌齡於七四八年從江寧縣尉被貶為龍標縣尉，理由依然是「不護細行」。到達龍標後，王昌齡幾無功名之心，只是為了生活還在官任上蹉跎時間，所謂「但營數斗祿，奉養每豐羞」（《放歌行》），所以經常以詩酒自娛，宴請賓朋，吟詩酬唱。《長信秋詞五首》大約就是這一時期的作品，以宮怨詩的形式表達了此時幽暗落寞的心境，而同時還懷抱一絲被召回京的希望，哀哀怨怨，淒淒慘慘：

其一

金井梧桐秋葉黃，珠簾不捲夜來霜。熏籠玉枕無顏色，臥聽南宮清漏長。

其二

高殿秋砧響夜闌，霜深猶憶御衣寒。銀燈青瑣裁縫歇，還向金城明主看。

其三

奉帚平明金殿開，且將團扇共徘徊。玉顏不及寒鴉色，猶帶昭陽日影來。

其四

真成薄命久尋思，夢見君王覺後疑。火照西宮知夜飲，分明復道奉恩時。

其五

長信宮中秋月明，昭陽殿下擣衣聲。白露堂中細草跡，紅羅帳裡不勝情。

然而，這些哀怨的呼聲並沒有回音。與此同時，七五一年，唐玄宗命人為安祿山於親仁坊營建一座壯麗的邸宅；此時，安祿山已兼任平盧、范陽、河東三鎮節度使，擁兵二十餘萬；同年，楊國忠使劍南節度使鮮于仲通征討南詔，大敗而歸；七五三年一月，李林甫死，楊國忠繼任；次月，史思明兼任北平太守、平盧兵馬使、盧龍軍使；七五五年，安祿山以討伐楊國忠為名率十五萬大軍自范陽南下，一路向西南進發，直逼長安；七五六年，安祿山攻破潼關，玄宗外逃，長安淪陷。這一切來得太快，而唐王朝還沒做好準備。

這一年，遠在龍標的王昌齡許久之後才知道這個消息，於是離開龍標，想回長安老家，但在途經安徽時，被亳州刺史閭丘曉所殺。七五七年，叛軍圍困睢陽，張巡告急，宰相張鎬兼任河南節度使號令集結諸軍，急速救援，並傳令亳州刺史閭丘曉，命他出兵營救。閭丘曉害怕戰敗禍己，行進遲緩，甚至坐視叛軍攻城。後來叛軍攻陷睢陽，張巡遇害，張鎬大怒，命令左右杖殺閭丘曉。閭丘曉趕緊求饒：「宰相，在下家有老小，請放我一條生路！」張鎬大聲吼道：「王昌齡的親人讓誰來養！」閭丘曉聽了此話，自知命已絕矣，便再也無話可說，遂被軍棍杖殺。

「勸君更盡一杯酒，西出陽關無故人」

半隱半官的詩佛——王維

西入長安，一鳴驚人

看見延綿不絕的秦嶺就知道已抵達秦地，山嶺巍峨，巨石崢嶸，古樹沉寂，鳥獸鳴叫，大路遠遠繞著秦嶺逶迤前行，似乎生怕踩著這隻巨獸的尾巴。說是巨獸，不如說是秦人的守護神，人們知道秦嶺山川廣大，其中藏龍臥虎，秦地風雲雨露全賴山中土石草木來調節，並且千百年來並無大的自然災害，人們口中不說，心中都在感念山神慈悲。路的另一邊有一些農人在地裡除草，年景好，小麥長勢良好，已有半人高，雜草開著藍色和白色的小花，遇到農人的鋤頭，一生恣意算是到了頭。路上的行人並不多，所以每有人路過，戴著草帽的老農總要停下來張望一下，有時候大喊著搭訕一句：「到京城去呀？」

繼續往西，低矮的土屋零零星星地躲起來了，土屋都由低矮的土牆圍著，牆外有一些楊樹、柳樹、杏樹及梧桐樹。楊柳和梧桐因為過於茂盛已經毫無姿態，杏樹上的杏子紅紅的，非常繁盛，早熟的已經開始掉落下來，有幾個光頭孩童只穿個肚兜，光著屁股，在樹下眼巴巴地看著樹上最紅的一個，等它掉下來。再往西行，不多久就是一連串更加莽莽蒼蒼的山，環抱成微微的弧形，聚攏自然神氣。山並不太高，卻讓人覺得踏實、安定、穩當。林莽蒼翠，天色稍晚，遠遠看去一排黑色。有人說這山像一匹駿馬，被雨水沖刷出來的溝壑山谷就如同駿馬一綹一綹的鬃毛，夏天下大雨時，雨水順著鬃毛流下來，流進山北的渭水，從山上帶下來的泥土碎草遺落下來，久而久之形成了扇形的沖積平原。

這座山就是巍峨的驪山，中國歷史上第一位皇帝秦始皇的陵墓就位於驪山北麓的沖積扇上，南坐驪山，北面渭水。驪山在陵墓南面略略圍攏，遠遠望去，溝壑山谷如同蓮花花瓣舒展在天地間，秦始皇陵靜穆在峰巒懷抱中，與自然渾然一體，而那些斑駁的紅黃藍色金銀錫箔，就如同世間最長久的蓮蕊。酈道元《水經注》云：「秦始皇大興厚葬，營建塚壙於驪戎之山，一名藍田，其陰多金，其陽多美玉，始皇貪其美名，因而葬焉。」其皇家氣象可見矣。

但人事代謝，王朝興衰，秦國不再，空留秦皇陵立在驪山腳下。蒼翠的藤蔓緊緊貼著牆壁，幾百年前留下來的篆書石刻還依稀可辨，那些老松柏在山嶺上生長了上百年，卻並不高大，它們有的被雷電燒焦了臂膀，有的雖然完好卻枝葉稀疏，像是頭髮稀少的老人。倒是另外一些雜亂的新生松樹招呼著颯颯的涼風。鳥兒躲在樹間鳴叫，但是分辨不出它們到底在哪棵樹上。參差的樹木替這裡的一切收攏了陽光，灑落在地上的光點斑斑駁駁、恍恍惚惚，如同前朝一夢。

這是七一五年的夏天，十五歲的王維少年意氣從山西西入長安，準備考取功名。山西的風情民俗與秦地無異，長安的繁花似錦也並未過多地打動這個大家族來的少年，倒是秦嶺、驪山、秦始皇陵以一種萬古厚積的自然底氣使這位飽讀詩書的公子感慨良多。王維生於書香之家，自幼聰慧好學，博聞強識，「九歲知屬辭，工草隸，閒音律」（《唐才子傳・王維傳》），所以在他看來，秦嶺、驪山不僅僅是一種自然景象，而更多的是歷史的回聲。短短一首《過始皇墓》，將他飽學十餘年的積累、心性、志向、詩藝展露無遺，真可謂一鳴驚人：

古墓成蒼嶺，幽宮象紫臺。星辰七曜隔，河漢九泉開。
有海人寧渡，無春雁不回。更聞松韻切，疑是大夫哀。

王維的祖父王胄當年曾官至協律郎，而父親王處廉生前官至汾州司馬，他們在長安都有一些故朋舊友，加之王維本身少年有為、才華出眾，所以即便只有十五歲，王維一到長安即可立足。初到長安，王維即結識了已在長安有幾年的好友祖自虛和綦毋潛，他的詩名也很快就傳了開來，可以說少年得志，發展相當順利。七一七年秋天，王維與朋友同遊洛陽，寫下了那首著名的《九月九日憶山東兄弟》，使他在詩壇的位置更進一步。七一九年夏天，王維赴京兆府應試，以一首《賦得清如玉壺冰》中舉，但不知道什麼原因，並未授官。這一年閒居長安之餘，王維以朝氣蓬勃的詩情畫意之筆，以詩改文，改寫了陶淵明的《桃花源記》，名《桃源行》。此詩一出，令人叫絕，時人對王維的詩歌才華唯有嘆服。值得一提的是，王維之後，韓愈、王安石等許多人都曾效仿他以詩改文改作《桃花源記》，但如清代文學家王士禛在《池北偶談》中所言：「唐宋以來，作《桃源行》最佳者，王摩詰、韓退之、王介甫三篇。觀退之、介甫二詩，筆力意思甚可喜。及讀摩詰詩，多少自在，二公便如努力挽強，不免面紅耳熱，此盛唐所以高不可及。」

可見王維的《桃源行》是多麼的光彩奪目：

漁舟逐水愛山春，兩岸桃花夾古津。坐看紅樹不知遠，行盡青溪不見人。
山口潛行始隈隩，山開曠望旋平陸。遙看一處攢雲樹，近入千家散花竹。
樵客初傳漢姓名，居人未改秦衣服。居人共住武陵源，還從物外起田園。
月明松下房櫳靜，日出雲中雞犬喧。驚聞俗客爭來集，競引還家問都邑。
平明閭巷掃花開，薄暮漁樵乘水入。初因避地去人間，及至成仙遂不還。
峽裡誰知有人事，世中遙望空雲山。不疑靈境難聞見，塵心未盡思鄉縣。
出洞無論隔山水，辭家終擬長遊衍。自謂經過舊不迷，安知峰壑今來變。
當時只記入山深，青溪幾度到雲林。春來遍是桃花水，不辨仙源何處尋。

瀟灑自放，歸隱山林

七二〇年，王維覺得自己已做好了準備，遂報名參加吏部考試，信心滿滿而去，沒想到卻落第而歸。唐玄宗的弟弟岐王李範愛好文藝，經常與文士交流，王維就是他最重要的座上賓之一。岐王聽說王維落第，為他感到不平。一天，岐王將王維邀至府中，對他說：「公子回去後挑選一些清麗超俗的詩作，抄錄幾份，新作的琵琶曲也準備一兩首，改日我帶公子去九公主府上拜訪。」九公主就是同樣愛好文藝賢才的玉真公主，是唐玄宗的親妹妹，時人無不知如有誰可使九公主肯開尊口一薦，玄宗定會留用，進入仕途不在話下。所以，當時玉真公主的府宅、別館聚集著大量的文人雅士，他們都希望能得到玉真公主的美言。

幾天後，王維到了玉真公主府中，其他樂工藝人均圍坐四周，聽翩翩公子王維在廳中獨奏琵琶曲，曲調清麗婉轉，清新脫俗，如有流雲會於山巔，如有清風集聚林莽，又如謙謙君子春風相遊。在座者無人不屏息凝神，沉醉其中，直到一曲終了，過了良久人們才回過神來。九公主問左右：「此曲甚佳，可有名字？」岐王回答說：「名叫《鬱輪袍》，是王維所作。」接著，王維將早就準備好的詩作遞與公主：「這是在下的詩作，請公主指教。」公主看罷，神情興奮，不禁說道：「這都是我平日裡經常看的詩作啊，本以為都是古人所作，萬沒想到是公子的佳作啊！」遂對王維另眼相看，請他上座。

岐王說：「公主有所不知，王公子有如此才華，去年應試卻意外落第。今年吏部應試在即，不免擔憂故事重演。」九公主明白了岐王與王維此番前來的用意，毫不猶豫地說：「岐王放心，王公子儀表堂堂，詩才清雅，樂理精通，我京兆府如能選此良才為解元，難道不是京兆府的榮耀嗎？」岐王知道公主舉薦王維已不成問題，只是為了保險起見，隱晦地提了提張九皋的事，不想公主宛然一笑：「岐王勿擾，張生豈能比得了王公子的才華風度。」原來拜訪之前，長安城文人圈裡就已風傳，說張九皋託玉真公主舉薦，今年解元已是板上釘釘的事，所以才有岐王這一說。

待吏部考試放榜，毫無疑問，王維是當年的狀元。後命為太樂丞，就職於太常寺，掌管宮廷宴會舞樂之事。自此，王維開始了他並不非常順利也並不沉重艱難的宦海生涯。這一年是七二一年，王維二十一歲。

但是有人歡喜有人愁，王維高中狀元，而比他早來長安好幾年的好友綦毋潛卻名落孫山，不得不暫回老家，待來年再試。王維特意寫好一首詩為這位知心朋友送別，詩中勸誡好友回鄉休整，但莫要灰心喪氣，來年再戰。「吾謀適不用，勿謂知音稀」（《送綦毋潛落第還鄉》），反覆強調好友落第實屬偶然，並非時運不濟，也並非沒有欣賞他的人。這些勸誡對於綦毋潛來說非常重要，雖然接下來的幾年都沒有中第，但他始終堅持不懈，終於在七二六年中得進士，躋身唐王朝百官之列。

送走綦毋潛不久，一天，有人來報：「太樂丞，大事不好，太樂署有人擅自舞黃獅子，此事已傳至宮中。」一依唐代的律令，舞黃獅子是專為皇帝表演的節目，私自娛演屬於大不敬，形同謀逆，如有違反當以犯律處置。屬下捅了婁子，長官難辭其咎，王維心裡清楚，此次自己必受責罰，但他沒想到的是責罰會如此之重。此事傳至宮中，被一些好事的人添油加醋，玄宗非常生氣，盛怒之餘給予最終的處罰：舞黃獅子者革出太樂署永不敘用，負責人太樂丞王維貶為濟州司庫參軍。濟州遠離皇都，地處偏遠，而司庫參軍顧名思義即一個看守倉庫的小官員，這就相當於一個堂堂京官被下放至偏僻之地看守倉庫，且王維這一待就是五年，可見處罰之重。

王維鬱悶前往，出發前留一首《被出濟州》（又作《初出濟州別城中故人》）抒發了心中的不平及對被貶濟州後坎坷仕途的前瞻，直言就算有朝一日被召回長安，大概也已經兩鬢斑白了：

微官易得罪，謫去濟川陰。執政方持法，明君照此心。
閭閻河潤上，井邑海雲深。縱有歸來日，各愁年鬢侵。

直到七二六年夏天，王維才收到朝廷詔命，離開濟州，奔赴淇上（河南北部）上任。秋天，王維一路向西，慢慢悠悠，經汜水邊的廣武城（今河南滎陽），抵達洛陽。過廣武時正逢寒食節，當天城中禁止煙火，只吃冷食，並舉行祭祖儀式。雖是春日，整個城市卻冷冷清清，使羈旅之人備感淒涼。王維不禁提筆寫下：「廣武城邊逢暮春，汶陽歸客淚沾巾。落花寂寂啼山鳥，楊柳青青渡水人。」（《寒食汜上作》）經此五年遠放，如今西歸，王維感慨萬千，潸然落淚。

來到淇上的王維並不甘心，所以在此不過一年即棄官歸隱。但此時的他心情相當矛盾，一方面覺得自己空懷才華而不見用，另一方面由於仕途無趣而嚮往田園。獻書報國卻久無回音，退身田間也因天時不好而收成有限，無法參與國家大事，又不願去巴結權貴乞求引薦，但同時希望能有機會報效國家，然後功成身退，畢竟飽讀聖賢書，誰願意一輩子碌碌無為呢？不過，退隱山水的生活還是令人無比愜意的，如《淇上田園即事》所述：

屏居淇水上，東野曠無山。日隱桑柘外，河明閭井間。
牧童望村去，獵犬隨人還。靜者亦何事，荊扉乘晝關。

雖然心中矛盾，王維還是一個拿得起放得下的人。七二九年，王維回到長安繼續隱居。七三二年，隻身漫遊蜀地，經年乃還。七三四年，又赴洛陽，隱於嵩山。此一時期，雖然政途失意，但王維並不特別在意，而是盡興於山水，寄情於自然，詩作已明顯形成自己獨有的風格，詩藝精純，清新恬淡，禪意自然，又時而彰顯自己的山水之心。

如入蜀過青溪時所作《青溪》：

言入黃花川，每逐青溪水。隨山將萬轉，趣途無百里。
聲喧亂石中，色靜深松裡。漾漾泛菱荇，澄澄映葭葦。
我心素已閒，清川澹如此。請留磐石上，垂釣將已矣。

又如歸隱嵩山前所作《歸嵩山作》：

清川帶長薄，車馬去閒閒。流水如有意，暮禽相與還。
荒城臨古渡，落日滿秋山。迢遞嵩高下，歸來且閉關。

出西北，居輞川

是官是隱一直以來都是中國古代文人士大夫面臨的難題，做官時對於官場的鉤心鬥角、齷齪骯髒痛心疾首，恨不能永久遠離政治，而一旦退隱又開始心心念念功業未就，寂寞聊賴。王維也是如此，自七二八年辭官退隱以來，轉眼五六年過去了，不禁覺得歲月蹉跎、青春易逝，趁早建功立業、揚名立萬的想法又漸漸強烈起來。所以在七三四年隱居嵩山之前，他給時任中書令的張九齡寫了一封信，說張九齡「致君光帝典，薦士滿公車」（《上張令公》），希望張可以找機會引薦他，

「學易思求我，言詩或起予。當從大夫後，何惜隸人餘」（《上張令公》），說如果朝廷需要做學問或寫文章的人，或許我可以試一試，我定能盡忠竭力，官職再小也沒關係。

七三五年，王維還在嵩山溫古上人的寺廟裡隱居，過著「開軒臨潁陽，臥視飛鳥沒。好依磐石飯，屢對瀑泉渴」（《留別山中溫古上人兄並示舍弟縉》）的悠閒生活，有一天忽然收到了朝廷的詔命，命他出山，出任右拾遺，即諫言之官。張九齡的舉薦起了作用。王維自此告別嵩山友人，奔赴洛陽，開始了第二次仕宦生涯。但是官場動盪幾乎沒有一日安寧，回長安不久，曾被張九齡薦舉的監察御史周子諒彈劾牛仙客觸怒了玄宗，玄宗怪張九齡「舉非其人」，將張九齡貶為荊州長史。張九齡為人節操高尚，正直大度，德高望重，尚且不能自保，這使得王維再一次看到官場凶險，遂隱約產生退意，這從他寄給張九齡的《寄荊州張丞相》中就能感受一二：

所思竟何在，悵望深荊門。舉世無相識，終身思舊恩。
方將與農圃，藝植老丘園。目盡南飛雁，何由寄一言？

七三六年夏天，王維受命以監察御史的身分出使河西（今甘肅酒泉、張掖、武威一帶）。雖然此時王維已經三十七歲，但還未曾去過西北，西北大漠荒涼、蒼茫無邊、人煙稀少的景象非常打動這位久居中原的詩人，所以出使河西後他並沒有著急回京，而是留在了涼州（今甘肅武威），做涼州節度使崔希逸的幕府節度判官。這使他有足夠的時間去感受西北邊塞壯麗的自然風光及彪悍的民風，如「灑酒澆芻狗，焚香拜木人。女巫紛屢舞，羅襪自生塵」（《涼州郊外遊望》）。王維的邊塞詩幾乎均為這一時期所作，並且其中不乏名篇名句，如《使至塞上》：

單車欲問邊，屬國過居延。征蓬出漢塞，歸雁入胡天。
大漠孤煙直，長河落日圓。蕭關逢候騎，都護在燕然。

第二年，王維回到長安，依然出任監察御史。七四〇年受命南選，以監察御史身分前往嶺南一帶為當地政府選任地方賢才，次年回到長安後又一次辭官歸隱，隱居在終南山，自此開始了他十餘年半官半隱的生涯，其間只是掛職左補闕（**負責諫言**）、侍御史（**負責舉薦、彈劾**）、庫部員外郎（**協助掌管武器軍庫**）等無關緊要的官職。王維此時已經對政治功業沒有多少興趣，所以對於官職高低、所做事務並不在乎，對於官場之事，當一天和尚撞一天鐘，他看重的是如何在終南山的隱居之所修持作詩，談佛論道，偶爾也作音樂繪畫，真可謂天人合一，瀟灑自在。王維的隱居之地就是著名的輞川別墅，「輞水周於舍下，別漲竹洲花塢」，環境十分恬靜優美，王維或「退朝之後，焚香獨坐，以禪誦為事」，或與朋友們「浮舟往來，彈琴賦詩，嘯詠終日」。

這樣的狀態一直持續到七五五年王維母喪結束後。這一年，他任給事中，「掌駁正政令之事」。在這十五六年間，王維找到了文人士大夫最理想的生存狀態——半官半隱，生活優渥，同時又無多少官場俗事來叨擾。此時的王維一心於山水田園之間，感悟天地自然之道，寫下了大量的經典詩作，從而奠定了他作為「詩佛」在中國詩歌史上不可動搖的位置。例如，「行到水窮處，坐看雲起時」（**《終南別業》**），「太乙近天都，連山接海隅。白雲回望合，青靄入看無」（**《終南**

山》），「倚杖柴門外，臨風聽暮蟬。渡頭餘落日，墟里上孤煙」（《輞川閒居贈裴秀才迪》），「春草明年綠，王孫歸不歸」（《山中送別》），「獨坐悲雙鬢，空堂欲二更。雨中山果落，燈下草蟲鳴」（《秋夜獨坐》），「紅豆生南國，春來發幾枝？願君多採擷，此物最相思」（《相思》）等等。

而《山居秋暝》更是其中的神作，境界清雅，含義雋永：

空山新雨後，天氣晚來秋。明月松間照，清泉石上流。
竹喧歸浣女，蓮動下漁舟。隨意春芳歇，王孫自可留。

歷經戰亂，安然離世

七五五年春天，大唐帝國已經瀰漫著一層淡淡的、說不清道不明的蕭瑟。長安城裡下著絲絲的春雨，柳色漸綠，顯得十分清新。王維出城送別好友元二，他剛剛接受召命要遠去安西都護府（今新疆庫車一帶）任職。兩人都已年紀不小，而長安與安西相隔萬里，路途遙遠，世事紛雜，誰都不知道此地一別何時才能再相見，然而傷別的話不能在這個時候講，只能勸朋友飲盡杯中酒為其壯行，因為出了陽關恐怕就再也沒有故人相伴了。這就是著名的《送元二使安西》：

渭城朝雨浥輕塵，客舍青青柳色新。勸君更盡一杯酒，西出陽關無故人。

王維只想到西北邊塞多凶險，卻沒想到這長安城也將不能太平。這一年農曆十一月，安祿山於范陽（今河北定興縣）起兵叛亂，河北諸地很快淪陷。李婉、高仙芝統軍東征，大敗，退守潼關，玄宗輕信讒言，誅殺高仙芝，舉國混亂。第二年六月，安祿山攻破潼關，生擒哥舒翰，直入長安，唐玄宗逃亡蜀中，經馬嵬坡兵變，楊國忠被殺，楊貴妃被賜死，肅宗在靈武即位。安祿山攻破長安，王維沒來得及隨唐玄宗出逃，落入叛軍之手。安祿山想拉攏他入職偽政，王維不肯，特意服了一種可以讓人嗓子沙啞不能說話的藥，想以此為由拒絕安祿山的徵召。但安祿山知道王維之才在於詩歌、繪畫、音樂，也知道他不想出任偽職的想法，就故意對他說：「愛卿嗓子喑啞不能說話不打緊，可以作畫作詩呀！」然後命人將其押解洛陽，拘禁在普施寺中。

安祿山攻破長安後，拘禁了文武大臣、內官、宮嬪、樂工好幾百人，嚴加看管，押解洛陽。由於安祿山出身胡地，特別喜歡歌舞，所以這些人中，他尤其關心樂工舞女。安祿山手下把所有的樂工舞女集結起來，帶到了安祿山大宴「群臣」的凝碧池。這裡群賊喧譁，珍饈佳肴、名貴珍寶無所不有，一摞一摞地擺在桌上及桌前的空地上，富麗堂皇，然而作為唐朝舊民的樂工舞女看到這些都唏噓不已。安祿山命令他們奏樂獻舞，為酒宴助興。音樂剛剛響起，就有人哭泣不已，但是如此「喜慶」的場景，怎容他們哭哭啼啼？賊兵把刀架在他們的脖子上，讓他們忍痛歌舞，並對其他人說：「如再有啼哭落淚者，格殺勿論！」有一位名叫雷海清的樂工忍不可遏，憤而將樂器重重地扔在地上，轉身向西，號啕大哭，以表明他心在大唐。後果可想而知，賊子立刻將他綁起來，押到戲臺之上當眾肢解，殘忍至極，以此恫嚇其餘人，並說：「再有不識抬舉者，這就是你們的下場！」

被拘禁在普施寺中的王維聽說這件事後，痛心大哭，並作了一首名為《凝碧池》的詩，感念大唐王朝的太平盛世：「萬戶傷心生野煙，百官何日再朝天。秋槐葉落空宮裡，凝碧池頭奏管弦。」這首詩被前去探訪他的關中名士裴迪抄錄帶出，隨即在文人中傳誦，還傳到皇帝出逃的行宮。七五七年，安祿山被兒子安慶緒所殺，安慶緒、史思明退守范陽，九月郭子儀收復長安，肅宗回京。

唐肅宗對安祿山叛亂時期出任偽職的人都以罪處罰，王維也在被處罰之列。王維的弟弟王縉對肅宗說：「陛下，家兄委實不曾甘心從賊，實是迫不得已。起初他便自服藥物使口啞不能言，以此拒命，被押解至洛陽，拘禁在普施寺中。賊子大宴凝碧池，家兄還曾作詩懷國。」肅宗表情凝重，沒有回話，王縉又說：「陛下，臣願削去所有官職，以保家兄。」王縉是平叛有功的大臣，加之肅宗確實曾讀過王維的《凝碧池》，也就象徵性地對其加以處罰，責授王維以太子中允之職。兩年後，轉尚書右丞，這是他當過的最大的官，也是後人稱其為王右丞的原因。

經歷這樣的動盪巨變，王維的禮佛之心更加熱切，更多地與當地的僧人、居士交往，在家時則衣著無彩，清淡無為，吃齋念佛，焚香打坐。此時，他的詩作已是自然淡泊，禪意清幽，臻至化境，如《冬晚對雪憶胡居士家》：

> 寒更傳曉箭，清鏡覽衰顏。隔牖風驚竹，開門雪滿山。
> 灑空深巷靜，積素廣庭閒。借問袁安舍，翛然尚閉關。

七六一年，王縉出為蜀州刺史，很長時間都沒有被召回京都，王維為此上表云：「己有五短，縉五長。臣在省戶，縉遠方。願歸所任官，放田里，使縉得還京師。」一段時間後，皇上詔令，命王縉回京，為左散騎常侍，侍奉皇帝左右。七月的一天，王維突然吩咐僕從拿來筆墨，說弟弟王縉身在鳳翔，要為他修書一封，然後又給其他親友寫了幾封信，停筆後看著窗外一陣清風吹來，樹上核桃一般大的青梨隨風微微晃動，耳邊傳來一聲清脆的鳥鳴。僕從本要為他盛一碗消暑的綠豆湯，而待他進屋時，王維已安然坐化。

「蜀道之難，難於上青天，側身西望長咨嗟」

千古第一詩人——李白

丈夫未可輕年少

發源於大涼山腹地的馬邊河像一條翠綠的玉帶，纏繞在四川一帶的群山之間，蜿蜒不息，清澈的河水閃爍著奔騰的光芒，星星點點。馬邊河流入犍為縣，就不再叫馬邊河，而稱清溪，清溪河畔就是著名的「茉莉之鄉」清溪古鎮。古鎮上青石蒼蒼的碼頭、矮小的寺廟、參天的古樹、低矮的民房，以及古樸簡陋的牌坊，都述說著這裡悠久的歷史。自漢代始，大宗的茶葉、生絲、中藥材、皮毛，經由清溪水路下可達宜賓、重慶，上可至樂山、成都，而經由陸路上的馬幫駝隊，則可至大小涼山甚至雲貴高原，再至緬甸、印度——這就是與茶馬古道齊名的蜀身毒道（**南方絲綢之路**）。自然，這裡成了舉足輕重的川南重鎮。

清溪鎮四季如詩如畫，然而要論最美的時節，還是秋天，尤其是明月高懸的秋夜。半輪月亮高高地掛在影影綽綽的群山之上，白天那些被秋風點染、色彩斑斕的層層山林都如同戴上面紗一般隱於朦朧的夜色，溪水荷塘與民居古寺也都隱於夜色之中，忙碌了一天的碼頭也在最後一艘客船離開後，漸隱於夜色中，徹底沉寂下來。只有低沉的河水聲和響亮的蟲鳴聲還不緩不急地繼續著。江水瀟瀟，夾帶著兩岸岩山深林中的野風，寒氣已經很重。行舟漸遠，船上的燈火也越來越恍惚，直至消失在黑暗中。

對於船夫來說，這樣的夜晚，這樣的夜行，這樣高談闊論、信心滿滿的客官，簡直太過稀鬆平常。然而他不知道今晚的客人對於中國此後一千多年的詩壇意味著什麼。雖然這位客人一心想的是「莫怪無心戀清境，已將書劍許明時」（《別匡山》），但從後來看這份心似乎無足輕重，倒是一路行來的抒懷詩作猶如珍寶，「光焰萬丈長」，閃耀至今。我們已無從知道年輕的詩人寫就那首絕妙的《峨眉山月歌》時，是否躊躇滿志，然後意氣風發地隨口吟詠，詠給同行人，詠給草木山岩，詠給這清溪河水：

峨眉山月半輪秋，影入平羌江水流。夜發清溪向三峽，思君不見下渝州。

這是西元七二四年秋天，大唐王朝經過玄宗李隆基十二年的勵精圖治，已經走向鼎盛，社會安定，政治清明，文人士子盡思以身報國，「治國平天下」。二十三歲的李白自覺學有所成，信心滿滿，初出匡山，第一次遠離家鄉，仗劍去國，辭親遠遊，以期有賢人舉薦，施展自己建功立業的抱負。

實際上，這是他「回爐」後的第二次出山。早在十五歲時，他就以「十五觀奇書，作賦凌相如」的少年狂氣干謁名流，希望被舉薦，但是這個「好劍術，喜任俠」的少年並沒有遇見他的伯樂，只好再回頭學習精進。二十歲時，益州（今成都）大都督府長史蘇頲讚他「若廣之以學，可與相如比肩也」，這使得年輕的李白非常受用，於是至渝州（今重慶）拜見太守李邕，但是他「作賦凌相如」的作派並沒有得到這位書法家官員的賞識，年輕氣盛的李白哪裡把這放在眼中，於是臨別前作詩《上李邕》，寫道：「宣父猶能畏後生，丈夫未可輕年少。」像是在告誡李邕不要小瞧他這個年輕人。

受挫後，李白返回匡山繼續學習。匡山位於今四川省江油市，山勢險峻，林壑深邃，風景秀麗，背倚龍門山餘脈諸峰，下臨清澈明淨的讓水河，西有天然溶洞佛爺洞，自古風光秀麗奇詭，至今尚有李白讀書之所的遺蹟。李白從十五歲開始在此讀書，共計將近十年，他不僅在此遍覽諸子百家，更是學習劍術、道術、縱橫術、《長短經》、馴鳥術。正是這十年所學和大匡山的山水清氣，造就了我們所知的這個骨骼清奇、超凡脫俗的李白。

第二年春天，李白一路沿江向東，過三峽，下渝州，入巴東，過了荊門山（今湖北宜都），就出了蜀地，從此就要將故鄉置於身後，而不斷領略大唐更為廣闊的天地和更多的奇山異水。然則雖豪情萬丈，回首來處時還是不免依依難舍，那畢竟是他生活了二十餘年的地方。氣勢恢弘又情意綿長的《渡荊門送別》正是詩人這種心境的絕妙寫照：

渡遠荊門外，來從楚國遊。山隨平野盡，江入大荒流。
月下飛天鏡，雲生結海樓。仍憐故鄉水，萬里送行舟。

過荊門山後，李白繼續一路向東，過荊州（作《荊州歌》）、訪江陵（今湖北江陵，作《大鵬遇希有鳥賦》）、遊赤壁及黃鶴樓（作《江夏行》）、觀洞庭、上廬山（作《望廬山瀑布》）、經天門山（作《望天門山》），真是一路江山一路詩，瀟灑不已。

十分有必要一提的是江陵之行，他在這裡遇到了道教高人司馬承禎。司馬承禎此時正處於其一生聲望的巔峰，貴為帝王之師，他請辭離京，在回浙江天台山的途中路過江陵，李白知道後專程前往拜訪。司馬承禎詩文飄逸、出口成章，令年輕的李白十分傾慕，便呈上自己的詩作請其指點。宗師本已覺得面前的年輕人器宇軒昂非凡俗之輩，一看詩作更是驚嘆不已，當面稱讚他「有仙風道骨，可與神遊八極之表」。李白自然受寵若驚，告辭後即寫就《大鵬遇希有鳥賦》「以自廣」，賦中寫道：「希有鳥見謂之曰：偉哉鵬乎，此之樂也。吾右翼掩乎西極，左翼蔽乎東荒。跨躡地絡，周旋天綱。以恍惚為巢，以虛無為場。我呼爾遊，爾同我翔。於是乎大鵬許之，欣然相隨。此二禽已登於寥廓，而斥鷃之輩，空見笑於藩籬。」李白自比大鵬，而將司馬承禎比為希有鳥，二人心心相印、惺惺相惜，相伴遨遊於太空，可見其激動之情與傾慕之意。這篇大賦雖然後來被李白認為是「少作」而改為《大鵬賦》，但它成了李白第一篇成名大作，使天下人盡知國師所讚確非凡人。

這年秋天，李白抵達金陵（今江蘇南京），準備好行卷，一心想「謁見諸侯」，以期得到舉薦。然而當年唐玄宗要在泰山舉行禪封大典，舉國上下的朝廷命官都忙於準備此事，無人敢怠慢，也無人節外生枝，所以李白的境遇是「十謁朱門九不開」。無奈之餘，他只好寄情山水，以待時日，在盤桓數月之後，終於在七二六年春天無功而去。離別那天，南方的天氣已經轉暖，柳絮漫天，金陵的朋友們前來送別，在酒肆中一再乾杯祝福。詩人因不捨金陵情誼而一再拖延離開的時間，然而即便如此，卻並無太多失意的傷感，通過干謁走上仕途並不容易，而此時的李白也覺得時機還未成熟，金陵畢竟是他此次去蜀干謁的第一站，他要下揚州。這一切都記在那首《金陵酒肆留別》中：

風吹柳花滿店香，吳姬壓酒喚客嘗。
金陵子弟來相送，欲行不行各盡觴。
請君試問東流水，別意與之誰短長？

揚州之行依然沒有結果，李白索性一路遊山玩水，先是姑蘇古城，再是浙江杭州、越中、天台。待秋天返回揚州時，「散金三十餘萬」，貧窮開始找上門來，不久患病，貧病交加地寄居在江都。出蜀第一站金陵的不順李白尚且不以為意，揚州的干謁未果加上隨之而來的貧困生活，則確實開始消磨李白初出蜀地時的意氣，他這個倦旅之人開始思念故鄉，發懷古之情，也開始感到報國無門的沉重，於是寫下了一首首詩作以抒懷，如「床前明月光，疑是地上霜。舉頭望明月，低頭思故鄉」（《靜夜思》），「涼風度秋海，吹我鄉思飛」（《秋夕旅懷》），「姑蘇臺上烏棲時，吳王宮裡醉西施……東方漸高奈樂何！」（《烏棲曲》），「功業莫從就，歲光屢奔迫。良圖俄棄捐，衰疾乃綿劇。古琴藏虛匣，長劍掛空壁」（《淮南臥病書懷，寄蜀中趙徵君蕤》）。貧病中的李白全然不是當年那個「落花踏盡遊何處，笑入胡姬酒肆中」（《少年行》）的少年了。

嚴格來講，這些貧病之作應屬非常之作，並不足以代表年輕氣盛的李白當時的心境，倒是這年五月時在揚州城的一首感物書懷之作，更能表現這兩年多的羈旅生活帶給李白精神上的微妙變化。

人生悲切的一面一如大鳥飄忽而過，在李白的心頭晃了一下，而這一晃已然加深了李白詩歌的濃度。這首詩就是《白田馬上聞鶯》：

黃鸝啄紫椹，五月鳴桑枝。我行不記日，誤作陽春時。
蠶老客未歸，白田已繅絲。驅馬又前去，捫心空自悲。

快意雲夢澤

司馬相如在《子虛賦》中極盡文學鋪陳讚譽之能事，通過子虛先生之口將楚地的豐饒奇特呈現於讀者眼前，其中最令人魂牽夢繞的就是雲夢大澤，它如同楚地一顆光彩熠熠的珍寶，通過司馬相如的文字閃爍出多彩的光芒，令多少文人騷客不親見不足以撫平心中缺憾。

臣聞楚有七澤，嘗見其一，未覩其餘也。臣之所見，蓋特其小小者耳，名曰雲夢。雲夢者，方九百里，其中有山焉。其山則盤紆岪鬱，隆崇嵂崒。岑崟參差，日月蔽虧。交錯糾紛，上干青雲。罷池陂陀，下屬江河……

雖則十五歲即「作賦凌相如」，但是司馬相如的這篇大賦可以說已經長在李白的血液裡。提到雲夢澤，他自然也魂牽夢繞，甚至干謁無果也不影響他對這片神奇水域的嚮往。臥病揚州時，幸有孟少府照料，李白才得以安心養病、逐漸痊癒，病癒後，孟少府建議李白去安州（今湖北安陸）找他的朋友安州都督馬正會，或許可有出仕的機會。李白非常高興，因為安州地處湖北，正是雲夢澤所在之處，此去不僅可以干謁權貴，還可以順便遨遊雲夢澤，一舉兩得。然而由於種種原因，李白此後雖然「酒癮安陸，蹉跎十年」，卻並未一睹雲夢澤之盛況。這年冬天，李白告別孟少府，沿運河北上，打算經河南再南下湖北。

七二七年春天，李白抵達襄州（今湖北襄陽），特意拜會了在「水綠沙如雪」的峴山隱居的大詩人孟浩然。這次相見開啟了唐詩史上一段美妙的友誼，李白非常仰慕這位比他年長十二歲的詩人隱者，甚至在給孟浩然的詩中直言「吾愛孟夫子，風流天下聞。紅顏棄軒冕，白首臥松雲」（《贈孟浩然》），他所愛的正是孟浩然不為世俗羈絆的高隱姿態。此後的歲月中，他還多次與孟浩然相會，並作詩多首相送，其中就包括那首幾乎所有人都耳熟能詳的《黃鶴樓送孟浩然之廣陵》：「故人西辭黃鶴樓，煙花三月下揚州。孤帆遠影碧空盡，唯見長江天際流。」

從襄陽往南就是安陸，到了安陸，李白做的第一件事便是拜會都督馬正會。馬正會見李白不落俗套、一表人才，深深讚許，將其推薦給了安州長史李京之。馬正會對李白評價甚高：「諸人之文，猶山無煙霞，春無草樹。李白之文，清雄奔放，名章俊語，絡繹間起，光明洞徹，句句動人。」然而李京之氣量狹小，不僅不欣賞李白，還對馬正會有意提攜李白心存忌憚。這導致李白此次安陸之行依然出師不利，並且這種不利始終無法驅散。一年後的一天，好酒的李白酒後騎馬，誤將李京之看成自己的朋友，糊里糊塗中衝撞了長史車駕，使得李京之誤以為李白對自己懷恨在心有意而為，因此怒不可遏，欲治其罪。李白非常狼狽，放下一貫狂傲的詩人性情，趕緊寫就一篇《上安州李長史書》向他賠罪檢討，甚至不惜貶低自己以抬高長史，說自己「嶔崎歷落可笑人也」，求長史大人不記小人過，這才算小事化了。這雖然是一種權宜之計，但也多少可見李白當時的落魄處境和悽惶的心態。

下一年李京之高遷他地，安州來了一位裴長史，李白認為自己的機會來了，多次拜謁裴長史，並寫就《上安州裴長史書》，說：「安得不言而知乎？敢剖心析肝，論舉身之事，便當談笑，以名其心。」歷數自家身世、所學、遊歷及諸多賢人對自己的讚賞之言，最後又說「願君侯惠以大遇，洞開心顏，終乎前恩，再辱英盼」。說盡好話請裴長史舉薦自己，然而由於醉酒衝撞前長史車駕及「犯夜」的前科，這些多少有些誇誇其談的自薦雄文依然如石沉大海，毫無回音，大概是因為裴長史從這些文章中看到李白是一個放蕩不羈又喜歡誇誇其談的人，並非經世濟用的實幹人才。

兩任長官的舉薦機會均被李白好酒的名聲凍結。也難怪李白在給自己妻子的《贈內》詩中如此自嘲：「三百六十日，日日醉如泥。雖為李白婦，何異太常妻。」東漢有一個叫周澤的人，他在做管理祭祀事務的太常時，極度克己奉公，經常在齋宮中齋戒，有一次患病，妻子到齋宮探望，他非常生氣，認為妻子不應該到這裡來打擾他的工作，大怒之餘讓人把妻子捉到官府定罪。當時人都嘲笑他太迂腐：「生世不諧，作太常妻。一歲三百六十日，三百五十九日齋。」李白在這首詩中用此典故，既是自嘲，也是自我反省，同時也表達自己對家庭的歉意。

這裡不得不說李白的妻子許氏。李白接受孟少府的建議不遠千里來到湖北安陸，希望在此得到重用的理想並未實現，但他在這裡娶了第一任妻子許氏。七二七年，李白初到安陸時已有相當的詩名，當地文人自然都想一睹其風采。這些人中有一位名叫許梓芝的員外，他非常欣賞這個年輕人，覺得他相貌俊秀，為人爽快，不落俗套，當然詩文更是令人稱奇。許員外特別注意到這個年輕人還未婚配，而家中小女已到婚嫁年齡，如今還待字閨中，他想，如果李白願與他的女兒成婚，豈不是更為許門增光，多一段佳話。許員外於是託李白在安陸的好友元丹丘說合，元丹丘說起此事，李白幾乎不假思索就答應了。一則他出蜀數年，所帶盤纏早已花盡而無所補給，如果有大戶許家做後盾，那他干謁求官就無衣食之憂；二則他知道許員外的父親是唐高宗時的宰相許圉師之子，他希望這樣的家庭背景能有助於他的出仕。

實際上，與許氏的婚姻雖然是為當時所不齒的入贅（性情放達的李白並不在乎這些），但確實幫了李白的忙，至少許家的產業可以使李白四處干謁時不為盤纏發愁。由於安陸的干謁不順，婚後第三年，即七三〇年夏天，李白再次背起行囊從安陸北上南陽，再向西直入京都長安，來到一片最為廣闊的天地。在這裡，李白想盡辦法拜見了時任宰相的張說，但逢其病重，未果而歸，後寓居終南山的玉真公主別館，可惜始終未得謀其面，大有不見天日之感。又謁見其他人，均無結果，失望之極，苦悶而幽怨。正如《古風其三十八》所寫：

> 孤蘭生幽園，眾草共蕪沒。雖照陽春暉，復悲高秋月。
> 飛霜早淅瀝，綠豔恐休歇。若無清風吹，香氣為誰發。

失望之餘，在朋友的介紹下，李白又一次奔赴前程，去往長安周邊的小城。然而等待他的，是一首首自薦詩石沉大海。「征客無歸日，空悲蕙草摧。」（《秋思》）失落的李白只好又一次無功而去，重返長安。

蜀道難，難於上青天

七三一年春天，長安城的柳樹只有遠望才能看出一點淡淡的鵝黃。但冰雪多已消融，護城河中靜水流深，有些陰冷之處冰塊尚未完全融化，河水流過，凜凜作響。北方的春天雖然乍暖還寒，但豔陽高照，一天比一天暖和，越來越多的人走出屋子，在街市上晃蕩的時間也越來越久。當然，長安城的街道就算再冷的天也不會空寂，只不過隨著春光明媚，故事多了起來。

這天午後，太陽偏西，宣武門外的一處空地上圍了許多看熱鬧的人，不一會兒來了幾個衙役，大喊著分開人群，到了空地上，隨即幾位公子模樣的富家少爺催馬衝出人群，大笑著揚長而去，只留下一個灰頭土臉的青年。這位青年隨即被衙役們以聚眾鬧事的名義押走，看熱鬧的人們漸次離開，有幾個好事的浪蕩子還追著這個倒楣犯人走了好長一段路才作罷。進了衙門，衙役們審訊得知此人名「李白」，知道他在長安還有朋友，才通知他的朋友，經朋友多方奔走這才將其救出大獄。這件事，李白在十餘年後的一首《敘舊贈江陽宰陸調》中有詳盡的回憶：

風流少年時，京洛事遊遨。腰間延陵劍，玉帶明珠袍。
我昔鬥雞徒，連延五陵豪。邀遮相組織，呵嚇來煎熬。

君開萬叢人，鞍馬皆辟易。告急清憲臺，脫余北門厄。

一再干謁無門給李白造成了非常大的心理負擔，加上長期四處奔波，寄人籬下，經濟拮据，窮愁潦倒，使得年輕的詩人一度放任自流，得過且過。重返長安後，他經常與長安一幫無所事事的青年浪蕩子同遊，鬥雞走狗，飲酒賭博如《白鼻騧》中所寫：「銀鞍白鼻騧，綠地障泥錦。細雨春風花落時，揮鞭直就胡姬飲。」寶馬香車，浪蕩漫遊，飲酒觀姬，一派富家公子的墮落生活。《白馬篇》一詩更是詳盡地描摹了當時的瀟灑生活：

龍馬花雪毛，金鞍五陵豪。秋霜切玉劍，落日明珠袍。
鬥雞事萬乘，軒蓋一何高。弓摧南山虎，手接太行猱。
酒後競風采，三杯弄寶刀。殺人如剪草，劇孟同遊遨。
發憤去函谷，從軍向臨洮。叱吒經百戰，匈奴盡奔逃。
歸來使酒氣，未肯拜蕭曹。羞入原憲室，荒淫隱蓬蒿。

快意恩仇，一擲千金，幾乎是三國時期曹植瀟灑少年生活的翻版，但對於李白來說，畢竟沒有這樣的經濟基礎，最多算是徒有一番空想。「歸來使酒氣，未肯拜蕭曹」，即使戰功赫赫，也不將功名放在心上，但在李白當時的處境下，此等過分的淡泊之言，自然不是他的真情實感，而是一種有意為之的瀟灑狂傲。《古風其二十四》也是這一時期所作，其中寫道：「大車揚飛塵，亭午暗阡陌。中貴多黃金，連雲開甲宅。路逢鬥雞者，冠蓋何輝赫。鼻息干虹蜺，行人皆怵惕。世無洗耳翁，誰知堯與蹠。」雖然他與那些「多黃金」的權貴子弟鬥雞走狗，但心底還是時時充滿「世無洗耳翁，誰知堯與跖」的感慨與激憤。這才是真李白。

出獄後的李白深感仕途艱辛，心懷憤懣，萌生退意，一首《行路難》寫盡了詩人乘興而來敗興而歸的心境，讀之令人唏噓：

大道如青天，我獨不得出。
羞逐長安社中兒，赤雞白狗賭梨栗。
彈劍作歌奏苦聲，曳裾王門不稱情。
淮陰市井笑韓信，漢朝公卿忌賈生。
君不見昔時燕家重郭隗，擁篲折節無嫌猜。
劇辛樂毅感恩分，輸肝剖膽效英才。
昭王白骨縈爛草，誰人更掃黃金臺？
行路難，歸去來！

這年夏天，李白滿懷複雜心緒辭別長安奔赴洛陽，打算經洛陽回安陸。至洛陽，再到南陽，盤桓數月，第二年冬天才回到安陸。到安陸才知岳父許員外已去世經年，暫時安身之家遭此變故，這是李白所始料不及的。傳說由於許員外的家產被他的侄子霸佔，李白和夫人許氏不得已遷家至安陸桃花岩，以耕種為生，「入遠構石室，選幽開上田」（《安陸白兆山桃花岩寄劉侍御綰》），閒暇時讀書作詩。這段生活恬淡自然，李白完全擺脫了汲汲於功名而不得的失意狀態，像一個心無功名的隱士，時而與友人在山中相會。「兩人對酌山花開，一杯一杯復一杯。我醉欲眠卿且去，明朝有意抱琴來。」（《山中與幽人對酌》）

然而好景不長，因為這也不是真正的李白，縱觀李白一生，那個真正的他在內心深處始終是一位雜糅了隱士、道士的儒者，他心中最根深蒂固的理想一直都是建功立業。所以，僅僅一年後，李白再次離開安陸，北上襄陽，謁見荊州長史韓朝宗，未果而歸安陸。次年，李白遊洛陽、太原，干謁無果。次年，遷家任城（今山東濟寧）。從七二四年辭親遠遊直至七四一年，十七年時間，奔波萬里山河，耗費無數心機，卻仍然沒有謀得一官半職，這一路走來，都是靠家人親友的幫助。這些經歷使李白真正感受到建功立業過於艱難，作為一種理想，它是多麼恢弘浩大，然而自己連做一點小事的機會都沒有，更遑論建功立業。

這一時期的重要作品《蜀道難》，表面上講蜀地山路的崎嶇難行、蟲蛇當道，細思李白當時的處境，這難於上青天的蜀道豈不是李白心心念念的仕途，又豈不是令人嘆惋的人生之道？「錦城雖雲樂，不如早還家」在這裡更可理解為已到中年的詩人向青年時期追求功名之路的告別，而「蜀道之難，難於上青天」的嘆惋更使這首雄奇的樂府長詩多了可以穿越時空的特質：

噫吁嚱，危乎高哉！蜀道之難，難於上青天！
蠶叢及魚鳧，開國何茫然！爾來四萬八千歲，不與秦塞通人煙。西當太白有鳥道，可以橫絕峨眉巔。地崩山摧壯士死，然後天梯石棧相鉤連。上有六龍回日之高標，下有衝波逆折之回川。黃鶴之飛尚不得過，猿猱欲度愁攀援。青泥何盤盤，百步九折縈巖巒。捫參曆井仰脅息，以手撫膺坐長嘆。問君西遊何時還？畏途巉巖不可攀。但見悲鳥號古木，雄飛雌從繞林間。又聞子規啼夜月，愁空山。蜀道之難，難於上青天，使人聽此凋朱顏。連峰去天不盈尺，枯松倒掛倚絕壁。飛湍瀑流爭喧豗，砯崖轉石萬壑雷。其險也如此，嗟爾遠道之人胡為乎來哉！劍閣崢嶸而崔嵬，一夫當關，萬夫莫開。所守或匪親，化為狼與豺。朝避猛虎，夕避長蛇，磨牙吮血，殺人如麻。錦城雖云樂，不如早還家。蜀道之難，難於上青天，側身西望長咨嗟！

仰天大笑出門去

七四二年在唐王朝的歷史上是意味深長的一年：這一年正月，唐玄宗改開元年號為天寶，大赦天下，象徵著玄宗皇帝治下新時代的開端；這一年皇帝詔令「前資官及白身有儒學博通、文辭英秀及軍謀武藝者，所在縣以名薦京」，國家太平昌盛，招攬遺落天下的賢能；這一年設節度使與經略十員，胡人安祿山為平盧節度使兼驃騎大將軍，位高權重，深受皇帝寵幸；這一年唐王朝總兵四十九萬餘人、軍馬九萬餘匹，兵強馬壯，同時軍費逐年增多，百姓稅賦增多。

此時的李白暫時把功名心置於一旁，還在漫遊泰山。「爾去安可遲？瑤草恐衰歇。我心亦懷歸，屢夢松上月。傲然遂獨往，長嘯開巖扉。林壑久已蕪，石道生薔薇。願言弄笙鶴，歲晚來相依。」（《贈別王山人歸布山》）詩中非但沒有功名之心，連天下事也通通置於心外，所想全是隱逸山林、弄鶴讀書的閒適生活。然而到秋天回到任城家中時，李白就再也不能如此淡泊了，儒心一時勝過道心，他又開始摩拳擦掌，準備在唐王朝的天下一展拳腳。他剛到任城，就聽到了一個好消息：好朋友元丹丘因為皇帝詔令，被作為道教人才徵召入京。元丹丘是李白相交二十餘年的朋友，二人關係非常親密，所以李白當下寫詩求其引薦。

很快，時來運轉的李白就收到了玄宗的詔書，喜出望外，一派功業已成的豪邁。全家上下殺雞宰鵝、酌酒高歌，為即將遠赴錦繡前程的詩人餞行，正如詩中所寫：「白酒新熟山中歸，黃雞啄黍秋正肥。呼童烹雞酌白酒，兒女嬉笑牽人衣。高歌取醉欲自慰，起舞落日爭光輝。遊說萬乘苦不早，著鞭跨馬涉遠道。」（《南陵別兒童入京》）這道詔書就像多年未見的明亮陽光，一瞬間就驅散了縈繞在李白心頭十餘年的陰雲，初出蜀地時的那個氣貫長虹的李白又回來了，「仰天大笑出門去，我輩豈是蓬蒿人」（《南陵別兒童入京》）。而這十幾年來由於干謁無門、生活流離而帶來的委屈也一掃而盡，「會稽愚婦輕買臣，余亦辭家西入秦」（《南陵別兒童入京》）。昔日愚蠢的婦人輕視朱買臣少衣缺食難得富貴，但是她錯了，如今我也同朱買臣一樣時來運轉，要去長安報效國家、建功立業去了。

確實，從七四二年秋天開始，李白走上了人生的輝煌巔峰。一入長安，即在紫極宮偶遇太子賓客賀知章。鬢髮皆白的賀知章對李白早有耳聞，待一睹真人，更覺此人氣宇軒昂、談吐不凡，言行爽直豪邁，不落俗套，他滿心歡喜，當面就要拜讀李白的詩文。李白也不無準備，先遞上一首早年困頓時的作品《烏棲曲》：

姑蘇臺上烏棲時，吳王宮裡醉西施。吳歌楚舞歡未畢，青山欲銜半邊日。
銀箭金壺漏水多，起看秋月墜江波。東方漸高奈樂何！

賀知章邊看邊頻頻頷首，深覺此詩文思敏捷、辭采清麗，更見作者的抱負遠大、意氣風發。待此首看完，不禁問道：「郎君，可還有其他詩作隨身？」這一次，李白遞上的是近幾年的作品《蜀道難》，這一首賀知章只看開篇幾句便喜形於色，大有相見恨晚之意，待整首詩讀完，拊掌大嘆：「郎君，真是仙人下凡啊！」傳說賀知章遇此天才興奮難抑，當即拉起李白的手直奔酒家，想一醉方休，但到了酒館才發現沒有帶錢，爽快的賀知章當場解下腰間的金龜佩飾遞與店家，直言：「金龜換酒，今與郎君，一醉方休！」

第二天，賀知章再次向玄宗面薦李白，皇帝當場命為「翰林供奉」，召見於金鑾殿，問當世之事，李白臨場奏頌，辭采華麗，文思斐然。玄宗皇帝歡喜不已，心想我大唐王朝竟有如此風流不拘之奇才，於是無比欣慰。朝後，唐玄宗甚至留李白與他一起用膳，親手為他調羹，這乃是無上的殊榮，所見者無不驚懼。除了深受皇帝寵愛的楊貴妃，還無人有如此的榮幸。只此一事，李白奉詔入長安不久即名滿京都，沒有人不為他平步青雲且如此得寵而驚嘆，當然，玄宗身邊平日裡的寵臣也警惕起來。

但是李白全然沒有意識到這些潛在的危險，而是依仗皇帝的寵幸，依舊瀟灑不羈，心裡想著有朝一日受到重用，為國建功。第二年暮春，長安城興慶池牡丹盛開，富貴嬌豔，人人愛之。一個陽光明媚的晴天，唐玄宗攜楊貴妃前去遊覽觀賞，特意囑咐大內官挑了幾十名樂工和舞女助興。然而歌舞半天，玄宗突然意識到所歌所舞大多陳舊不堪，毫無新意，此時想到翰林供奉李白，便派人召他前來作詩助興。誰料李白正醉倒在長安城的一個酒家，派去召李白的內官叫了半天也叫不醒他，乾脆命人將大醉不醒的李白裝上馬車，載向興慶池放在皇帝面前。玄宗這天心情不錯，看著李白醉酒的憨樣也並沒有責怪，只是笑著讓左右用水潑其面，將李白激醒。

李白迷迷糊糊地睜開眼，見玄宗在面前，一個激靈，歪歪斜斜地趴在地上叩見皇帝。玄宗說：「愛卿，今日春光明媚，牡丹甚好，朕與貴妃樂在其中，只是眾樂工舞女所歌所舞，皆為陳舊，甚是遺憾啊。」李白雖然知道身在御前，但腦子並沒有完全清醒，聽得玄宗發話，當即說：「陛下，陳舊不當緊，不當緊，有臣……有臣在此，何愁無新詞啊，易如反掌，立馬可待啊！」玄宗看著李白話都說不清的樣子，倒覺得有幾分可愛，聽到他一口答應，心裡十分歡喜，便說：「那朕就立馬而待，看愛卿妙筆生花。」隨即命人端上筆墨紙硯。眾人心中戰戰兢兢，都等著看這樣一個醉醺醺的酒鬼如何妙筆生花。

令人驚訝的是，確實立馬工夫，李白就在紙上歪歪斜斜地寫出了三首詩，說：「陛下，當，當今太平盛世萬民稱頌，臣，臣獻上三首清平——調，恭祝吾皇萬歲萬歲萬萬歲，願我大唐盛世千秋萬代。」玄宗看到一個醉成這樣的人如此會說話，打心底裡高興，待內官奉上李白的筆墨，就更喜歡這個才子了，當場就說：「愛卿真是好文采，真乃文曲星下凡，我大唐應該有如此天才！」高興之餘當即賜李白以宮錦袍。大醉中的李白寫就的三首詩，正是我們非常熟悉的《清平調詞三首》：

其一

雲想衣裳花想容，春風拂檻露華濃。若非群玉山頭見，會向瑤臺月下逢。

其二

一枝紅豔露凝香，雲雨巫山枉斷腸。借問漢宮誰得似，可憐飛燕倚新妝。

其三

名花傾國兩相歡，長得君王帶笑看。解釋春風無限恨，沉香亭北倚闌干。

這三首清平調自然和李白的其他詩詞一樣令他風光無限，但李白並沒有意識到其中暗藏的危險。傳說有一次李白被玄宗召去作詩，他又喝得大醉，雖然胡言亂語中還是能討得玄宗的歡心，但狠狠得罪了大內總管高力士。原來當內官將筆墨端到他面前時，半臥半坐在地的李白由於醉酒覺得渾身燥熱，想將靴子脫掉好讓自己更自在一些，但怎麼也脫不掉，急得他滿臉通紅。正在這時，李白一抬頭看見高力士在竊笑，想起平日裡高力士對自己毫不尊重，不禁怒從中來，轉念一想：「這小老兒不過是一個宦官，何敢如此不把我李翰林放在眼裡？」看慣其他大臣的拘謹之態，偶爾看看李白的放蕩不羈，對於玄宗來說，反而是一種放鬆，所以見李白如此窘迫，玄宗覺得甚是可愛，也不禁笑出聲來。

這時，李白說：「啟稟陛下，臣方才飲酒過多，渾身燥熱難耐，影響運筆行文，如此有負陛下所託。臣想脫掉這笨重的大靴，輕裝上陣，自由自在，如此方可寫就天然文章啊。臣知如此甚為不雅，可……」說到這裡，玄宗笑著說：「愛卿不必多禮，卿乃瀟灑才子，脫靴亦無妨，愛卿脫掉便是。」李白說：「陛下，可臣這笨靴……不知高力士可否幫在下一把？」就這樣，歷史上著名的「力士脫靴」發生了。高力士何許人也，能遭受如此羞辱而無動於衷嗎？此事之後，那《清平調詞三首》中的「可憐飛燕倚新妝」就成了李白大逆不道的明證，高力士屢屢向楊貴妃進讒言，說李白故意以趙飛燕比對楊貴妃，詛咒楊貴妃沒有好下場。楊貴妃覺得高力士說的不無道理，加之她並不喜歡李白這樣的性格，又對他現在如此受寵感到不滿，便多次在玄宗面前貶抑李白。玄宗也並非不知，只是多一事不如少一事，何必因一介書生攪亂大唐皇宮，便睜一隻眼閉一隻眼，漸漸疏遠李白。

詩聖杜甫有一首名曰《飲中八仙歌》的詩中寫道：「李白斗酒詩百篇，長安市上酒家眠。天子呼來不上船，自稱臣是酒中仙。」說的就是李白被疏遠之後的生活。李白漸漸了解了自己的處境，也因為身處官場日久而知道了政壇中的鉤心鬥角、腐敗齷齪，因而更加桀驁不馴、憤世嫉俗，後來便乾脆與賀知章、張旭等八人結為「酒中八仙人」，飲酒作詩，在長安城以苦作樂。李白深感「丑正同列，害能成謗」，逐漸產生了退出官場的想法。《長門怨》就是這一時期李白心境的寫照：

其一

天回北斗掛西樓，金屋無人螢火流。月光欲到長門殿，別作深宮一段愁。

其二

桂殿長愁不記春，黃金四屋起秋塵。夜懸明鏡青天上，獨照長門宮裡人。

且放白鹿青崖間

七四三年安祿山入朝，玄宗非常喜歡他，甚至允許其「謁見無時」。這一時期，李林甫專政，朝中官員不明智「站隊」的，都會受到迫害或冷落。這些狀況使得玄宗先前頒布的招賢令形同虛設，最多算是粉飾太平的表面文章。七四四年，這種狀況已經非常突出。這一年，八十多歲的賀知章請度為道士，離開長安，隨後元丹丘也離開了長安。兩個最好的朋友相繼離開，對李白來說，長安城就算再繁華熱鬧，也是冷若冰霜。著名的《月下獨酌》正是對這種朋友離去而自己一再被皇帝疏遠的心境抒發：

花間一壺酒，獨酌無相親。舉杯邀明月，對影成三人。
月既不解飲，影徒隨我身。暫伴月將影，行樂須及春。
我歌月徘徊，我舞影零亂。醒時同交歡，醉後各分散。
永結無情遊，相期邈雲漢。

三月，李白終於鬱悶難忍，上書玄宗請求離京還山，玄宗不忍心這樣的詩才落魄而去，便賜金放還。傳說，李白剛出得長安城，想順便遊歷華山，便一人獨往。到了華陰縣城，邁進一家酒館，自然是要來上好的酒肉款待自己，不覺之間就醉了。等他喝完酒，踉踉蹌蹌出了酒家門，見門口拴著一頭驢子，隨手掏出一把錢，說：「酒家，這駿馬與我去華山一遊，多少錢哪？」酒家急忙跑出來，一看客人大醉誤將驢當作馬，而拿出的錢足夠一匹馬的價格，便說：「客官，這是一頭驢，不值這些錢。」李白說：「店家休得胡說，駿馬在此何稱驢？錢不夠好辦……」正要掏錢，店家急忙說「夠了夠了」，扶他上驢。李白這才騎著驢搖搖晃晃慢慢悠悠地離開了酒家。到了半路，醉意漸消，李白才知自己騎的是一頭驢，但也不以為意，繼續前行。誰知走著走著竟然闖入了縣衙，衙役們見此人衣著講究、一表人才，不敢為難，便將他帶到大堂前，縣宰問道：「你是什麼人，竟敢如此無禮？」李白並不著急作答，緩緩搖一搖頭，好讓自己清醒一些，這才說：「何人？曾令龍巾拭吐，御手調羹，貴妃捧硯，力士脫靴。天子門前，尚容走馬，華陰縣裡，不得騎驢乎？」縣宰驚嚇不已，趕緊賠罪說：「下官有眼不識泰山，不知翰林至此，有失遠迎。」

「落羽辭金殿，孤鳴吒繡衣。能言終見棄，還向隴西飛。」（《初出金門，尋王侍御不遇，詠壁上鸚鵡》）此時的李白大概對功業已經心灰意冷，以徒有一身絢麗彩羽的鸚鵡自比，自嘲中更多的是自憐：能說會道又怎麼樣呢？還不是被主人拋棄，飛回隴西的荒蠻之地。離開長安的李白一路遊歷，足跡遍及長安周邊，初夏抵達洛陽，與小他十餘歲的杜甫相識，秋天與杜甫同遊汴州（今河南開封），路遇高適，同游大梁，晚秋時節至單父（今山東單縣），遊諸多湖海大澤，豪情萬丈，瀟灑不已，有如少年時。《俠客行》一詩正是李白當時漫遊山川的豪情寫照：

趙客縵胡纓，吳鈎霜雪明。銀鞍照白馬，颯沓如流星。
十步殺一人，千里不留行。事了拂衣去，深藏身與名。
閒過信陵飲，脫劍膝前横。將炙啖朱亥，持觴勸侯嬴。
三杯吐然諾，五嶽倒為輕。眼花耳熱後，意氣素霓生。
救趙揮金槌，邯鄲先震驚。千秋二壯士，烜赫大梁城。
縱死俠骨香，不慚世上英。誰能書閣下，白首太玄經。

這年冬天，李白才回到任城家中，稍作休整，第二年春天就開始有南遊吳越之心，想去越中見老友元丹丘，但無奈患病數月不能成行，直到秋天病癒，才終於啟程。《夢遊天姥吟留別》正是此時的作品，以「夢遊」為線索，描述了想像中東海邊的越地仙境，表達了自己追仙求道羽化飛升的理想。同時，通過「且放白鹿青崖間，須行即騎訪名山。安能摧眉折腰事權貴，使我不得開心顏」（《夢遊天姥吟留別》），重申自己鬱悶之餘離開朝堂的原因，也重申自己瀟灑不羈不甘被權貴所駕馭的性情。「世間行樂亦如此，古來萬事東流水」，沒有進入朝堂之前一心想著報效國家，而經歷過之後，雖然多少有一些不甘和留戀，但通過這幾年的沉浮起落，再次確認了自己的人生觀和價值觀：「古來萬事東流水」「唯有飲者留其名」。

七四八年，高力士被封為驃騎大將軍，李林甫與安祿山也分別被擢升，權力與地位日漸顯赫，玄宗甚至特賞安祿山鐵券（免死牌）。楊貴妃三姐妹皆被封，楊貴妃的堂兄楊國忠被擢為給事中，恩幸日隆。再三年後，安祿山遷為三鎮節度使，擁兵二十萬。楊國忠指使劍南節度使鮮于仲通討伐南召，大敗而歸，損兵折將六萬餘人，天下為之苦。李白走南闖北，目睹國家戰事，深有感觸，悲嘆不已。「萬里長征戰，三軍盡衰老。匈奴以殺戮為耕作，古來唯見白骨黃沙田。秦家築城避胡處，漢家還有烽火燃。烽火燃不息，征戰無已時。野戰格鬥死，敗馬號鳴向天悲。烏鳶啄人腸，銜飛上掛枯樹枝。士卒塗草莽，將軍空爾為。」（《戰城南》）然而面對此境，詩人奈何？

七五二年，李林甫卒，李國忠繼相位，安祿山對此不滿，遂兩人交惡，安祿山有反意。安祿山駐軍薊州（今北京），把守唐帝國的北方門戶，拒匈奴於域外，但同時飛揚跋扈，作威作福，他的治下成了大唐帝國的國中之國，他自己則是帝外之帝，已完全不把唐玄宗的長安放在眼裡。這一年，李白接受朋友的邀請北上薊州，才切身體會到安祿山是如何的飛揚跋扈，反心畢現，也深知北方邊塞少年郎都善騎善射，根本不把讀書人放在眼裡。「邊城兒，生年不讀一字書，但知遊獵誇輕趫。胡馬秋肥宜白草，騎來躡影何矜驕。」「儒生不及遊俠人，白首下帷復何益！」（《行行且遊獵篇》）可知李白作為一個從骨子裡忠誠於皇帝的儒生，看到此情此景，心中是何等的煎熬。他認識到北方也不是他的安身之處，草草遊覽之後，即匆匆南下。

這幾年的逍遙時光當數與元丹丘遊會稽、鏡湖、蘭亭、剡溪時，更是其後又不遠萬里赴石門山（今南陽方城縣）與元丹丘、參勳同遊百秀谷時。寄情山水，巡遊於道家仙理，飲酒煉丹，拋卻世間一切俗務，這才遂了李白的心意，也展露了李白作為詩人的仙人風姿，這一切又反過來說明李白不屬於政治、不屬於長安、不屬於宮廷，也不屬於世間凡俗之事。沒錯，這就是李白的巔峰之作《將進酒》中所體現的：

君不見，黃河之水天上來，奔流到海不復回。
君不見，床頭明鏡悲白髮，朝如青絲暮成雪。
人生得意須盡歡，莫使金樽空對月。
天生我材必有用，千金散盡還復來。
烹羊宰牛且為樂，會須一飲三百杯。
岑夫子，丹丘生，將進酒，杯莫停。
與君歌一曲，請君為我傾耳聽。
鐘鼓饌玉不足貴，但願長醉不願醒。
古來聖賢皆寂寞，惟有飲者留其名。
陳王昔時宴平樂，斗酒十千恣讙謔。
主人何為言少錢，徑須沽取對君酌。
五花馬，千金裘，呼兒將出換美酒，與爾同銷萬古愁。

輕舟已過萬重山

七五四年，安祿山入朝，又一次加官晉爵，被封為左僕射。安祿山謀反的徵兆日益明顯，但是玄宗完全不相信，甚至有進言此事者直接被送交安祿山處置，荒唐至極。後來太子進言安祿山有反心，玄宗依然置之不理，自此，朝中大臣無人敢言安祿山。楊國忠升為司空後也是日益驕橫，這一年，他又一次命劍南節度使討伐南詔，全軍覆滅。楊國忠密不上奏，再次發兵討伐，結果大敗而歸，前後損兵約二十萬。同時，關中地區水旱之災相繼發生，物價暴漲，民不聊生。第二年，安祿山於范陽（今河北定興縣）起兵叛亂，河北諸地很快淪陷，李婉、高仙芝統軍東征，大敗，退守潼關，玄宗輕信讒言，誅殺高仙芝，舉國上下一片戰亂。

七五六年正月，安祿山在洛陽自稱大燕皇帝。六月，安祿山攻破潼關，生擒哥舒翰，直入長安，唐玄宗狼狽不堪，逃亡蜀中，途經馬嵬坡（今陝西興平市西北）時，軍士譁變，怒殺楊國忠，逼迫玄宗賜死楊貴妃。玄宗至漢中郡（今陝西南部）時，命太子李亨為天下兵馬大元帥，以永王李璘為四道節度使引兵東巡。當年九月，永王李璘鎮守富庶的江陵（今湖北荊州江陵），當時江淮一帶的租賦都存於江陵，永王產生自立為王的念頭，欲以金陵為根據地，掌控長江一帶。已即位的肅宗聽說之後，八百里加急傳令永王，命來朝於蜀（因當時玄宗在蜀），永王不從。十二月，肅宗以高適為淮南節度使，率兵討伐永王。

永王自立，當務之急即是籠絡天下人才，李白好幾次接到永王的聘書，猶豫再三始終未啟程。後，永王派親信韋子春專程赴廬山邀請李白入幕，李白終於被說服，遂加入永王幕府。天下的動亂似乎又讓李白看到了建功立業的希望，所謂「苟無濟代心，獨善亦何益」（《贈韋秘書子春二首》），這時儒家思想又一次佔了上風，但他的計畫是功成則身退，「終與安社稷，功成去五湖」（《贈韋秘書子春二首》）。很難想像這次出仕在李白心中到底有著怎樣的意義，然而從歷史上看，詩人對於政治的天真之心，在這裡又一次表露無遺。「出門妻子強牽衣，問我西行幾日歸？歸時倘佩黃金印，莫學蘇秦不下機。」（《別內赴征三首》其二）黃金印，蘇秦機，無不是李白當時天真幻想的明證。

然而不足一年，永王即兵敗被誅，李白倉皇南逃，剛到安慶即被俘入獄，關在潯陽（今江西九江）。雖然他此次效力永王，是「過江誓流水，志在清中原」（《南奔書懷》），但如今已百口莫辯，「拔劍擊前柱，悲歌難重論」（《南奔書懷》）。誠如在獄中寄給妻子的詩中所言：「相見若悲嘆，哀聲那可聞？」（《在潯陽非所寄內》）此後，李白又寫信給江南宣慰使崔渙和御史中丞相宋若思等人，希為搭救，後終於出獄，進入宋若思軍中做參謀，但好景不長，終因永王之事被流放夜郎。

七五九年，落魄的李白被流放夜郎，剛到白帝城（今重慶奉節），就收到了皇帝赦罪的消息，當即一身輕鬆，調轉船頭，奔赴江陵。一路上蜀地的崇山峻嶺、激流大河才漸次有了顏色，淒厲可怖的猿啼聲也才不再瘆人。李白一路輕舟，萬里春風，簡直可以和當年得到玄宗詔令西入長安時一樣，此中心境，全在那首著名的《早發白帝城》中：

朝辭白帝彩雲間，千里江陵一日還。兩岸猿聲啼不住，輕舟已過萬重山。

本來當年被賜金放還，正好可以獨善其身，躲避政治的激流漩渦，誰曾想來了永王這一齣。雖然時間不長，但如此奔波且擔驚受怕，李白的精力幾乎被消耗殆盡。令人感慨的是，即便如此，在他遇赦回江陵後，當年冬天竟然復燃用世之意，又一次求人舉薦，但又一次無果而終。如果說一次又一次的漫遊山水是道教與自然對李白的慰藉，那麼一次又一次的用世之衝動就是命運對李白的敲打，很明顯，對於李白來講，他空有用世之心而無用世之才。「天生我材必有用」說的是詩才，在文海之中他才是閃耀的明星，治國濟世對他而言只不過是一劑虛幻的興奮劑，藥力過後，唯有漫長的空虛和失落。

七六二年春天將盡的時候，已經六十二歲的李白從客居的當塗出發，開啟了又一次的山水之旅，遊覽宣城和南陵。在宣城時，看到漫山遍野的杜鵑花，不禁觸景生情，想起了幾乎快要被他忘掉的故鄉——實際上，那是他成長並走向天下的地方，他又怎能忘記？《宣城見杜鵑花》一首詩如此寫道：「蜀國曾聞子規鳥，宣城還見杜鵑花。一叫一回腸一斷，三春三月憶三巴。」上次聽蜀國的子規啼叫至少已是四十年前的事了，如今見著杜鵑花就像當年聽見杜鵑啼鳴，令人斷腸的不僅是杜鵑鳥悲切的鳴叫，也不僅是數十年未回的故鄉，更是近四十年來的一事無成、兩手空空。然而這一切都無須細說，盡在詩中了。這年秋天，李白回到當塗借居之地，逢重陽節，又作小詩《九月十日即事》一首，晚景淒慘的心緒躍然紙上：「昨日登高罷，今朝再舉觴。菊花何太苦，遭此兩重陽？」

回當塗後，李白依然寄宿在叔叔——當塗縣宰李陽冰府上，久病難癒，且每況愈下，自知病癒無望，遂將平生所作託付給李陽冰。十一月，李白病歿異鄉，留有絕筆詩《臨路歌》一首，空闊蒼茫，悲風襲人：

大鵬飛兮振八裔，中天摧兮力不濟。
餘風激兮萬世，遊扶桑兮掛石袂。
後人得之傳此，仲尼亡兮誰為出涕？

「百年歌自苦，未見有知音」

生前寂寞身後名的詩聖——杜甫

詩壇第一狂士

六五五年前後的一天，襄陽杜府一大早就備好了四五輛馬車，載著家眷家用，待杜老爺一聲令下，轟隆隆向城外駛去，一路上遇見的街坊鄰居都說：「杜老爺一路好走啊！」年僅三十多歲的杜老爺一一拱手，說：「多謝，後會有期！」杜老爺旁邊還有個八九歲的少爺，也學著他的樣子向鄰居一一拱手說：「多謝啦，後會有期！」杜老爺看了一眼兒子可愛的樣子，微微一笑，甚感欣慰。杜府的馬車都出城了，街坊鄰居還在議論，紛紛說：「杜家真是好福氣，杜老爺官越做越大，少爺小小年紀就知書達禮，將來也一定前途無量啊！」

這位杜老爺名依藝，是西晉時期赫赫有名的大將軍杜預的後代，本以監察御史身分在襄陽老家做官，一紙詔令使他遷家河南鞏縣，他的新職務是河南鞏縣縣令。此後杜府上下就在這中原之地紮下根來，那位令人稱讚的少爺也在此學習、成長，立下光耀門楣的大志。少爺的名字叫杜審言，如果要給這個名字加三句話的注解，那就是：第一，詩壇第一狂士；第二，五言律詩的奠基者之一；

第三，詩聖杜甫的祖父。這三個注解都很重要，缺一不可，但令人印象最深刻的還是第一個。

六七〇年，杜審言一舉考中進士，春風得意，可是不久後收到的任命卻是隰城（今山西臨汾境內）縣尉。這使才高氣傲的杜審言大失所望，他這樣一個心有宏圖之人豈能看得上這樣一個小官，自然不受。他繼續滯留長安，等待時機，終於有了一個參加官員預選的機會，所有人心知肚明，在這場選拔考試中，只要能贏得考官的欣賞，步入政途絲毫沒有問題，並且官職也不會太寒磣。杜審言參加了考試，他剛出考場就神秘地對旁邊的人說：「蘇味道死定了。」蘇味道何許人也？正是主持此次選官考試的天官侍郎。蘇味道並不認識杜審言，所以這樣的話讓聽到的人都感到十分驚訝，對於掌握著自己命運的人，不像其他人一樣想盡辦法巴結也就算了，居然平白無故地詛咒，真是令人哭笑不得。聽此言者怕惹禍上身，趕緊躲開，有幾個好事者則繼續戲弄他：「杜公子，如此驚人之語，怎講啊？」杜審言竟然大言不慚、一本正經地說：「這位兄臺，你想啊，此次考試之後，蘇味道是不是會翻閱答卷？他翻閱答卷是不是會看到我的筆墨？」眾人說：「沒錯，可是為何說蘇大人死定了呢？」杜審言大笑起來：「諸位兄臺，這還不簡單嗎？蘇味道看到我的答卷，必然深感不如，羞愧而死啊！」

一眾飽讀儒家典籍的舉子面面相覷，無言以對，場面極其尷尬。可是如果他們知道這位狂傲的杜公子還會說出下面的話來，真不知道該如何是好了。「我的詩文作品，若跟屈原和宋玉的賦相比，毫無疑問，他們只能屈居在我之下。而我的書法呢，如果哪一天拿出來給你們看看，估計連萬人尊崇的王羲之都要甘拜下風啊。」初次聽得他的狂言，幾乎沒有人不感到吃驚，但是久而久之，杜審言的言論倒成了長安城的趣聞，文人士子聚在一起一說到杜審言就歡樂無窮。而聽了他的狂言，大家都不免想看看他的作品，看了之後果然覺得功力深厚、辭采不俗，這樣一來，在長安城裡，提起杜審言倒是無人不知了。

歲月蹉跎，六八九年，四十多歲的杜審言被調往江陰（今江蘇南京境內）任職。此時的他已經身處官場近二十年，一路沉浮，見慣了官場中的鉤心鬥角，光耀門楣的理想仍未實現。所以，杜審言的心情一直不暢快，總覺得朝廷不開眼，遺落他這樣的賢才於偏僻之地。這年春天，一位同僚陸丞邀請他踏春遊玩，出城登山，杜審言看見新春景象又喜又悲，喜的是大自然周而復始萬象更新，一派生機，悲的是獨遊在外遠離家人又壯志難酬。回城後陸丞作了一首《早春遊望》送給杜審言，他正好將滿腔愁緒寫成一首唱和之詩《和晉陵陸丞早春遊望》。明代詩人、文藝理論家胡應麟將這首詩奉為「初唐五律第一」：

獨有宦遊人，偏驚物候新。雲霞出海曙，梅柳渡江春。
淑氣催黃鳥，晴光轉綠蘋。忽聞歌古調，歸思欲沾巾。

六九八年，五十多歲的杜審言被貶為吉州（今江西吉安）司戶參軍，相對京城長安來說，吉州是一個十分偏遠的地方，這令一心想到長安當京官的杜審言很不高興。心情不好的他，脾氣自然越來越壞，由於狂妄的性格，他到任不久就得罪了長官周季重和同僚郭若訥。這兩個人覺得受到了侮辱，因此懷恨在心，二人合謀陷害，使杜審言下獄，並被判了死罪。聽聞此事後，可急壞了杜家老小，誰想得他年僅十三歲的二兒子杜並瞞著家人，背上行囊連夜趕赴吉州，趁周季重醉酒之際殺了他，自己也被周季重的手下殺害了。據說周季重死之前痛苦大哭，說：「杜審言有這樣的孝子，怪我不知啊，郭若訥害了我呀！」此事驚動了朝廷，人人都說杜並是好兒郎。後杜審言之事不了了之，但因此被免官，回了洛陽。

六九〇年，武則天宣布改唐為周，自立為帝，定都洛陽，稱「神都」。武則天自然聽說過杜審言的事和他的兒子杜並殺官救父的故事，就把杜審言召回朝廷，準備重用。武則天問他：「如今國家改元，國事待興，正是用人之際，朕重用於愛卿，愛卿歡喜否？」杜審言當即狂喜不已，說：「多謝陛下隆恩，臣定當竭忠盡力，陛下知遇之恩，臣沒齒難忘。」他心想：「我杜審言今日面見聖上，飛黃騰達的日子到了，光耀門楣指日可待。」退朝後，他當即作了一首《歡喜詩》，表達自己對武則天的忠誠和感激。此後，杜審言常跟隨武則天左右，詩文侍奉，榮耀無比。

七〇五年，唐中宗再次即位，杜審言因在武則天執政期間與張易之、張昌宗過從甚密而被流放到偏遠的峰州（今越南境內）。流放途中，杜審言渡湘江南下，正當春暖花開之時，看著滔滔湘江水向北流淌，不禁感傷自己命途多舛獨遭流放，便作詩抒懷，寫下了又一首名篇《渡湘江》：「遲日園林悲昔遊，今春花鳥作邊愁。獨憐京國人南竄，不似湘江水北流。」然而到了峰州沒待多久就接到了朝廷詔書，召他回朝任職，命其為國子監主簿、修文館直學士。

在這個京官任上沒過幾年，杜審言就撒手人寰，並且在他臨終之際再次展現了狂傲不羈的本性。傳說他彌留之際，好友宋之問和武平一二人前去探望，他把兩位朋友叫到病床前，激憤地說：「我這一生，受盡了造化的戲弄，臨終之際無須多言。不過，只要我還多活一日，你二人在文壇就沒有出頭的機會。如今我快要死了，唯一令我感到不安的是，當今文壇還沒有適合的人接替我的位置。」真是讓人哭笑不得。

杜審言去世時，他的孫子杜甫尚未出生，他大概也沒想到，更能使杜氏家門光耀千古的不是他，而是他這位未曾謀面的孫子。不過，每當杜甫提及祖父，總是心懷崇敬，充滿自豪，說「詩是吾家事」，又說「吾祖詩冠古」。

青春與壯遊

七一二年，杜審言的長子杜閑喜得貴子，取名杜甫。杜氏家門有了繼承人，全家人興高采烈，對他寄予厚望，希望他能繼承杜家詩書興家的傳統，飽讀詩書，建立功業，光宗耀祖。在家庭氛圍的薰陶下，加上有相對優渥的生活條件做基礎，杜甫自小便飽讀儒家經典，深懷「奉儒守官」的士子理想，勤奮好學，期盼有朝一日擔當重任，報效國家。

杜甫早慧，傳說他七歲時，父親給他講解一篇辭賦，其中寫到鳳凰，杜甫早就聽說鳳凰是百鳥之王，是一種美麗神奇的鳥，便問父親：「父親，鳳凰到底長什麼樣子呢？」父親對他說：「鳳凰是傳說中的鳥王，雄鳥稱為鳳，雌鳥稱為凰。鳳凰鳥，頭如雞，頸如蛇，頷似燕，背如龜，尾像魚，非常高貴。它們性情高潔，不隨便與凡鳥同群。」杜甫問道：「父親，你見過鳳凰嗎？」父親說：「爹爹哪裡有福氣見到鳳凰啊，只是聽說過並且嚮往罷了，但願我兒有朝一日能見到鳳凰。」聽父親如此一說，杜甫被深深吸引，他沉思一會兒之後，又說：「父親，鳳凰不容易見到，但我們可以像鳳凰鳥那樣，不與世俗之人同流合污。」一個七歲的孩子能說出這樣的話令杜閑感到非常驚訝，而更令人驚嘆的是杜甫回頭便將所思所想作成了一首名為《詠鳳凰》的詩。這首詩如今早已失傳，但此事在杜甫的《壯遊》詩中可以得到印證：

往昔十四五，出遊翰墨場。斯文崔魏徒，以我似班揚。
七齡思即壯，開口詠鳳凰。九齡書大字，有作成一囊。
性豪業嗜酒，嫉惡懷剛腸。脫略小時輩，結交皆老蒼。
飲酣視八極，俗物都茫茫。……

七歲時能詠詩，九歲時書法已有不錯的功底，十四五歲即廣泛交友，出入文人雅集，當時的名士崔尚、魏啟心等都誇讚他文采斐然，可以和班固、揚雄相媲美。他性格直爽，豪放好酒，疾惡如仇，所思所想遠不同於同齡人，也不和他們結交，有所結交的均是見識老到的長輩，酒酣之時，世俗的榮華富貴全然不放在眼裡……這正是青少年時期那個意氣風發的杜甫，一點兒都不似人們印象中老病多災的杜甫。確實，因為有父親的俸祿做生活保障，杜甫從十四五歲開始就壯遊各地，先後前往山西、江蘇、浙江等地，遊覽山川湖海，遍訪名勝古蹟，體察民俗風情，見識人間萬事，可謂「讀萬卷書，行萬里路」。

七三五年，杜甫回故鄉參加「鄉貢」，次年前往東都洛陽參加進士考試，可是出師不利，最終落第。但是杜甫年輕氣盛，對這樣的失敗不以為意。暫時閒居無事的杜甫再次打算出門壯遊，遂前往父親任職的兗州，漫遊齊趙之地（今河南、河北、山東諸地）。到齊趙之地漫遊，登號稱「五嶽之首」的泰山自然是少不了的。這一天，杜甫隻身登上泰山，放眼望去，延綿的群山都被鬱鬱蔥蔥的林莽覆蓋著，群峰之上則是無邊無際的雲，令人震撼。而山陰陽兩面的明暗對比，給人陽面還是白天而陰面已屆黃昏的錯覺。更令杜甫難忘的是，一路走來的巍峨大山，此時看去都成了小山包。氣勢豪壯、意蘊深遠的《望嶽》正是這次泰山遊歷之後的作品，不僅描繪了泰山的丘壑，更寫出了杜甫胸中的丘壑：

岱宗夫如何，齊魯青未了。造化鍾神秀，陰陽割昏曉。
蕩胸生層雲，決眥入歸鳥。會當凌絕頂，一覽眾山小。

接下來的好幾年，杜甫始終沒有找到出仕的機會，或在家讀書，或忙於家庭瑣事，或外出漫遊。到七四一年，杜甫的父親杜閒病逝，全家的擔子幾乎都落在了作為長子的杜甫肩上，這時的他已經年近三十歲。七四四年，李白從長安賜金放還，路過洛陽，兩位大詩人得以相見相識，一路悠遊梁、宋諸地，把酒言歡，並自此結下深厚的友誼。李白當時名聞天下，作為後生的杜甫對他非常欽佩，很欣賞他的詩作，曾在詩中稱讚他「白也詩無敵，飄然思不群。清新庾開府，俊逸鮑參軍」（《春日憶李白》）。同時，杜甫也無比欣賞李白瀟灑不羈的個性，這從其詩作《飲中八仙歌》中可見一斑：「李白斗酒詩百篇，長安市上酒家眠。天子呼來不上船，自稱臣是酒中仙。」

這次交遊，對厭倦政治鬥爭的李白來說，自然使他心情大好，但杜甫就不同了，已經三十多歲的他，至今還未有過一官半職，加之父親去世，全家生活將無著落，心下焦慮可想而知。所以，遊歷未半時，杜甫訕訕而退，他要西去長安，等待機會求取功名。但即便如此，這次交遊，包括此後幾次與李白相見，對杜甫來說都意義重大，他也非常看重。關於他和李白的友情，杜甫寫過好幾首詩，《春日憶李白》就是他到長安後所作，其中寫道：「渭北春天樹，江東日暮雲。何時一樽酒，重與細論文。」可見這次交遊他雖然半途而退，但還是心心念念的。在杜甫寫給李白的眾多詩作中，《與李十二白同尋范十隱居》非常詳細地敘述了兩位詩人性情相合、結伴尋友的輕快情態，生動地展現了兩人親密無間的珍貴友情：

李侯有佳句，往往似陰鏗。余亦東蒙客，憐君如弟兄。
醉眠秋共被，攜手日同行。更想幽期處，還尋北郭生。
入門高興發，侍立小童清。落景聞寒杵，屯雲對古城。
向來吟橘頌，誰欲討蓴羹。不願論簪笏，悠悠滄海情。

坎坷長安，昏昧京都

七四七年，唐玄宗詔令天下，命有才藝者前往長安應試。杜甫自然心中非常歡喜，這是他步入政途的一個好機會。然而當時玄宗懶政，政務幾乎全權交於宰相李林甫，朝野上下對李氏頗有意見。李林甫擔心會有文人士子在考試對策環節控訴自己，使得玄宗不再信任他，便心生一計，對皇帝說：「陛下，依老臣看，這些應試者未經海選，來自四野八方，魚龍混雜，多有鄉野粗鄙之人，單怕會有胡言亂語，有汙聖聽。不如還讓他們回地方，著各郡縣初步選拔，將確有才具者送往京城，再經過尚書省復試，為陛下選薦良才。陛下以為如何？」玄宗聽李林甫這麼說，自然覺得他體貼聖意，當場就同意了。

這正是李林甫想要的結果。雖然各州郡確實送來了優異才俊，可是到了尚書省這一步，在李林甫的關照下，居然沒有一個人通過考試，杜甫也在其列。面對這樣的結果，玄宗自然覺得驚異，天下之大，竟然沒有一個可造之才？而李林甫此時卻向皇帝道賀：「啟稟陛下，陛下賢明，當朝政治清明，國泰民安，沒有新進人才並非壞事，依老臣看，恰恰說明我朝人盡其才，民間已無遺漏的賢才，而朝中人才濟濟啊。」聽了這樣奉承的話，玄宗非常高興，動靜很大卻不了了之的選才之事，就像一場鬧劇一樣收場了。

應試之路不通，杜甫也只得像李白那樣以詩干謁，希望得到在朝官員的引薦。尚書省左丞韋濟很欣賞杜甫的詩，也經常在同僚面前說起杜甫並吟誦他的新作，但是由於種種原因，始終未能給杜甫帶來實質性的幫助。科舉路塞、干謁無門的狀況使杜甫無比失落，加上生活困窘潦倒，心情非常低落，甚至想離開這傷心之地，一走了之，再也不涉政途。在這種境況下，杜甫寫了那首著名的《奉贈韋左丞丈二十二韻》，向曾經幫助他的恩人告別，重申自己「致君堯舜上，再使風俗淳」的崇高政治理想，同時也自述才華出眾卻不被重用，當時滿腔的鬱悶和牢騷激憤，也都在這首詩中一吐為快。這一切，使我們可以在時隔千餘年後的今天，看到當年長安城一位落魄的單薄文人是如何與時局、命運進行頑強又無奈的周旋：

紈袴不餓死，儒冠多誤身。丈人試靜聽，賤子請具陳。
甫昔少年日，早充觀國賓。讀書破萬卷，下筆如有神。
賦料揚雄敵，詩看子建親。李邕求識面，王翰願卜鄰。
自謂頗挺出，立登要路津。致君堯舜上，再使風俗淳。
此意竟蕭條，行歌非隱淪。騎驢十三載，旅食京華春。
朝扣富兒門，暮隨肥馬塵。殘杯與冷炙，到處潛悲辛。
主上頃見徵，欻然欲求伸。青冥卻垂翅，蹭蹬無縱鱗。
甚愧丈人厚，甚知丈人真。每於百僚上，猥頌佳句新。
竊效貢公喜，難甘原憲貧。焉能心怏怏，只是走踆踆。
今欲東入海，即將西去秦。尚憐終南山，回首清渭濱。
常擬報一飯，況懷辭大臣。白鷗沒浩蕩，萬里誰能馴？

但是，杜甫終究無法棄絕功業之心，同時窮困的生活也在身後逼迫，要求他早日入仕。所以，他還是繼續羈旅長安，等待時機。七五一年正月，玄宗計畫祭祀太清宮、太廟、天地，這可是難得的大盛典。杜甫得知這一消息後，向朝廷呈獻《三大禮賦》，皇帝看後，非常欣賞杜甫的文采，便下令讓杜甫在集賢院待詔。但是負責主持遴選官員的李林甫又一次將忠厚耿直的杜甫排除在外，離他最近的一次入仕機會又一次與他擦肩而過。這一年杜甫已經三十九歲，而到他真正得到人生中的第一個官職，還要再等四年。

當時的玄宗幾乎不理朝政，政務幾乎都由李林甫把持，後來又是楊國忠隻手遮天。七五一年，楊國忠命令劍南節度使鮮于仲通進攻南詔國，大敗，損兵折將六萬餘人，後又進諫再次發兵，結果又大敗而歸，朝廷將士幾乎全都有去無回，兩次折兵約二十萬人。如此一來，玄宗便下令在長安、洛陽、河南、河北一帶大肆徵兵，青壯不足，則強行抓丁，百姓被肆意驅馳，如同雞雉。無數人生離死別，無數家庭家破人亡，路上盡是痛哭送別之景象，令人懷疑這是否還是開元盛世。杜甫長安難居，四處遷徙，所以經常見到此種情景，每每痛心疾首，但又無可奈何，《兵車行》就是對這種狀況的記載，至今讀之仍令人泣下，其中哀國哀民之情震撼人心：

車轔轔，馬蕭蕭，行人弓箭各在腰。
爺娘妻子走相送，塵埃不見咸陽橋。
牽衣頓足攔道哭，哭聲直上干雲霄。
道旁過者問行人，行人但云點行頻。
或從十五北防河，便至四十西營田。
去時里正與裹頭，歸來頭白還戍邊。
邊庭流血成海水，武皇開邊意未已。
君不聞，漢家山東二百州，千村萬落生荊杞。
縱有健婦把鋤犁，禾生隴畝無東西。
況復秦兵耐苦戰，被驅不異犬與雞。

長者雖有問，役夫敢申恨？
且如今年冬，未休關西卒。
縣官急索租，租稅從何出？
信知生男惡，反是生女好。
生女猶得嫁比鄰，生男埋沒隨百草。
君不見，青海頭，古來白骨無人收。
新鬼煩冤舊鬼哭，天陰雨濕聲啾啾。

七五四年，杜甫將家從洛陽遷到了長安，但由於當年秋天淫雨連綿，關中地區莊稼遭災，物價暴漲，民不聊生，杜甫生計艱難，只好再次攜帶家眷搬家至奉先（今陝西蒲城縣），勉強度日。第二年，朝廷終於頒發詔書，授予杜甫河西尉，奔走多年換來這樣的結果，顯然無法令人滿意，甚至再一次使得杜甫心灰意冷，最終他拒不拜官。不久後，又有詔令，授予他一個與河西尉相差無幾的右衛率府兵曹參軍，負責看管兵器，杜甫十分不情願，但迫於生活壓力，他無奈接受。「不作河西尉，淒涼為折腰。老夫怕趨走，率府且逍遙。耽酒須微祿，狂歌託聖朝」（《官定後戲贈》），雖然走馬上任，但無奈的詩人還不忘作小詩一首聊以自嘲，也聊以自我解圍。

這年十月，杜甫從任上前往奉先縣看望妻兒，沿途路過玄宗的驪山行宮，遙望驪山上如同仙宮一般的華清宮，聽著不斷飄出的華美的音樂。他知道皇帝和享受高官厚祿的權貴們此時都在尋歡作樂，可是他呢，還在為家人的溫飽擔憂，但他再不濟還算朝廷命官，那些苦寒的百姓呢？一路所見，都令他心中不能平靜。但這都還不是最壞的，最壞的在家中等著他：當詩人饑腸轆轆、風塵僕僕地趕回家時，在門口便聽見妻子驚天動地的哭聲。原來，小兒子剛剛餓死。這是何等的悲痛、悲憤、悲涼，詩人於是寫下令人泣血、字字錐心的《自京赴奉先縣詠懷五百字》：

杜陵有布衣，老大意轉拙。許身一何愚，竊比稷與契。
居然成濩落，白首甘契闊。蓋棺事則已，此志常覬豁。
窮年憂黎元，嘆息腸內熱。取笑同學翁，浩歌彌激烈。
非無江海志，瀟灑送日月。生逢堯舜君，不忍便永訣。
當今廊廟具，構廈豈雲缺。葵藿傾太陽，物性固莫奪。
顧惟螻蟻輩，但自求其穴。胡為慕大鯨，輒擬偃溟渤。
以茲誤生理，獨恥事干謁。兀兀遂至今，忍為塵埃沒。
終愧巢與由，未能易其節。沉飲聊自遣，放歌破愁絕。
歲暮百草零，疾風高岡裂。天衢陰崢嶸，客子中夜發。
霜嚴衣帶斷，指直不得結。凌晨過驪山，御榻在嵽嵲。
蚩尤塞寒空，蹴蹋崖谷滑。瑤池氣鬱律，羽林相摩戛。
君臣留歡娛，樂動殷樛嶱。賜浴皆長纓，與宴非短褐。
彤庭所分帛，本自寒女出。鞭撻其夫家，聚斂貢城闕。
聖人筐篚恩，實欲邦國活。臣如忽至理，君豈棄此物。

多士盈朝廷，仁者宜戰慄。況聞內金盤，盡在衛霍室。
中堂舞神仙，煙霧散玉質。煖客貂鼠裘，悲管逐清瑟。
勸客駝蹄羹，霜橙壓香橘。朱門酒肉臭，路有凍死骨。
榮枯咫尺異，惆悵難再述。北轅就涇渭，官渡又改轍。
群冰從西下，極目高崒兀。疑是崆峒來，恐觸天柱折。
河梁幸未坼，枝撐聲窸窣。行旅相攀援，川廣不可越。
老妻寄異縣，十口隔風雪。誰能久不顧，庶往共饑渴。
入門聞號咷，幼子饑已卒。吾寧捨一哀，里巷亦嗚咽。
所愧為人父，無食致夭折。豈知秋禾登，貧窶有倉卒。
生常免租稅，名不隸征伐。撫跡猶酸辛，平人固騷屑。
默思失業徒，因念遠戍卒。憂端齊終南，澒洞不可掇。

亂世出仕，落拓被縛

七五五年農曆十一月，身兼范陽、平盧、河東三地節度使的安祿山發動二十萬大軍，以「憂國之危」、奉密詔討伐楊國忠為藉口在范陽起兵，所過州縣，望風瓦解。而當有人奏報安祿山造反時，玄宗依然認為這是厭惡安祿山的人編造的謊言，數日過去，河北、河南等地連日陷城，皇帝這才從大夢中醒來，終於相信自己誤判，趕緊召人商量對策，而所召之人又是心中全無國家只有一己私利且無能的楊國忠，這注定了安祿山叛軍順利西進，直至攻破潼關，攻陷長安城。

七五六年農曆六月，玄宗在聽信讒言錯殺鎮守潼關的大將封常清和高仙芝後，又一次聽信楊國忠佞言，下旨逼迫堅守潼關的兵馬大元帥哥舒翰出兵擊賊。一旦守住潼關，安祿山叛軍便無力進犯長安，而唐軍迎戰，正是安祿山求之不得的。楊國忠之所以向玄宗進讒言，使其下令出兵，是考慮到自己的宰相之位會因哥舒翰軍功太高而受到威脅。哥舒翰「慟哭出關」，唐軍二十萬人被誘入狹隘地帶，慘遭埋伏，雖兵馬眾多，卻發揮不了作用，被前後夾擊，最終僅剩下八千餘人。這是哥舒翰平生遭遇的最大失敗，而他本人也在此戰中被手下綁架以降安祿山，第二年被殺害。

很快，潼關失守，安祿山長驅直入，玄宗假借「親征」之名，攜帶後宮、皇子皇孫及一眾親信倉皇出逃，至馬嵬坡發生兵變，楊國忠、楊玉環兄妹被殺。之後，玄宗繼續南行入蜀，太子李亨等人向北至靈武。農曆七月，太子在靈武（今寧夏靈武）自行即位，遙尊玄宗為太上皇，是為唐肅宗。肅宗即位後，封郭子儀為兵部尚書、同中書門下平章事（宰相）兼充朔方節度使，封李光弼為戶部尚書、同中書門下平章事，二人奉詔討伐叛軍，後經過多年征戰方逐漸平定這場叛亂。但自此，唐朝元氣大傷，開始了盛極而衰的歷史。

這一年，杜甫在窮困與流亂中又一次搬家，至鄜州（今陝西富縣）羌村避難。後來，杜甫聽說肅宗在靈武即位，便又一次告別妻兒，隻身北上，投奔肅宗在靈武的行在，想於此國難之際獻身為用，不幸在路途中被安祿山叛軍俘虜，押解至長安。那時的長安已經一片淒涼，離亂蕭索，人馬惶惶，往日的達官貴人也沒了以前的神氣，狼狽避禍，貼牆緊走，「長安城頭頭白烏，夜飛延秋門上呼。又向人家啄大屋，屋底達官走避胡」，「腰下寶玦青珊瑚，可憐王孫泣路隅。問之不肯道姓名，但道困苦乞為奴」（《哀王孫》）。昔日那些香車寶馬的宗室公子雖然腰間還佩戴著青珊瑚和寶玉，也流落路邊，一心想賣身為奴，再看他們的身體，「已經百日竄荊棘，身上無有完肌膚」（《哀王孫》）。而看著從北方和洛陽一帶來的那些身手矯健的叛軍將士，詩人既感嘆他們的好身手，又哀嘆他們鬼迷心竅，追隨叛賊肆意殺生，血染長安，「昨夜東風吹血腥，東來橐駝滿舊都。朔方健兒好身手，昔何勇銳今何愚」（《哀王孫》）。

好在杜甫官職低微，叛軍並不是特別在乎，也沒有特意拘禁。第二年四月，郭子儀的討賊大軍列陣長安城北，叛軍自顧不暇，杜甫趁機冒險從金光門逃出長安，向北逃到鳳翔肅宗行在。五月得以面見肅宗，被授官左拾遺（八品諫官），此時杜甫已經四十五歲，而這是他奔波多年獲得的第一個像樣的官職。拾遺是唐代的諫言之官，「掌供奉諷諫，大事廷議，小則上封事」（見《新唐書·百官志二》），加之在此國難之際，朝廷籠絡人才，所以杜甫有機會經常面見皇上，諫言奏事。但伴君如伴虎，如杜甫這樣忠厚老實、赤誠耿介之人，又怎麼會悠遊大唐皇宮這等是非之地且明哲自保呢？

房琯是玄宗時期的吏部尚書、同平章事，安史之亂後隨玄宗入蜀，肅宗即位後他又奔赴靈武，被肅宗委以重任，但由於他不通軍事，在阻擊叛軍陳濤斜一戰中大敗而歸，被肅宗貶官。杜甫作為諫官，覺得肅宗貶房琯不妥，朝廷正當用人之際，怎能以一敗堵人盡忠之路。這使得肅宗非常惱火，敗兵被貶，理所應當，沒想到這小小的八品諫官竟不知天高地厚，此等小事都要發表意見，便一怒之下將杜甫問罪，幸好時任宰相張鎬出言相救，最終貶官，「八月，墨制放還鄜州省家」（見《杜詩詳註·杜工部年譜》），讓他回家反省。

「杜子將北征，蒼茫問家室。維時遭艱虞，朝野少暇日。」（《北征》）杜甫從鳳翔北上鄜州，而回到家中，迎接他的則是「妻孥怪我在，驚定還拭淚。世亂遭飄蕩，生還偶然遂」，「晚歲迫偷生，還家少歡趣。嬌兒不離膝，畏我復卻去」（《羌村三首》）妻子兒女驚訝於他在亂世還能生還，家居艱難無趣，兒女都圍在他身邊不離須臾，只怕父親再次離開。此情此景，令人唏噓不已。

短暫的拾遺之任不足百日，杜甫心中非常不快，在家艱難度日，時而獨遊西溪畔的鄭縣亭子，作詩抒懷，排遣鬱悶。「巢邊野雀群欺燕，花底山蜂遠趁人。更欲題詩滿青竹，晚來幽獨恐傷神。」（《題鄭縣亭子》）心情不好，就連看到鳥雀相逐都覺得是有一方被欺負，煢煢孑立，黯然傷神。《瘦馬行》就更是詩人當時心境的寫照，身心疲憊，卻還念叨著來年春天或許還有機會：

東郊瘦馬使我傷，骨骼硉兀如堵牆。絆之欲動轉欹側，此豈有意仍騰驤。
細看六印帶官字，眾道三軍遺路旁。皮幹剝落雜泥滓，毛暗蕭條連雪霜。
去歲奔波逐餘寇，驊騮不慣不得將。士卒多騎內廄馬，惆悵恐是病乘黃。
當時歷塊誤一蹶，委棄非汝能周防。見人慘澹若哀訴，失主錯莫無晶光。
天寒遠放雁為伴，日暮不收烏啄瘡。誰家且養願終惠，更試明年春草長。

當年九月，長安收復。十一月，杜甫返回長安，仍任左拾遺之職，雖忠於職守、兢兢業業，但因房琯之事，始終不被肅宗接受，終於七五八年六月被貶為華州司功參軍，「掌官員、考課、祭祀、禮樂、學校、選舉、表疏、醫筮、考課、喪葬等事」。年底，杜甫回洛陽老家探親，第二年春天，官兵被安史叛軍敗於鄴城（今河南安陽）。杜甫從洛陽返回長安，一路所見，都是戰爭慘狀，一連數年的征戰讓全國百姓災禍無窮，人人自危。官府四處徵兵，強行抓丁，即使老弱也難免被充軍，隨處可見生離死別，哀鴻遍野。杜甫痛心疾首，寫下了著名的「三吏」、「三別」，如深沉的歷史畫卷一般，再現了安史之亂時期唐朝官吏及百姓的生存情狀。

如《新安吏》中所述新安道上的官府點兵：「借問新安吏，縣小更無丁？府帖昨夜下，次選中男行。中男絕短小，何以守王城？肥男有母送，瘦男獨伶俜。白水暮東流，青山猶哭聲。莫自使眼枯，收汝淚縱橫。眼枯即見骨，天地終無情！……送行勿泣血，僕射如父兄。」徵兵的官文連夜下發，要求徵集不算太過羸弱的男子充軍，當詩人再追問「中男絕短小，何以守王城」時，官員竟無言以對。徵兵官員見人們哭泣相別的情景，先說不要自己把眼睛哭壞了，天地無情，哭壞了身體誰也幫不了你，接著又說，目前戰事進展順利，很快就會回來，況且我們的元帥郭將軍待兵和藹，就像父輩和兄長一般。

再如《石壕吏》所寫官吏趁夜強抓男丁，連老年男子都不放過，而這個家庭的大兒和二兒早已戰死沙場，三兒如今還在邊疆，不得已，家中老婦請從官吏充軍，悲愴無加：

暮投石壕村，有吏夜捉人。老翁逾牆走，老婦出門看。
吏呼一何怒！婦啼一何苦。聽婦前致詞，三男鄴城戍。
一男附書至，二男新戰死。存者且偷生，死者長已矣！
室中更無人，惟有乳下孫。有孫母未去，出入無完裙。

老嫗力雖衰，請從吏夜歸。急應河陽役，猶得備晨炊。
夜久語聲絕，如聞泣幽咽。天明登前途，獨與老翁別。

再如《新婚別》寫新婚男子只來得及洞房一夜，第二天清晨即要奔赴戰場，隨軍征戰：「暮婚晨告別，無乃太匆忙。君行雖不遠，守邊赴河陽。」新婚妻子不免擔憂：「君今往死地，沉痛迫中腸。」即便如此，尚且寬慰丈夫：「勿為新婚念，努力事戎行。」詩人不禁感嘆：「嫁女與征夫，不如棄路旁。」這和《兵車行》中的「信知生男惡，反是生女好。生女猶得嫁比鄰，生男埋沒隨百草」構成了一種沉重的矛盾，令人戰慄。生而為人，在戰亂頻仍的年代，百姓無論生男生女，都注定遭受戰爭帶來的痛苦。

《垂老別》更是寫盡了老人出征的辛酸與沉痛：「四郊未寧靜，垂老不得安。子孫陣亡盡，焉用身獨完！投杖出門去，同行為辛酸。幸有牙齒存，所悲骨髓幹。男兒既介胄，長揖別上官。老妻臥路啼，歲暮衣裳單。孰知是死別，且復傷其寒。此去必不歸，還聞勸加餐。」前去征戰的人多數有去無回，「我里百餘家，世亂各東西。存者無消息，死者為塵泥」（《無家別》），而留下的人也無非「一二老寡妻」（《無家別》）。詩人被徵召從軍，也同樣煎熬，母親逝世多年，也無法妥善安葬，「永痛長病母，五年委溝溪。生我不得力，終身兩酸嘶」（《無家別》），想起一生落拓，時局艱辛，不禁悲從中來，痛哭失聲。

棄官去秦，客居西蜀

七五九年，關中地區發生了天災人禍，民不聊生，杜甫官職不高，俸祿不濟，難以養家糊口，最終棄官而去，帶著家眷來到秦州（今甘肅天水）。當時有一位人稱贊公的僧人也住在這裡，他是杜甫的老朋友，聽說杜甫來了秦州，便去信邀請他去西枝村，說那裡山川秀麗、水草豐茂，非常適合隱居耕讀。杜甫覺得很不錯，就計畫在那裡置地建造草屋，就此落腳，可是依然缺衣少食，無法自給自足，日子過得很拮据。草屋還沒建成，又收到同谷（今甘肅隴南康縣一帶）縣宰的邀請信，說同谷可居，請他前去。杜甫想，既然秦州艱難，也許同谷可去，便作詩謝別贊公，「是身如浮雲，安可限南北」（《別贊上人》），說人在亂世身如浮雲，不知去向何方。

這年十月，杜甫拖家帶口，跋山涉水，歷經千辛萬苦才到達同谷。杜甫一家居住在同谷縣一個叫栗亭的地方，那裡有許多橡樹，當地人將橡果稱為橡栗，栗亭即因此得名。然而同谷也並非安樂窩，他來到這裡依然日日為生計憂慮，食不果腹，更加貧困潦倒，最艱難的時候撿拾山地裡的橡栗、挖取黃獨，才能勉強果腹。而橡栗和黃獨都味苦、有微毒，可見杜甫一家困苦到何等境地。所以在這裡還不到一個月，他們又繼續南下成都。杜甫客居同谷時所作的《乾元中寓居同谷縣作歌七首》正是他這一時期生活的寫照：

其一

有客有客字子美，白頭亂髮垂過耳。歲拾橡栗隨狙公，天寒日暮山谷裡。

中原無書歸不得，手腳凍皴皮肉死。嗚呼一歌兮歌已哀，悲風為我從天來！

其二

長鑱長鑱白木柄，我生托子以為命！黃獨無苗山雪盛，短衣數挽不掩脛。
此時與子空歸來，男呻女吟四壁靜。嗚呼二歌兮歌始放，閭里為我色惆悵！

這年歲末，杜甫一家抵達成都，暫時借居在浣花溪畔的一座古寺中，依然衣食無著，生活十分貧寒，正如杜甫詩中所言：「入門依舊四壁空，老妻睹我顏色同。癡兒未知父子禮，叫怒索飯啼門東。」（《百憂集行》）日日外出謀生計，但日日失望而歸，小孩子少不更事，在門口衝父母怒吼著要飯吃。不久後，老友高適恰巧出任彭州（今四川彭州）刺史，杜甫得知消息後，當即寫作一首《因崔五侍御寄高彭州一絕》，寄與高適，向他求救：「百年已過半，秋至轉饑寒。為問彭州牧，何時救急難？」高適接到信後，趕緊差人從幾十里之外送來糧食、衣物接濟，這才使得杜甫一家度過寒冬。

七六〇年春，杜甫在一眾朋友的幫助下，在成都城西的浣花溪畔修建草堂，暮春時節，草堂落成。自此，在朋友的資助下，杜甫在草堂中開始了幾年的安穩生活，長年漂泊的羈旅生涯暫時畫上了句號，詩人享受了十餘年格外珍貴的時光。《蜀相》、《春夜喜雨》等相對閒適的詩作就作於這一時期。

寓居成都期間，時任成都府尹兼御史大夫、充劍南節度使嚴武對杜甫相當照顧，經常周濟他，一來二去，兩人作詩唱和，友誼日深。後來，嚴武甚至向朝廷上表，舉薦杜甫做自己的節度參謀、檢校尚書工部員外郎，杜甫被後世稱為杜工部正是由於嚴武所舉薦的工部員外郎一職。

七六一年秋，杜甫蟄居草堂，身老病多，生活艱難。一日狂風大作，將茅屋上的茅草捲走不少，杜甫拖著病軀追趕挽回，怎奈人力微薄，更糟的是接下來又是連陰雨，這讓他想到連年征戰、動盪難安的大唐帝國，不禁悲從中來，寫下悲歌長嘯的《茅屋為秋風所破歌》，為百姓的困苦生活哀嘆，也為士子文人報國無門、棲身無處的悲慘遭遇哀嘆：

八月秋高風怒號，捲我屋上三重茅。
茅飛渡江灑江郊，高者掛罥長林梢，下者飄轉沉塘坳。
南村群童欺我老無力，忍能對面為盜賊。
公然抱茅入竹去，脣焦口燥呼不得，歸來倚杖自嘆息。
俄頃風定雲墨色，秋天漠漠向昏黑。布衾多年冷似鐵，嬌兒惡臥踏裡裂。
床頭屋漏無乾處，雨腳如麻未斷絕。自經喪亂少睡眠，長夜沾濕何由徹！
安得廣廈千萬間，大庇天下寒士俱歡顏，風雨不動安如山。
嗚呼！何時眼前突兀見此屋，吾廬獨破受凍死亦足！

羈旅一世，病老孤舟

七六一年，安祿山和史思明這兩位安史之亂的罪魁禍首分別被兒子和部下殺死，叛軍由史思明的兒子史朝義統領。七六三年春，史朝義的部下田承嗣獻出莫州投降官兵，並綁架史朝義的母親及妻子獻於唐軍。史朝義率五千騎逃往范陽，而其部下李懷仙獻出范陽投降官兵，史朝義無路可走，自縊身亡，其餘部將紛紛投誠。至此，歷時八年的安史之亂終於結束。皇帝命降臣田承嗣、李懷仙、李寶臣、薛嵩等分別為魏博（今河北南部、河南北部）、盧龍（今河北北部）、成德（今河北中部）節度使，進一步為日後的藩鎮割據埋下禍根。

杜甫聽說叛亂徹底平定的消息，欣喜若狂、喜極而泣，當下寫就那首「平生第一快詩」《聞官軍收河南河北》：

> 劍外忽傳收薊北，初聞涕淚滿衣裳。卻看妻子愁何在，漫卷詩書喜欲狂。
> 白日放歌須縱酒，青春作伴好還鄉。即從巴峽穿巫峽，便下襄陽向洛陽。

此後，杜甫便乘興而遊，往來遊歷於閬州（今四川閬中）、梓州（今四川三臺縣）、綿州（今四川綿陽）、漢州（今四川廣漢）、吳楚（今湖南、湖北一帶），直至七六四年二月，聽說嚴武再次鎮守蜀地，大喜而歸成都。回成都後，被嚴武表為節度參謀、檢校工部員外郎。但在這幕府之中，杜甫幹得並不順心，很快就告假回浣花溪的草堂閒居，到了第二年正月，乾脆辭掉了幕府之職。七六五年四月嚴武病逝，五月杜甫即攜帶家眷離開成都草堂，南下嘉州（今四川樂山），六月又到戎州（今四川宜賓），再從戎州到渝州（今重慶），九月因病滯留雲安（今重慶雲陽）。在顛沛流離的旅途中，杜甫留下了許多詩作，其中最著名的就是這首《旅夜書懷》：

細草微風岸，危檣獨夜舟。星垂平野闊，月湧大江流。
名豈文章著，官應老病休。飄飄何所似，天地一沙鷗。

七六六年，杜甫到夔州（今重慶奉節），夔州都督柏茂林非常體恤照顧杜甫，請他代為管理公家的屯田，同時又租給他一些公田，這才使流落數年的杜甫得以暫時定居。但由於長年漂泊輾轉，杜甫已經老態畢現，身體每況愈下，疾病纏身，左耳漸漸失聰。七六七年重陽節那天，杜甫登上夔州城外的一座高臺，遙望一江秋水滾滾東流，秋風襲來，四下原野山川落葉蕭蕭，回想自己半生飄零，始終艱難度日，不禁悲切難抑，回家後即寫下了這首被後世稱為「七律之冠」的《登高》：

風急天高猿嘯哀，渚清沙白鳥飛回。無邊落木蕭蕭下，不盡長江滾滾來。
萬里悲秋常作客，百年多病獨登臺。艱難苦恨繁霜鬢，潦倒新停濁酒杯。

杜甫在夔州暫居的草堂前有幾棵棗樹，鄰居的寡婦經常到草堂前打棗，杜甫憐憫其孤苦無依，從來不干涉。但後來他搬離此地，將草堂讓給一位吳姓親戚居住，這位親戚在草堂前豎起籬笆，禁止寡婦打棗。杜甫得知此事，便寫了一首《又呈吳郎》詩，勸說吳郎體會寡婦生活不易，體諒她「已訴徵求貧到骨，正思戎馬淚盈巾」的處境，希望予以方便。夔州時期也是杜甫創作的一個高峰期，《老病》、《詠懷古蹟五首》、《諸將五首》、《秋興八首》等都是此時的作品。尤其《秋興八首》是唐詩中不可多得的佳作，時代苦難、羈旅之嘆、故園秋思、君國之慨，一併雜於其中，歷來被公認為杜甫抒情詩中沉實高華的精品。而這八首詩中，第一首最被世人推崇：

玉露凋傷楓樹林，巫山巫峽氣蕭森。江間波浪兼天湧，塞上風雲接地陰。
叢菊兩開他日淚，孤舟一繫故園心。寒衣處處催刀尺，白帝城高急暮砧。

年事已高、身染沉痾，且依然貧困潦倒，七六八年，杜甫離開夔州，乘船出三峽，三月至江陵（今湖北荊州），秋天到公安（今湖北公安縣），冬天到岳州（今湖南岳陽），其間幾乎一直生活在飄蕩的船上。到岳州後，杜甫稍作休整，登上神往已久的岳陽樓，看著浩渺無邊的洞庭湖，不禁生出無限感慨：「親朋無一字，老病有孤舟。戎馬關山北，憑軒涕泗流」（《登岳陽樓》）。

第二年四月，杜甫從岳州到潭州（今湖南長沙），然後從潭州到衡州（今湖南衡陽），因聽說老友韋之晉就任潭州刺史，加之衡州酷暑難耐，不久又返回潭州，希望能在韋之晉手下謀一份差事，但沒過多久，韋刺史染病身亡。七七〇年四月，臧玠在潭州作亂，杜甫為避亂逃往衡州，原打算再往郴州（今湖南郴州）投靠舅父崔偉，但行至耒陽（今湖南耒陽），恰遇江水暴漲，不得不停止前行，在方田驛逗留數日，好幾天粒米未進，幸虧耒陽縣宰派船來把他接到府上，供以酒肉，才得以脫困。夏天杜甫又離開耒陽，到秋天才返回潭州，修整之後一一告別潭州親友，按計劃順湘江而下，由襄陽轉至洛陽，再從洛陽前往長安。然而這一計畫最終並未實現。

這年冬天，消瘦羸弱的杜甫又一次作別家人，從潭州出發，乘舟前往岳州。江上的冬天陰雨淅瀝，江風濕冷，兩岸群山莽莽，山上鳥獸哀鳴，聽之令人驚心動魄，不寒而慄，繼而是無盡的悲涼與寂寞。夜晚氣溫下降，暗夜難行，行船更是艱辛。在這艘搖搖晃晃的小船上，杜甫伏在枕頭上寫下了他的絕筆長詩《風疾舟中伏枕書懷三十六韻奉呈湖南親友》。不幾日後，顛沛流離一生的詩人終於難耐風雨飄搖及病身勞頓，於舟中溘然長逝。

「慈母手中線，遊子身上衣」
唐代最悲苦的孝子詩人——孟郊

生逢亂世的嵩山隱士

七一一年，唐睿宗李旦任命賀拔延嗣為涼州（今甘肅武威）都督，為防止吐蕃入侵，設立河西藩鎮，命賀拔延嗣充河西節度使，自此，唐朝的第一個藩鎮和第一個節度使產生。唐玄宗時期大量設立藩鎮，分封節度使，至天寶年間，節度使增至十個，屯駐邊疆，領兵約五十萬、戰馬約九萬匹。安史之亂爆發後，為抵禦叛軍進攻，唐王朝進一步設立藩鎮、分封節度使，至元和年間，全國藩鎮多達四十八個。這股力量至此已經無可挽回地成了唐王朝的重負與頑疾。實際上從安史之亂開始，藩鎮的諸種弊端就已暴露無遺，然而此時已經騎虎難下，而要馴服這隻暴戾的猛虎幾無可能，唐王朝恩威並施，也已經難以挽回。同時，中央朝廷朋黨爭權，紛亂不已。

藩鎮割據的直接結果是戰亂四起，政治混亂，社會動盪，百業凋敝，民不聊生。尤其是底層百姓，兒郎被送上戰場一去難復回，留在家中的孤兒寡母也是朝不保夕，艱難偷生。人們恨透了那些為了一己之私爭權奪利發動戰爭的官吏，期待和平的生活，但是那種令人不寒而慄的殺氣有增無滅，所謂「殺氣不在邊，凜然中國秋」（《殺氣不在邊》）。戰亂之後，或是叛軍被平，或是官兵無功而返，只留下殘敗血腥的戰場，城池還飄蕩著濃重的血腥味，城裡已經看不見幾個人了，空有孤獨的黃鶯還在幾乎被毀壞殆盡的城裡鳴叫，「兩河春草海水青，十年征戰城郭腥」、「千里無人旋風起，鶯啼燕語荒城裡」（《傷春》）。戰後餘生的百姓家毀人亡，死者長已矣，生者還要繼續承受饑餓嚴寒的痛苦以及說不定哪天再降臨的戰亂，「無火炙地眠，半夜皆立號。冷箭何處來，棘針風騷勞。霜吹破四壁，苦痛不可逃」（《寒地百姓吟》）。

七五一年，孟郊出生在蘇州昆山，父親孟庭玢當時在那裡出任縣尉。孟郊出生四年後，安史之亂爆發，戰亂波及全國，他所在相對富庶的江南也被殃及。但相對而言，這裡還是比其他地方要好很多，也比他後來輾轉一生所經過的許多地方都好，至少不會讓他忍饑挨餓，而在此度過的童年也一直令他難以忘懷。幾十年後，朋友李翺要去蘇州，孟郊為他送行，寫了一首名為《送李翺習之》的詩，在詩中追憶童年時代的生活：「千巷分淥波，四門生早潮。湖榜輕嫋嫋，酒旗高寥寥。小時屐齒痕，有處應未銷。舊憶如霧星，恍見於夢消。言之燒人心，事去不可招。」然而往事如煙，就像雲霧一樣，縹緲不可及。看看如今的淒慘境況，想起童年時代的無憂無慮，孟郊心中喟嘆不已，但過去的生活畢竟無法再重回。

已不清楚是什麼原因，從青少年時代開始，孟郊就隱居在河南嵩山，有時候在洛陽和蘇州之間奔波。因此，他才對洛陽一帶由藩鎮割據帶來的戰亂苦果多有了解，也才像杜甫當年記錄安史之亂一樣，用大量淒苦的詩行鐫刻了中唐時期悲慘的民生畫卷，並痛心疾首地向人類世世代代瘋狂追求的財富和權力發出了天問式的控訴：「徒言人最靈，白骨亂縱橫。如何當春死，不及群草生」、

「天地莫生金，生金人競爭。」（《吊國殤》）當然，這是後來藩鎮割據愈演愈烈時的情形，安史之亂被平定之後的十餘年間，社會總體還是相對太平的。所以孟郊初到洛陽時，尚且不知世事艱辛，還意氣風發，走馬鬥酒，豪邁大氣，全然不似後來的淒慘悲切和冷硬孤傲，正如他在晚年悼念亡友盧殷的《吊盧殷》一詩中所追憶的那樣：

……

初識漆鬢髮，爭為新文章。夜踏明月橋，店飲吾曹床。
醉啜二杯釀，名鬱一縣香。寺中摘梅花，園裡翦浮芳。
高嗜綠蔬羹，意輕肥膩羊。吟哦無滓韻，言語多古腸。
白首忽然至，盛年如偷將。清濁俱莫追，何須罵滄浪。

……

落魄的老進士

隱居名山是被唐代文人推崇的「終南捷徑」，孟郊隱居嵩山，不無有這樣的考慮。但那樣的機會是少之又少，可遇不可求的。七九一年，孟郊在母親的「命令」下參加湖州的鄉貢進士考試中第，然後被送往京城參加全國範圍內的進士考試。從此開始的長安之行注定會改變孟郊的命運，可以說，在長安的遭際正是孟郊命中非走不可的一步。在那裡，他見識了達官權貴、公子小姐的生活，知道了仕途的不易，體會了世俗社會的人情冷暖，大約也體會到了他這樣的狷介之士在長安幾乎難以立足。但同時，他也認識了他生命中最重要的知心朋友——比他小十七歲但已有一定名望的韓愈。

雖說考進士失敗幾次是很常見的事，但七九一年落榜對當時已四十歲且飽學三十餘年的孟郊來說，還是很難接受，所謂「曉月難為光，愁人難為腸。誰言春物榮，獨見葉上霜。雕鶚失勢病，鷦鷯假翼翔。棄置復棄置，情如刀劍傷」（《落第》）。而尤其令他激憤的是，他落第後在長安城逗留期間受盡了各種冷落。吃飯住店處處要錢，而他囊中羞澀；他在長安沒有幾個朋友，加上性格狷介，根本進不了長安的文人圈子；通過別人舉薦入仕的路子，他更是想都不敢想；最重要的是，就算偶爾參加文人士子的交遊聚會，他的詩作也因過於枯槁寒酸，不但不被欣賞，反而遭受嘲弄。這一切都讓孟郊感到自己在這個「冠蓋滿京華」的長安多少有點格格不入。這一時期，他寫了不少詩作來排遣心中的鬱悶和激憤。

比如寫京城富家公子小姐賞春遊玩全然不知百姓勞苦的《長安早春》：

> 旭日朱樓光，東風不驚塵。公子醉未起，美人爭探春。
> 探春不為桑，探春不為麥，日日出西園，只望花柳色，
> 乃知田家春，不入五侯宅。

比如寫窮人無家可歸而富家日日笙歌的《長安道》：

胡風激秦樹，賤子風中泣。家家朱門開，得見不可入。
長安十二衢，投樹鳥亦急。高閣何人家，笙簧正喧吸。

再比如寫自己的磊落詩風在長安城不被認可，反而遭受嘲笑的《懊惱》：

惡詩皆得官，好詩空抱山。抱山冷殑殑，終日悲顔顔。
好詩更相嫉，劍戟生牙關。前賢死已久，猶在咀嚼間。
以我殘杪身，清峭養高閒。求閒未得閒，眾誚瞋虤虤。

虤，意思是老虎發怒的樣子，可見詩人對此是多麼激憤。而《擇友》一詩中所言「人中有獸心，幾人能真識。古人形似獸，皆有大聖德。今人表似人，獸心安可測。雖笑未必和，雖哭未必戚。面結口頭交，肚裡生荊棘。好人常直道，不順世間逆。惡人巧諂多，非義苟且得」，則簡直令人驚訝，我們不知道孟郊當時在長安遭受了怎樣的「屈辱」，可以看見的是，這首詩中的句子完全是近乎歇斯底里的控訴和怒斥。而當他無意中徘徊到太常寺的教坊門前時，看到那麼多十歲左右的孩童用心學習音樂、歌舞，恍然明白當世人已不再崇尚詩歌，一輩子寫詩作文不見得可以謀得一官半職，但十歲的小孩子如果歌唱得好，就有面見皇帝而被封賞賜官的可能。這正是所謂「十歲小小兒，能歌得朝天。六十孤老人，能詩獨臨川……能詩不如歌，悵望三百篇」（《教坊歌兒》）。

七九二年，孟郊在休整一年之後第二次來長安，再試應舉，卻依然落第，這次打擊之大可想而知。一夜傷心驚醒九次，因屢屢驚醒，夢太短，以至於夢中每一次尚未到家即被打斷。白天出門，路兩邊的花草，看上去都淚眼婆娑。這正是《再下第》所述：「一夕九起嗟，夢短不到家。兩度長安陌，空將淚見花。」悲戚得令人心酸。

但這一次長安之行，他認識了韓愈。韓愈此次進士及第，意氣風發，經過交流，孟郊才知韓愈已是第四次應舉，或許這多少給了他一些安慰。韓愈非常喜歡這個古板的落榜書生，不僅喜歡他的詩，連他的長相也喜歡，所以在結識之後便寫了一首《孟生詩》來讚揚孟郊，說他「孟生江海士，古貌又古心」，後來在《與孟東野書》中又說：「足下才高氣清，行古道」、「足下之用心勤矣，足下之處身勞且苦矣，混混與世相濁，獨其心追古人而從之。」對他那種古風古貌的詩作以及古心古行的風格極力推崇。自此，韓愈成了第一個真正欣賞他的文壇好友，以後的日子裡，孟郊的詩作正是在韓愈不遺餘力的推崇之下，才形成了影響。

雖然遇見韓愈，不管是他同樣坎坷的進士經歷（這同時或許也是另一種壓力），還是他朝氣蓬勃的性格，抑或他對孟郊誠心誠意的欣賞，多少都有助於減輕孟郊再次落第的失意，但此時的孟郊下決心要放棄考取進士之心了。他和幾乎所有仕途失意的文人士子一樣，塵世失意便轉向自然山水，從中尋求慰藉及重新出發的力量。他準備壯遊東南的秀美江山，以慰疲憊的心靈。所以，孟郊在寫下一首《下第東南行》後，帶著失意愁苦的心，義無反顧地乘舟南下了：

越風東南清，楚日瀟湘明。試逐伯鸞去，還作靈均行。
江蘺伴我泣，海月投人驚。失意容貌改，畏途性命輕。

時聞喪侶猿，一叫千愁並。

伯鸞是漢代隱士梁鴻的字，靈均則是戰國時期大詩人屈原的字。孟郊打算遨遊吳越和湖湘，想效仿梁鴻做一個淡泊的隱士，同時又不放棄屈原為國為民的一片赤誠。有這樣矛盾的心境，自然是聽到猿鳴也覺得它喪失伴侶而孤苦無依，一聲鳴叫中凝結著萬千愁緒。但他自小飽讀儒家書，是一個標準的儒生，又如何能輕易捨棄兼濟天下之心？所以，一路的江山並沒有見得孟郊有多少山水雅興，卻是遊子在外，思家之情每每難當，正是「杜鵑聲不哀，斷猿啼不切。月下誰家砧，一聲腸一絕。杵聲不為客，客聞髮自白。杵聲不為衣，欲令遊子歸」（《聞砧》）。

這一次回家，雖然進士之心在孟郊的心裡還沒有完全磨滅，但是他的身體對進京之路產生了抗拒，遲遲沒有動身。他是個孝子，出門在外時常思念獨自將自己養大成人的母親，他在《遊子》一詩中這樣寫道：「萱草生堂階，遊子行天涯。慈親倚堂門，不見萱草花。」所以，「父母在，不遠遊」的古訓也成了他不動身的理由，但這同時也成了他四年後再次隻身往長安的唯一動因，因為「父母在，不遠遊」的核心是孝順，而孟郊正是奉了母親之命才三進長安的。令他沒想到的是，這次竟然上榜了，這一年是七九六年，多少年後他還記得放榜那天騎馬過長安，陽光和煦，春風得意，之前為此忍受的一切屈辱都值得了，這一切在短短的《登科後》一詩中，都躍然紙上：

昔日齷齪不足誇，今朝放蕩思無涯。春風得意馬蹄疾，一日看盡長安花。

洛陽九年的酸甜苦辣

進士雖難考，但高中進士也並不能使一個人平步青雲，從此飛黃騰達。中了進士之後的孟郊榮歸故鄉，等待吏部徵調，但當時的唐朝，經濟文化都非常發達，文人才士也非常多，進士不在少數，獻詩干謁者也比比皆是。所以，回家等待朝廷徵召無異於放棄進士這個可以入仕的資格證書。等到八〇〇年，孟郊已經四十九歲了，還沒有絲毫動靜。孟郊的老母親坐不住了，於是，孟郊再次奉母命遠行洛陽，參加銓選，最終獲得溧陽縣尉這樣一個小官職。這個歷經千辛萬苦才得來的官職顯得過於低微，這使得孟郊鬱鬱寡歡，失望之情集聚於胸，久久難忘。但畢竟是個官，所以他還是啟程就任，到官署後，還特意將自己的母親及妻兒接來溧陽。他那首婦孺皆知的《遊子吟》正是寫於接母親來溧陽之前：

慈母手中線，遊子身上衣。
臨行密密縫，意恐遲遲歸。
誰言寸草心，報得三春暉。

在溧陽縣尉任上的孟郊很快就發現，情況比他所想的更糟糕：他受不了官場那些虛情假意和繁文縟節，和他的那些同僚也沒什麼共同語言，而官署裡的事務多瑣碎而冗雜，這一切令他十分厭倦。為了排解胸中苦悶，他經常騎著毛驢去城郊，或是一片山林，或是一處古蹟，或一方水域，或坐，或立，或臥，有時自言自語，有時仰天長嘆，有時悲切長嘯。如此反覆，常常要到夕陽西下才回縣衙。所嘆所言，正如他在《溧陽秋霽》一詩中所寫：「星星滿衰鬢，耿耿入秋懷。舊識半零落，前心驟相乖。飽泉亦恐醉，惕宦肅如齋。」年歲漸長，舊友零落，而身在官場戰戰兢兢，如履薄冰，喝水都怕一不小心喝醉而得罪同僚。

孟郊生性耿介，並不擅長於場面上的事，先不說溧陽的官場是否真如虎狼在側，但他心中的那種緊張一定是真的，而且這種緊張反過來影響了他和同僚的關係，他放不開，別人就放不開。孟郊在詩中所擔心的事情並沒有多大影響，倒是他這種撇下公務外出山林的做法招致了縣令的不滿。縣令另外找了一個沒有朝廷詔命的人來代替孟郊，做他應做的工作，並且扣了孟郊一半的俸祿，發給這個人（見**《新唐書．孟郊傳》**）。這使得孟郊本來就清貧的生活更是雪上加霜，日子難以為繼，身為縣尉卻如此貧窮，周圍的人都瞧不起他。失落激憤之餘，孟郊一氣之下竟然辭官回鄉去了。《唐才子傳》中說：「孟拙於生事，一貧徹骨，裘褐懸結。」這件辭官歸鄉的事正是生動的體現。辭官之後，孟郊一家的生活更是可想而知，難上加難。他明知辭官會影響全家人的生活，但狷介的性情讓他別無選擇。這一時期，孟郊悲憤到了極點，他感慨世無伯樂，感慨歲月無情，也感慨知音難覓，如在《贈李觀》中所言：「誰言形影親，燈滅影去身……埋劍誰識氣，匣弦日生塵。願君語高風，為余問蒼旻。」

好在不久後，在摯友韓愈和李翱的推薦下，孟郊被剛剛罷相的河南尹鄭餘慶奏請為河南水陸轉運從事、試協律郎。八〇六年冬，孟郊來到東都洛陽，那時的他已經五十五歲。站在洛橋之上，雖然知道接下來的生活會略有好轉，但看著乾枯蕭索的洛陽冬夜，孟郊心中深沉的寒寂還是隱然而生。那首寫雪的名詩《洛橋晚望》就寫於此時，即便盛夏讀之，也依然令人心生寒意：

天津橋下冰初結，洛陽陌上人行絕。榆柳蕭疏樓閣閒，月明直見嵩山雪。

接下來的幾年，孟郊過了一段平靜、安穩的生活。他把家安在綠水環抱的立德坊，一兩年後又在門前的清溪上建造了一座草亭，取名「生生亭」。官事之餘，孟郊還經常扛著鋤頭下地耕種，種些莊稼和蔬菜，閒暇之餘讀書作詩，甚至釀酒自飲，不求加官晉爵，也不求聞達天下，還常常懷疑自己所得是不是已經太多，所謂「賓秩已覺厚，私儲常恐多。」「畏彼梨栗兒，空資玩弄驕。夜景臥難盡，晝光坐易消。治舊得新義，耕荒生嘉苗。鋤治苟愜適，心形俱逍遙。」（《立德新居》）種植菜蔬的時候，還有五六歲的兒子在一旁無憂無慮地玩樂，這一切都令經歷了那麼多磨難的孟郊感到心滿意足，身心放鬆，時時欣喜和感恩於上天的恩賜，「天意資厚養，賢人肯相違」（《立德新居》）。

這段時間，孟郊心情暢快，就連剛到洛陽時的那點寒冷之意都消釋於無形了。他的朋友盧仝因為在洛陽債臺高築無力償還，便在一年冬天不顧天寒地凍，拖家帶口跑到揚州去了。盧仝到揚州後在朋友家中借居了一陣子，但始終適應不了南方的天氣，還曾在詩中抱怨說「千災萬怪天南道」、「就中南瘴欺北客」，最後又載了一船的藏書，取道江淮，北歸洛陽。孟郊聽說這件事後，寫了一首詩，開玩笑說自己忽然也不貧窮了，「貧孟忽不貧，請問孟何如。盧仝歸洛船，崔嵬但載書」（《忽不貧，喜盧仝書船歸洛》）。

然而好景不長，接下來三兩年內發生的事情，猶如驚濤駭浪，徹底擊倒了已經老邁多病的孟郊：一是喪子，再是喪母。實際上，早在此次喪子之前，孟郊已經接連兩次喪子，而他身邊這唯一的兒子也在十歲左右遭遇不測。這個孩子就是他種地時陪在他身邊玩耍的那個孩子，是孟郊的小兒子，也是他當時尚且在世的唯一的兒子。這種打擊，讓這個年近六十歲的老詩人如何承受？「負我十年恩，欠爾千行淚。灑之北原上，不待秋風至。」（《悼幼子》）但悲切的命運之秋依然不言不語、我行我素，向詩人碾壓過來。不久之後，孟郊一生十分依靠的老母親也撒手人寰。至此，還有誰會說他的詩作過於苦澀，還有誰嫌棄他的十五首《秋懷》詩過於蕭瑟蒼涼？秋冬與殘年，流水隨悲哀：

其一

孤骨夜難臥，吟蟲相唧唧。老泣無涕洟，秋露為滴瀝。
去壯暫如剪，來衰紛似織。觸緒無新心，叢悲有餘憶。
詎忍逐南帆，江山踐往昔。

其二

秋月顏色冰，老客志氣單。冷露滴夢破，峭風梳骨寒。
席上印病文，腸中轉愁盤。疑懷無所憑，虛聽多無端。
梧桐枯崢嶸，聲響如哀彈。

其四

秋至老更貧，破屋無門扉。一片月落床，四壁風入衣。
疏夢不復遠，弱心良易歸。商葩將去綠，繚繞爭餘輝。
野步踏事少，病謀向物違。幽幽草根蟲，生意與我微。

其九

冷露多瘁索，枯風饒吹噓。秋深月清苦，蟲老聲粗疏。
赬珠枝累累，芳金蔓舒舒。草木亦趣時，寒榮似春餘。
自悲零落生，與我心何如。

其十一

幽苦日日甚，老力步步微。常恐暫下床，至門不復歸。
饑者重一食，寒者重一衣。泛廣豈無涘，姿行亦有隨。
語中失次第，身外生瘡痍。桂　既潛汙，桂花損貞姿。
詈言一失香，千古聞臭詞。將死始前悔，前悔不可追。
哀哉輕薄行，終日與駟馳。

冬天剛過，春天漸暖，可是一夜突如其來的早霜過後，新開的杏花紛紛凋零，這自然的生殺予奪，突然像一把刀子，插在老詩人的胸口，讓他還未曾平復的喪子之痛，又一次翻江倒海。眼前浮現的是孩子們凍傷的手，是他們有碎花的衣裳。詩人禁不住哭天搶地，說自己一生仁愛慈悲，卻不知老天為何接連奪走他三個孩子。這便是悲痛淒厲的九首《杏殤》：

其一

凍手莫弄珠，弄珠珠易飛。驚霜莫翦春，翦春無光輝。
零落小花乳，爛斑昔嬰衣。拾之不盈把，日暮空悲歸。

其四

兒生月不明，兒死月始光。兒月兩相奪，兒命果不長。
如何此英英，亦為吊蒼蒼。甘為墮地塵，不為末世芳。

其五

踏地恐土痛，損彼芳樹根。此誠天不知，翦棄我子孫。
垂枝有千落，芳命無一存。誰謂生人家，春色不入門。

其七

哭此不成春，淚痕三四斑，失芳蝶既狂，失子老亦孱。

且無生生力，自有死死顏。靈鳳不銜訴，誰為扣天關。

可憐郊寒，可憐島瘦

八一四年，鄭餘慶出任山南西道節度觀察使，再度徵召孟郊為興元軍參謀，六十多歲的詩人強起舊病之身，勉力前行，至河南閿鄉，竟暴病而卒。韓愈、樊宗師、張籍等幾位朋友籌措資金，為孟郊安排了後事，張籍還提議大家私下給他諡號「貞曜先生」，意寓他心性高潔、德行磊落、詩才昭著。但不知道出於什麼原因，沒能將他的詩作編輯成冊。

孟郊逝世後，有兩位著名詩人作詩悼念他。一位是他終生的知己韓愈，他在《雙鳥詩》中，把自己和孟郊比作一對「一鳴而百舌俱廢」的奇鳥，追述兩人的意氣相投和相互欣賞，為孟郊不得志的一生鳴不平，並說願意世世為知己，酬唱相和：「雙鳥海外來，飛飛到中州。一鳥落城市，一鳥集巖幽……春風捲地起，百鳥皆飄浮。兩鳥忽相逢，百日鳴不休……蟲鼠誠微物，不堪苦誅求。不停兩鳥鳴，百物皆生愁。不停兩鳥鳴，自此無春秋……朝飲河生塵，暮飲海絕流。還當三千秋，更起鳴相酬。」

另一位是年輕的詩僧賈島，他在一首名為《哭孟郊》的詩中重申了孟郊當時已經頗有影響的詩名，「身死聲名在，多應萬古傳」；交代了孟郊死後更加凄慘的家，「寡妻無子息，破宅帶林泉」，家中只剩一位老妻，破舊的宅院及宅院前空空的小樹林和一汪泉水；還交代了孟郊葬在登山道附近，但他的詩作已隨車船流傳天下，「塚近登山道，詩隨過海船」。

賈島生於七七九年，范陽（今河北涿州）人，早年由於家境貧寒，出家為僧，法名無本，十九歲時雲遊長安，結識了非常賞識他的韓愈，自此進入詩壇，後來在韓愈的鼓勵下多次應舉，但屢試不第。八一二年前後，賈島曾慕名前往洛陽拜訪孟郊，兩人一見如故，還曾攜手同遊嵩山，孟郊事後還在一首名為《戲贈無本》的詩中寫道：「再期嵩少遊，一訪蓬蘿村。」並為這位年輕的朋友做了一個細緻的素描：「瘦僧臥冰凌，嘲詠含金痍」、「燕僧聳聽詞，袈裟喜新翻」、「燕僧擺造化，萬有隨手奔。補綴雜霞衣，笑傲諸貴門」。

這個賈島正是那位寫下「鳥宿池邊樹，僧敲月下門」（《題李凝幽居》）的賈島，是那個寫下「獨行潭底影，數息樹邊身」（《送無可上人》）的賈島，也是那個寫下「松下問童子，言師採藥去。只在此山中，雲深不知處」（《尋隱者不遇》）的賈島。當然，也是那個日後與孟郊並稱「郊寒島瘦」的賈島，但這個說法的出現還要等兩百多年後蘇東坡品評他們作品的時候。

「天街小雨潤如酥，草色遙看近卻無」

中晚唐文壇一代龍頭——韓愈

韓氏孤兒的進京路

七七七年三月，發生了一件震動朝野的大事：唐代宗李豫授命左金吾大將軍吳湊逮捕了當朝宰相元載、王縉及其黨羽，不久後元載被賜死獄中，元載的妻兒老小均被賜死。元載因協助代宗剷除當權宦官李輔國、魚朝恩有功深受皇帝信任，逐漸獨攬大權、非議前賢、排除異己、飛揚跋扈、大興土木、專營私產、妻妾成群、貪財納賄、日益驕縱，引起皇帝及朝野不滿，但此時的元載已經大權在握，連皇帝都要畏懼他三分。有一個叫李少良的人上奏表彈劾元載，陳述了他的種種惡行敗跡，元載竟然找機會羅列罪名將其活活打死，自此再也無人敢說他的不是。代宗曾經單獨召見規勸他，但元載根本聽不進去，直到被捕下獄，他才安然服罪，被賜死獄中。

元載當朝時，非常器重有「四夔」之稱的韓會，認為他是一個十分有修養且兼具文學才華的賢者，便啟用他為起居舍人，皇帝上朝時，其侍奉在側，記錄皇帝的言行、議論、決策。元載被賜死後，韓會作為餘黨也受到了牽連，由中書起居舍人貶為韶州（廣東曲江）刺史，在韶州任上兩年多後病逝。韓會是家中長子，還有一個小他三十歲的小弟，大概是父親的婢妾所生，所以十餘年前父親過世後，這個尚是孩童的弟弟只好由韓會及其夫人扶養。這個孩童就是韓愈。長兄韓會過世時韓愈年僅十二歲，與他一起的還有年齡相仿的侄子韓老成，韓會去世後，一家人就剩下夫人鄭氏和兩個孩子。不久後，鄭夫人帶著韓愈和韓老成扶柩北歸河陽（今河南孟州），一路上經歷了多少艱辛，今已不知。回家後，在族人的幫助下，韓會的靈柩被安葬在韓氏祖塋。

安葬好長兄後，韓愈和侄子韓老成在嫂嫂鄭氏的照料下居住在河陽老宅，一邊為兄長守喪，一邊讀書不輟。嫂夫人鄭氏出身名門，自幼飽讀詩書，所以在教育韓愈和韓老成方面付出了很多。韓愈自知是孤兒，所以格外懂事，一心刻苦讀書，經常是吃飯時間也手不釋卷，實在困乏不支時就擁書而眠。有一次，嫂夫人端來飯菜讓他吃飯，他應過之後就繼續看書，當嫂嫂前來收拾餐盤時，發現他碗裡的米飯吃完了，可是菜卻一口都沒吃。小侄子韓老成在一旁見此情景不禁吃吃發笑。嫂嫂看了心疼，以為他生病了，摸摸他的額頭才知道他只是用功讀書忘了吃菜。嫂嫂看著韓愈和韓老成，不無悲切地說：「我們韓家兩代人中，如今只剩你們二人了。」韓老成當時還小，自然記不得，但嫂嫂的話韓愈都記住了，後來他在《祭十二郎文》中這樣寫道：「我時雖能記憶，亦未知其言之悲也。」

韓愈在河陽兩年多中，生活穩定，勤學好問，十三歲時即能寫得一手好文章，聞名鄉里。可是七八二年，盧龍節度使朱滔、魏博節度使田悅、淮寧兼平盧等地節度使李希烈、恆冀都團練觀察使王武俊、自領淄青軍務李納自立為王，發生「五王之亂」，整個中原及北方發生戰亂，韓愈全家不得不遷居曾經避亂的宣州（今安徽宣城）。宣州位於江南，氣候溫和，山水秀麗，因江南一帶的藩鎮受朝廷控制，所以社會安定，為韓愈安心讀書營造了難得的有利環境。

七八六年秋，正是天高雲淡的時節，飽讀詩書的韓愈辭別嫂夫人鄭氏和侄子韓老成，孤身離開宣州西入長安，滿懷壯志，想去京城作文獻詩干謁名流，追求功名。時遇戰亂，嫂夫人不捨得小弟隨意外出，怕有危險，但韓愈快到弱冠之年，所以特地卜問了宜於出行的良辰吉日，目送小弟乘船離開。北上途中，韓愈還特意回了一趟河陽老家，然後又就近去了蒲州（今山西永濟）投奔族兄韓弇，想通過族兄的關係得到河中節度使渾瑊的舉薦，但此時韓弇正追隨渾瑊與北平王馬燧在河中迎擊吐蕃亂兵，所以韓愈撲了一場空。在蒲州期間，韓愈還曾登臨中條山，望著林木蒼莽的延綿山嶺及順山奔流的滔滔黃河，不禁心生萬古之嘆，寫下了一首古樸深沉的《條山蒼》，意蘊深遠，格調高古，完全不似出自於一個十幾歲的少年之手：

條山蒼，河水黃。浪波沄沄去，松柏在山岡。

七八七年春試，韓愈落第，暫時流落在長安，不久之後又聽到族兄韓弇死於戰亂的噩耗，這對韓愈打擊很大，因為族兄的去世使他失去了在長安最後一點依靠。韓愈的處境一時間十分堪憂，正如他在《出門》一詩中所寫：「長安百萬家，出門無所之。豈敢尚幽獨，與世實參差。」偌大的長安，竟沒有他的落腳之地，出門也無人可訪，他心裡清楚，靠他一介初出茅廬的少年單槍匹馬，又如何能在京城立足。後來韓愈聽說族兄生前與北平王馬燧有交情，便只好去馬府造訪，希望獲得一點幫助，但是每次總是有門官擋道，連馬府的大門都進不去，更遑論獲取馬燧的幫助。

有一天，韓愈在街上落寞獨行，吟詠著李白的詩句：「珠玉買歌笑，糟糠養賢才。」這時，聽到小吏開道：「北平王爺駕到，閒雜人等快快讓道！」韓愈聽到「北平王」這幾個字馬上來了精神，再一看，高頭大馬上的北平王馬燧雖雙鬢斑白，卻器宇軒昂，威風凜凜。韓愈沒來得及多想，猛搶一步跪到馬隊前面，大喊說：「王爺故友韓弇幼弟韓愈叩見！」馬燧見是一位文弱書生，之前也聽韓弇說過有一位族弟聰慧好學，想必不假，就讓隨從帶著他，一起回府。回府後，經過交談，馬燧知道了韓愈的身世，對他的談吐很是欣賞，又對其族兄韓弇遭遇不測一事深表同情。馬燧打算幫他，便想看看韓愈的文章，可是韓愈只是上街閒遊，哪裡記得隨身攜帶作品，一時情急便說：「王爺，小侄一時倉促未帶詩文在身，可否容小侄背誦，請王爺指點。」說著就朗聲背誦，文采飛揚，讓馬燧很有好感。就這樣，韓愈留在了馬府，並與馬燧的兩位公子成為摯友，情同兄弟。

接下來的兩年韓愈年年應舉，卻連連落第。無奈之餘，他只好把科舉這件事先放一放，回了一趟宣州，至宣州後又去洛陽，與洛陽盧氏成婚，成婚後繼續應舉，終於在七九二年進士及第。韓愈心情大好，覺得風雲際會，終於高中進士，接下來可一展抱負，他在《北極贈李觀》中寫道：「風雲一朝會，變化成一身。」但是接下來求官入仕的過程並不比考進士輕鬆，進士他考了四次，花了六年時間，接下來的考官也考了四次，花了八年時間。進士及第的第二年，即七九三年，韓愈就參加了一次博學宏詞科考試，遭遇失敗。約一年後的五六月間，嫂夫人鄭氏過世，韓愈離開了已足夠令人鬱悶的長安，回河陽老家為嫂夫人料理後事及守喪，前後約半年。之後又入京城，繼續備考，然而一連兩年都以失敗告終。

七九五年五月，在連年應考不中、給時任宰相上書三封均石沉大海之後，這個已經在長安奔波了十年的年輕人終於憤憤而去。韓愈離開長安直奔洛陽，洛陽作為東都，是另一個政治中心，加上妻子也在那裡，此時的他多少有點退而求其次的想法。在回洛陽途中，有一天，韓愈在河陰歇息，突然遇到一輛豪華大車，載著兩隻關有大白鳥的鳥籠向西駛去，還有官兵隨行，經過街市時，開道官兵大聲喊道：「我家老爺進獻大白烏給當今天子，汝等閒人，快快讓道！」路上的行人紛紛躲開，看都不敢看。懷才不遇的韓愈見此情景不禁為自己的遭遇感到悲哀，他後來在《感二鳥賦》中說：「這兩隻鳥，僅僅因為羽毛潔白不同於眾，沒有道德也沒有智謀，卻可承蒙皇上顧憐牽掛，一生修習經典文化的人，卻沒有進身之階！我何去何從啊！」

初入官場初試官

七九六年七月，在愛慕賢才的宣武節度使董晉的徵辟下，久有文名的韓愈終於獲得一個試秘書省校書郎的職位，並出任董晉節度府觀察推官。「試秘書省校書郎」中所謂的「試」，就是說只是暫時以見習生的身分參與校書郎的工作，還不是真正的校書郎。但無論如何，這畢竟算是一個差使，是韓愈踏上仕途的第一步，是他真正任官的歷練時期。

好在這些名頭對韓愈來講並不十分重要，他更看重節度使觀察推官這個身分，畢竟這個職位可以讓他在節度府範圍內做一些實際的工作。這段時間，汴州（**今河南開封，當時宣武節度府治所所在**）的貢試選拔是由韓愈主持的，他利用這個機會，極力宣傳自己革新散文的主張，同時幫助了一批有才華的文人士子，如年少於他的李翺，年長於他的孟郊、張籍等，並與他們結下了終身相惜的友誼。

有一年深冬，孟郊在汴州逗留了一些時日，卻始終沒有出仕的機會，便產生了歸鄉的想法。這天晚上，韓愈、孟郊、張籍、李翺四人飲酒話別，徹夜長談，他們既是觀點相合的知己，又是鬱鬱不得志的天涯淪落人，所以即便是徹夜告別，也還是依依不捨。直到第二年春回大地時，孟郊才離開汴州，當時冰雪消融，河流朗朗，野花繽紛，正如孟郊在詩中所寫：「遠客獨憔悴，春英落婆娑。」（《汴州留別韓愈》）

傳說韓愈在少年時代曾做過一個夢，夢見有一個人拿著寫有紅色篆文的紙要強迫他吞下，同時旁邊有一個人同情地看著他。韓愈驚恐之中就醒來了，但是十餘年過去，他始終記得這個夢。第一次見到孟郊時，韓愈猛然發現原來孟郊就是那個夢中在一旁看著他的人，於是格外相親，引為摯友，也非常推崇孟郊的詩作。所以這次孟郊南下，韓愈非常不捨，特意寫了一首酣暢淋漓的《醉留東野》，為他送別，為他的不遇鳴不平：

昔年因讀李白杜甫詩，長恨二人不相從。
吾與東野生並世，如何復躡二子蹤。
東野不得官，白首誇龍鍾。
韓子稍奸黠，自慚青蒿倚長松。
低頭拜東野，原得終始如駏蛩。
東野不回頭，有如寸筳撞巨鐘。

我願身為雲，東野變為龍。
四方上下逐東野，雖有離別無由逢？

七九九年二月，董晉突然病逝。臨終前，這位深諳天下形勢的長者叫來自己的四個兒子及韓愈，對他們說：「我死之後，務必三日內入殮，入殮後務必立即西歸長安，離開汴州。」董晉的兒子們謹遵父親的遺囑，三日後一大早就護棺西行，離開了汴州，走後沒幾天那裡就發生了兵變，韓愈等因及時離開而躲過一劫。董晉在世時非常器重韓愈，待之如子侄，所以董晉過世後，韓愈自然也待之如父兄，隨同董晉的兒子們扶柩而行。到洛陽時，董晉的兒子們知道韓愈家人此時在徐州，勸他就此分別。韓愈先是告別，後來不放心，又返回繼續送行，一直送到孟津，送過黃河，送到黃河北岸上了河中的官道才分別而歸。

趕了幾天路，韓愈終於在一個黃昏到了汜水渡口，去徐州要先南渡黃河。可這時天已經黑了，渡河危險，但韓愈歸心似箭，且不知家人是否受到兵亂的影響，他站在河邊大聲呼叫船家，硬著頭皮在夜間橫渡黃河，船隻顛簸，使得頭頂的星空似乎都搖搖晃晃。他在《此日足可惜贈張籍》一詩中生動地記述了這次經歷：

……
黃昏次汜水，欲過無舟航。號呼久乃至，夜濟十里黃。
中流上灘潬，沙水不可詳。驚波暗合沓，星宿爭翻芒。

轅馬躕躅鳴，左右泣僕童。甲午憩時門，臨泉窺鬥龍。
東南出陳許，陂澤平茫茫。道邊草木花，紅紫相低昂。
百里不逢人，角角雄雉鳴。……

在路上得知妻子攜家人南逃後，韓愈又策馬追趕，終於在一個渡口追上了妻子，這才放下心來，一家人到了徐州符離。在這裡，韓愈拜見了徐泗濠節度使張建封，因兩家有故交，所以張建封出手相助，先幫韓愈在這裡安頓了家小。張建封欣賞韓愈，幾個月後又徵辟他為節度推官、試協律郎，這是汴州離亂之後，韓愈又一次穩定下來，並在這裡喜得一子。韓愈眼光高遠，直爽坦率，操行純正，一身正氣，但是不善於處理一般事務，所以在節度府始終不能得到重用。韓愈幾次上書諫言也不被張建封採納，因而很是鬱悶，如他在《忽忽》這首詩中所寫：「忽忽乎余未知生之為樂也，願脫去而無因。」但張建封並未因此而冷落韓愈，而是一如既往地善待他，他只是覺得這個年輕人喜好空談而不務實業，缺乏歷練。

八〇〇年冬天，韓愈離開徐州再次前往長安，準備參加第二年初的吏部選官考試。這已經是他參加的第四次選官考試，但還是沒有中第。第二年，韓愈繼續參加吏部的授官考試，才終於中第，獲得十餘年來第一個正式的官職——國子監四門博士，正七品，主要任務是給長安城一些富貴官宦家的子弟授課。

「好為人師」的父母官

韓愈為人豪邁大度、一身正氣、豁達開朗，與人交往時，無論對方是飛黃騰達還是窮愁潦倒，無論對方年長於他還是年少於他，他都能真誠相待，與其談論思想，論文說詩，成為相談甚歡的好友。所以，自他首次進京參加進士考試以來，到初授國子監博士的小官職，在這十餘年的時間裡，他結交了許多好友，其中許多人既把韓愈當作知心朋友，同時又向他執弟子禮，將他敬為老師。這些人中除了前面提到的孟郊、張籍、李翱，還有李賀、賈島、皇甫湜、李觀、李願、李翊、張徹、盧仝、沈亞之、尉遲汾、侯雲長、李紳、侯喜等數十人，其中不少都是當時非常有才名的人，更有不少在當時不被重視而今在文學史上佔據重要位置的人。由此可見韓愈不流於俗的眼光。

除了利用自己的官職發掘真正有才華的人，韓愈還經常不避寒暑，在同僚中讚揚、推崇他們，不遺餘力地為他們爭取機會。當時中書舍人權德輿連續三年主持進士考試，三年的七十二位進士及第者中，有七人是韓愈舉薦的。有一年陸傪主持，韓愈舉薦十人，有四人及第。除此之外，韓愈經常與他們聚會論道，書信往來，相約遊歷，當他們遇到人生坎坷時，也經常寫作詩文為之鳴不平，同時勉勵他們，如《送孟東野序》《送李願歸盤谷序》《答李翊書》等，都是其中情理並茂的傳世好文。

授官的前一年，韓愈在洛陽閒居，和朋友們交往非常密切。有一次，韓愈和侯喜、尉遲汾、李景興幾個人來到洛陽城北的惠林寺遊玩，白天釣魚，晚上夜宿山寺，還在寺僧的陪同下參觀了寺中的壁畫，但是時日太久，許多都看不清了。晚上躺在床上，室外幽靜無比，連蟲鳴聲都聽不到，皎皎的月亮從山嶺背後升起，照進窗戶裡來。第二天一大早，韓愈要先行離開，一出門見山林間濃霧瀰漫，一路都在霧中穿行，但路兩邊山花爛漫，足有十人合圍的古松時時可見，溪水淙淙，清風徐徐，令人流連忘返。這次美妙的旅程使得韓愈發出了「人生如此自可樂」的感嘆。回家後，他寫下了一首《山石》，成為記遊詩中的佳作，多年後蘇東坡曾反覆吟誦，稱讚不絕：

山石犖確行徑微，黃昏到寺蝙蝠飛。升堂坐階新雨足，芭蕉葉大梔子肥。
僧言古壁佛畫好，以火來照所見稀。鋪床拂席置羹飯，疏糲亦足飽我饑。
夜深靜臥百蟲絕，清月出嶺光入扉。天明獨去無道路，出入高下窮煙霏。
山紅澗碧紛爛漫，時見松櫪皆十圍。當流赤足踏澗石，水聲激激風吹衣。
人生如此自可樂，豈必局束為人鞿？嗟哉吾黨二三子，安得至老不更歸。

韓愈初次授官後的那年五月，發生了一件趣事。韓愈閒來無事一個人去登以險著稱的華山，當時的華山自然不像現在這樣人山人海，也不像現在這樣需要排隊，更不像現在這樣有圍欄、索道。韓愈到了華山腳下，想都沒想就往山上爬，爬了好半天，突然發現山脊上的路斷了，再回頭一看，山嶺如魚脊，兩側都是懸崖峭壁，一時間頭暈心悸，坐在地上站都不敢站起來，他又累又驚，兩腿打戰，只好大聲呼救。如此折騰一番，才喊來幫忙的人，扶著他緩緩地下了山。《唐國史補》中記載了這件事，說韓愈因此嚇得「發狂慟哭」，不過這種說法可能有點誇張。韓愈為人堂堂正正，也並不掩飾這些有趣的「污點」，他在《答張徹》一詩中還詳細地記載了這件事，詩中說：「悔狂已咋指，垂誡仍鐫銘。峨豸忝備列，伏蒲愧分涇。」可見確實驚險無比，而他也真是被嚇到了。

八〇三年夏天無雨，氣候乾燥，每當太陽升起，就像要點燃整個大地。關中一帶人心惶惶，眼見旱災日益嚴重，百姓何以為生成了一個緊迫的問題。就在這個時候，韓愈的家中傳來了侄子韓老成病逝的噩耗。韓老成是韓愈二哥韓介之子，比韓愈小幾歲，韓介早逝，韓老成自幼過繼給伯父韓會。所以兩人自小而孤，都由韓會撫養，韓會早逝後又由韓會的夫人鄭氏撫養。兩人自小一起長大，雖說是叔侄，卻情同手足，彼此之間的深情可想而知。韓愈中進士以來一直仕途坎坷，沒有機會與親人共處，此時傳來韓老成早逝的消息，可知韓愈內心是多麼震驚，又是多麼悲痛。

韓愈本來打算在長安安定下來之後，就接家人及韓老成一同來住，可是家還沒有安定，韓老成就已早逝，並且韓老成生病時他也不知道，更沒能前往探視，心中非常自責。正如《祭十二郎文》中所寫：「汝病吾不知時，汝歿吾不知日，生不能相養於共居，歿不得撫汝以盡哀，斂不憑其棺，窆不臨其穴。吾行負神明，而使汝夭，不孝不慈，而不能與汝相養以生，相守以死，一在天之涯，一在地之角，生而影不與吾形相依，死而魂不與吾夢相接，吾實為之，其又何尤？」自幼相伴而生，等到長大成人，各為生計奔波，不能生活在一處，過世之後也不託夢過來，怎麼會這樣……讀之令人泣下。宋代時，韓愈被認為是可以與孔孟並列的聖賢，除了他發心宏正的議論與文章，他為人師表的一身正氣，以及他在《祭十二郎文》中這種孝悌慈悲之心，也都是後世文人無比敬仰且奉為典範的。

這年秋天，韓愈國子監四門博士的任期已滿，冬天授官監察御史。當年天旱，秋收之時自然幾近於顆粒無收，甚至還不到秋收，關中一帶就已經有不少災民流離失所，四處乞討，而再過一些時日，就已經有人餓死了。在這種情況下，官府非但不開倉放糧賑濟災民，反而更加猖狂地橫徵暴斂，稅賦徭役一切如舊。這都是當時司農卿兼京兆尹李實，這個人為了不影響自己的仕途，竟然向皇上謊報說「今年雖然乾旱，穀子卻豐收了」，還說百姓安居樂業，一片盛世太平的景象。韓愈作為監察御史，有權監督上奏百官之過，於是在走訪調查之後，寫了一篇奏章《論天旱人饑狀》，痛陳災情及李實的荒唐行為。可是韓愈畢竟人微言輕，很快就被李實反誣，不出數月就被貶為連州陽山縣（今廣東清遠境內）令，在寒冷的臘月拖家帶口冒著風雪離京南下，「時天晦大雪，淚目苦矇瞀。峻塗拖長冰，直上若懸溜。褰衣步推馬，顛蹶退且復」（《南山詩》），道路結冰，一進三退，可見是多麼的落魄淒苦，令人唏噓。

韓愈在陽山縣雖然只有一年多的時間，但因惠政愛民，施行文明教化，深受百姓稱道，等他離開後，對他念念不忘的百姓有好多用韓愈的姓氏作為兒子的名，以此紀念他。當然，除此之外，他在這裡還吸引了不少年輕的後學不遠千里前來拜師受教，如特意從海南而來的區冊、區弘、劉師命、竇存亮等，這些人在史料中都有記載。韓愈從小的教育及生活環境，養成了他堅韌不屈的品性，所以很少見到他消極落寞的狀態，但是連年來的奔波、侄子韓老成病逝、遭貶陽山縣等事情都時時提醒他，時光飛逝，人生蹉跎。這一時期，白髮增生，病魔侵擾，他開始較多地感慨年歲不饒人，感慨身體已經開始衰老。寫於陽山縣的《答張十一功曹》正是韓愈此時心情的寫照：

山淨江空水見沙，哀猿啼處兩三家。篔簹競長纖纖筍，躑躅閑開豔豔花。
未報恩波知死所，莫令炎瘴送生涯。吟君詩罷看雙鬢，鬥覺霜毛一半加。

八〇五年，韓愈接到赦免的詔書，但沒有新的召命，所以就離開陽山縣去了好友張署所在的郴州，直到好幾個月後收到出任江陵法曹參軍的命令。當時湖南一帶地處偏遠，夏秋多雨時節，因為天氣潮濕炎熱，經常引發瘧疾，韓愈在這裡的幾個月間就患上了瘧疾，臥床養病好長時間。他在這裡所作的《八月十五日夜贈張功曹》一詩，記述了這一時期的生活情狀及生活環境：「洞庭連天九疑高，蛟龍出沒猩鼯號。十生九死到官所，幽居默默如藏逃。下床畏蛇食畏藥，海氣濕蟄熏腥臊……君歌且休聽我歌，我歌今與君殊科：一年明月今宵多，人生由命非由他，有酒不飲奈明何！」在房間裡都怕遇到毒蛇，吃飯又怕一不小心中毒，生存環境如此惡劣，遇到八月十五的良辰美景，只好信命而放達，與朋友把酒言歡。如果韓愈沒有這種瀟灑豪邁，恐怕遇到的許多困境都很難跨過去。

時來運轉的韓昌黎

就任江陵法曹參軍沒多久，韓愈就被召回長安，官授權知國子博士及暫時代理國子監管理事務的官員，兩年後正式擔任國子博士，後因為謠言，自請分司東都，仍然以國子博士的身分去了洛陽。洛陽本來就有諸如孟郊、皇甫湜、鄭餘慶、賈島、裴度等眾多好友，加之雖然還是國子博士，但洛陽的國子監裡沒有學生可教，所以在這裡的兩年時間，韓愈經常與朋友交遊唱和，過得十分瀟灑自在。他也因此有了閒情逸致和皇甫湜一同拜訪鬼才李賀，並在以後的日子裡為其提供了無數的幫助。

這段時間裡，韓愈和皇甫湜還幫助了一位剛剛進士及第但後來官至宰相的青年，他的名字叫牛僧孺，是後來牛李黨爭中「牛黨」的第一領袖。牛僧孺知道韓愈在洛陽，就攜帶文章前來拜見，韓愈看到文章後讚不絕口，一再鼓勵，還幫他在洛陽找到了落腳之處。後來有一天，皇甫湜對牛僧孺說：「明天你可以去遊歷一下青龍寺，那裡風景殊勝，可以遊玩整天。」第二天牛僧孺就去了青龍寺，而在他外出遊玩的同時，韓愈和皇甫湜騎馬到了牛僧孺的住處，往他的大門上貼了一張大字紙條，上面寫道：韓愈皇甫湜同訪幾官先輩不遇。意思是說，韓愈和皇甫湜來拜訪，沒有見到牛僧孺。第二天這件事就成了新聞，牛僧孺的住處門庭若市，許多人駕車來看，牛僧孺自此名聲大振。

八〇九年六月，韓愈改授都官員外郎、分司東都兼判祠部，頂頭上司是他的長輩、好友，兵部尚書兼東都留守鄭餘慶。鄭餘慶剛從宰相位上被貶至東都，所以即便知道洛陽有不少官員飛揚跋扈，甚至有不少欺凌百姓的行為，也不想深究。可是韓愈不同，他一身正氣，非要革除弊政，鄭餘慶雖然內心敬重韓愈，但還是找機會把他調走了。不久後，韓愈就成了河南縣令。

這年三月，洛陽發生了一件引起社會大討論的事情：一個姓呂的青年人，竟然拋下老母親和妻子，獨自上王屋山出家修道去了。韓愈知道後大為震驚，寫了一首《誰氏子》的詩來批判這種荒唐的做法：「神仙雖然有傳說，知者盡知其妄矣。」韓愈自幼喪母失父，非常珍視家人，他想不通為何這些人家有老母、妻兒需要奉養卻能狠心上山修道，還冠冕堂皇地說那是求仙求道。在他看來，這並非特立獨行，而是自私荒唐的不仁不孝之舉，所以他感嘆說佛道傳說自有它們的智慧，可是大多數人看到的都是其中的荒誕之理。

八一一年夏，韓愈接到了召他入朝做職方員外郎的詔命。職方員外郎是一個正六品上的官職。

韓愈即刻啟程西向長安，一路意氣昂揚，如《峽石西泉》一詩裡所寫：「聞說旱時求得雨，只疑科斗是蛟龍。」但是好景不長，因為得罪了權貴，八個月後又一次被降職為國子博士。韓愈自然十分不甘心，也非常氣憤，所以在第二年寫了一篇《進學解》的雄文，論述學習與致用、窮困與騰達之間的關係，寫出了「業精於勤荒於嬉，行成於思毀於隨」的至理名言，並藉此抒發自己無罪而被貶謫的苦悶。宰相武元衡看到這篇文章後非常欣賞，也很同情韓愈的遭遇，加上他們之前就認識，所以舉薦他為比部郎中、史館修撰，《順宗實錄》就是韓愈任史官時的成果。

自此之後，韓愈的仕途便一路向上了。八一四年升任考功郎中，仍兼任史館修撰，十二月升任知制誥，八一五年正月，再升為中書舍人，正五品上，屬於參議表章的皇帝近臣，進入了朝廷的權力中心。這個時期朝事欣欣向榮，韓愈仕途順暢，工作順利，心情愉快，農曆二月下了一場大雪，緩解了旱情，也為這一年的收成打好了基礎。《春雪》正是他此時的作品，不僅描述了二月見草芽、二月飛雪花的情狀，字裡行間更是流露出了他的好心情：

新年都未有芳華，二月初驚見草芽。白雪卻嫌春色晚，故穿庭樹作飛花。

當時藩鎮囂張，風氣敗壞，藩鎮節度使中有許多擁兵自重，不聽從朝廷差遣的人。八一四年，淮西節度使吳少陽去世，其子吳元濟秘不發喪，上書朝廷說他的父親病了，請求代理淮西軍政大權。朝廷沒有允許，吳元濟於是起兵作亂，同時與成德（今河北正定）節度使王承宗、淄青（今山東益都）節度使李師道暗中勾結，讓他們出面上書皇帝，請求罷免力主平定吳元濟的宰相裴度並封吳元濟為淮西節度使，如此才肯罷兵。朝廷不允許，李師道甚至派人偽裝成盜賊，焚燒河陰（今河南滎陽境內）糧食，破壞官兵軍需，製造混亂。後來甚至還派刺客進京，刺殺了宰相武元衡，並刺傷了裴度，以此打擊主戰派。

面對這樣的形勢，朝臣分作兩派，一派要求罷免宰相裴度以安慰叛亂藩鎮，另一派要求起兵平定，韓愈自然屬於後者。三位宰相中的主和派李逢吉記恨在心，找機會排擠韓愈。李逢吉的理由是韓愈在做江陵參軍時與荊南節度使裴均之子裴鍔關係要好，但這個裴鍔是個品行不正的人，李逢吉的意思是，既然與裴鍔之流混在一起，可見韓愈的品行也是要打問號的，他還有資格任職中書舍人嗎？這其實就是欲加之罪何患無辭。李逢吉是三位宰相中品級最高的，所以他出此一說，很自然就把韓愈中書舍人的官職給拿掉了，改任他為太子右庶子，雖然品級上升，卻是個閒職，無法參與朝政大事。

出任太子右庶子之後，韓愈就閒了下來。有一天，當時名氣很大的僧人穎師前來拜訪。穎師不僅是名僧，還是一名造詣不俗的琴師，此外還很喜歡詩歌，所以在當時和許多詩人都有交往，而且許多詩人都寫過有關穎師彈琴的詩。穎師前來拜訪，韓愈自然要詩酒招待，穎師自然也要好好彈奏一曲。穎師的琴藝確實是名不虛傳，韓愈聽過之後不禁傷心落淚，並寫了一首非常有名的《聽穎師彈琴》，讚揚穎師的琴聲令他心情複雜，如冰火入腸：

昵昵兒女語，恩怨相爾汝。劃然變軒昂，勇士赴敵場。
浮雲柳絮無根蒂，天地闊遠隨飛揚。喧啾百鳥群，忽見孤鳳凰。

躋攀分寸不可上，失勢一落千丈強。嗟餘有兩耳，未省聽絲篁。
自聞穎師彈，起坐在一旁。推手遽止之，濕衣淚滂滂。
穎乎爾誠能，無以冰炭置我腸！

神龍萬變，無所不可

八一七年八月，憲宗下定決心，任命宰相裴度為淮西宣慰處置使、兼彰義軍節度使，率大軍前去平定淮西之亂。裴度聘請時任太子右庶子的韓愈兼任御史中丞，充彰義軍行軍司馬，一起前行。此次出征，憲宗不僅親自為軍隊壯行，等軍隊到達行營後，還送來內庫中的金銀財寶，以供軍需，這使得將士們深感憲宗平賊的決心，更加意氣風發，很快就平定了淮西叛亂，並活捉了吳元濟，將其押送長安。對於吳元濟叛亂，憲宗只是誅殺了幾個核心人物，對於其他將領都採取不追究的政策，這有效瓦解了還在奮力抵抗的其他叛軍。

平淮之後，官兵還沒有還朝，有一位叫柏耆的人來找韓愈，提出了許多有關平定藩鎮的寶貴意見，韓愈很重視，馬上就去見了裴度，對他說：「現如今吳元濟已經伏法，王承宗想必已經嚇破了膽，況且叛軍士氣渙散。此時，不用勞師動眾，只需要請一位能言善辯並深明大義的文士，帶著相公您的勸降書，給他講明利害得失，曉之以理，動之以情，他必然會歸降我大唐官軍。」裴度採納了這個建議。韓愈派柏耆前往王承宗兵營，代表平淮官兵最高統帥裴度向他分析了當下的軍事形勢，並勸他歸降。王承宗果然害怕，上表獻出德州、棣州乞求憲宗寬恕。就這樣，河北一帶，不出一兵一卒便被平定。自此，四方蠢蠢欲動的藩鎮勢力都受到震懾，天下一時出現了難得的安定局面。

回朝後，韓愈因為有功被擢升為刑部侍郎。八一八年冬，有人上奏說鳳翔法門寺的佛塔內有佛指骨，三十年才能開塔一次，只要開塔就會五穀豐登，明年又到三十年之期，請皇上前去迎請。八一九年正月，憲宗派使者率領一眾僧人前去開塔迎請佛骨，迎至長安，在皇宮內禮拜了三天。在宮中，憲宗親自設置祭壇禮拜，禮拜完畢，由主持的宦官和一位老僧慢慢打開寶剎之門，再捧出九層金棺，層層打開，讓憲宗皇帝一睹聖骨。傳說那根佛指骨約一寸二分長，潔白如玉，其中又透著一點微微的翠色，上端呈方形，中間有孔。然後再逐一送到長安的大小寺廟，供眾人禮拜。一段時間內，長安城的大街小巷擠滿了人，尤其是佛骨經過的路上更是人山人海，所有人都想一睹佛骨，為自己帶來好運。而長安權貴府邸及眾多寺院中，更是油燈爍爍、香煙繚繞、誦經聲不絕於耳。

韓愈覺得，舉國上下沉迷於一截佛骨，荒誕不經，使得百姓不務正業，同時勞民傷財，心中十分激憤，很快寫就一篇《論佛骨表》，說拜佛誤國，請求憲宗燒毀佛骨，以免繼續誤導百姓。他甚至在文章中說：「佛如有靈，能作禍祟，凡有殃咎，宜加臣身，上天鑒臨，臣不怨悔。」為了證明拜佛無益於治國，可以說韓愈冒天下之大不韙，以身試佛。這在正值興頭的憲宗看來，簡直太大不敬了，自然怒不可遏，要處他以極刑，殺了這個亂說話的文人。多虧裴度、崔群及眾多皇親國戚為他求情，憲宗才不再提極刑之事，最後將其貶為潮州刺史了事。韓愈剛到潮州時，還上奏表為自己的一片忠心和利國利民的主張辯白。憲宗看了之後，對宰相裴度說：「昨日收到韓愈在潮州的奏表，又想迎佛骨之事。他很是愛護朕，關心國家，朕難道不知道嗎？但是韓愈身為人臣，也不應當說朕奉佛就位促壽短呀。朕是討厭他說話太過於輕率。」

這一年韓愈已經年過五十，因為堅持正道而不容於皇帝，所以遭到貶謫後，在前往潮州的路上，心緒自然十分低落，委屈又憤慨。他走到藍田關口的時候，侄孫韓湘追上來送別，韓愈就更是悲涼滿腹。後來他寫了一首《左遷至藍關示姪孫湘》，抒發當時的情緒，十分沉痛：

一封朝奏九重天，夕貶潮州路八千。欲為聖明除弊事，肯將衰朽惜殘年！
雲橫秦嶺家何在？雪擁藍關馬不前。知汝遠來應有意，好收吾骨瘴江邊。

當時潮州有一條江，江中有鱷魚，經常危害百姓，有時候吃百姓的牲畜，有時候連人都敢吃。韓愈到任後，有一天屬下來報，說又有一個人過江時被鱷魚吃掉了。韓愈為此很憂慮，最後下定決心為民除害。韓愈挑了一個好日子，親自在江邊擺設了祭壇，擺好祭品，舉行了簡單的儀式，過程中對著江水大聲說道：「鱷魚，鱷魚，我韓某來此做官，為了造福一方百姓，爾等卻在此興風作浪，為害一方。現在正告爾等，三日之內，帶著汝等同類離開這裡。若三日不夠，可寬限至五日，五日不夠可寬限至七日。七日之後，如果還在此囂張，即是眼裡沒有我韓刺史，休怪韓某不客氣，必然裝備民兵，將爾等趕盡殺絕！」奇怪的是，自此之後這裡果然再沒出現過鱷魚傷人的事情。後來人們為了紀念韓愈，把他設立祭壇的地方稱為「韓埔」，將此處的渡口稱為「韓渡」，而這條大江也被稱為「韓江」，連江對面的山都被稱為「韓山」。

在潮州不足一年之後，韓愈調任袁州刺史，不足一年又奉詔還朝，出任國子祭酒，一年後升任兵部侍郎。當時，鎮州（今河北正定一帶）兵變，前節度使王武俊死後，朝廷將節度使的位子給了田弘正，而王武俊的養子王庭湊則只被封為都知兵馬使，這引起了軍中不滿。不久後，王庭湊殺了田弘正，自稱留後（**即代理節度使**），並上書朝廷，要求封他為成德節度使。穆宗大怒，派兵征討平定，但是用兵一年也毫無成效。八二二年二月，穆宗便宣布赦免王庭湊之罪行，並授予他檢校右散騎常侍、鎮州大都督府長史、萬德軍節度使、鎮冀深趙等州觀察使等官職。

韓愈被任命為宣慰使，前往鎮州撫慰他們，並傳達皇帝的旨意。身為一介文人的韓愈帶著一些隨從就出發了。王庭湊是否順服，當時還是未知數，所以朝臣們都為韓愈的安全擔憂，覺得他此去怕是凶多吉少，畢竟韓愈深入虎口卻不帶一兵一卒。穆宗也後悔這樣的安排，便急命他到成德邊境後，不要急於入境，以安全為第一要務。韓愈看到追來的聖旨，明白什麼意思，對前來宣旨的官員說：「陛下命我暫停入境，是出於仁義而關懷我的安危，但不畏身死而去執行君命，則是我作為臣子的義務。」韓愈主意已定，毅然隻身冒險前往。

到了鎮州王庭湊的兵營後，其手下將士端著刀槍迎接韓愈，王庭湊說：「韓侍郎，將士們這麼放肆無禮，都是他們自作主張，並不是我的意思。」韓愈義正詞嚴地說：「陛下認為你有將帥之才，所以任你為節度使，卻沒想到你聯手下的將士都管不住。」有一個將士拿著刀上前一步，瞪著韓愈說：「先太師（**指前節度使王武俊**）為國家擊退了反賊朱滔，他的血衣如今還掛在軍營中，我軍有什麼地方辜負了朝廷，要被當作叛賊來興師征討！」韓愈厲聲說道：「你們還記得先太師，那韓某問問你們，他最初叛亂，後來歸順朝廷，加官晉爵，難道不是由叛逆變為富貴了嗎？從安祿山、史思明到吳元濟、李師道，割據叛亂，他們的子孫現在還有存活做官的嗎？」將士們說：「沒有。」

韓愈又說：「田弘正舉魏博以歸順朝廷，他的子孫雖然還是孩提，但都被授予高官。劉悟、李祐當初跟隨李師道、吳元濟叛亂，後來投降朝廷，現在都是節度使。這些情況你們都不知道嗎？」將士們回答說：「田弘正為人刻薄，我軍不安。」韓愈說：「但你們也害死了田公，殘害了他家人，又怎麼說呢？」將士們無言以對。王庭湊這才對韓愈說：「您此次前來，想讓我怎麼做呢？」韓愈說：「神策六軍的將領牛元翼現在還被你圍在深州，為什麼不放他出城呢？」王庭湊答應了，便和韓愈一起飲宴。

功成回朝後，韓愈被擢升為吏部侍郎，不足一年後又升任京兆尹兼御史大夫。當時飛揚跋扈的神策軍將士聞訊後，都收斂了不少，私下說：「他連佛骨都敢燒，我們怎敢不收斂！」自此之後的一段時間裡，韓愈仕途順當。八二三年早春，韓愈在長安城出遊時看到一片大好春光，微雨濛濛，春草發芽，心情不錯的他回府後就寫了一首詩給老友張籍，讚嘆自己所見到的煙柳陽春，還勸友人不要總是忙於工作，有空時應該出來踏踏春，放鬆一下。這首詩就是《早春呈水部張十八員外》：

其一

天街小雨潤如酥，草色遙看近卻無。最是一年春好處，絕勝煙柳滿皇都。

其二

莫道官忙身老大，即無年少逐春心。憑君先到江頭看，柳色如今深未深。

八二四年八月，韓愈生病告假，此後臥病不起，當年十二月，在長安靖安裡的家中逝世，獲贈禮部尚書，諡號文。百餘年後，宋神宗追封韓愈為昌黎伯，賜其從祀孔廟，位列聖賢。一千多年後，清朝名臣曾國藩讚曰：「韓公如神龍萬變，無所不可。」

「同是天涯淪落人，相逢何必曾相識」

晚唐第一大才子——白居易

顧況吃驚，長安揚名

中晚唐時期，長安有個名氣很大的詩人，才名很盛，但更盛的是他的傲氣。這個人名叫顧況，詩文俱佳，官居著作郎，「掌撰碑誌、祝文、祭文，與佐郎分判局事」（《新唐書・百官志二》），屬於京官，經常出入宮廷，有機會見到位高權重的達官顯貴，因此有許多年輕才俊帶著作品前去謁見，希望可以得到他的引薦。他也願意幫助有才華的年輕人，但沒有一個人入得他的法眼。時間一久，他便在長安城宣稱「斯文已絕矣」，覺得再也找不到才華卓著的文人士子。如此一來，前來拜謁他的年輕人越來越少，誰願意大老遠自找奚落呀。

七八八年一天傍晚，顧況處理了一天公務，下班回到家中已是疲憊不堪，正準備吃飯休息，僕從稟報：「老爺，有一位白淨的年輕書生求見。」顧況雖然疲憊，但好久沒有年輕人拜訪，心想這次不知來個什麼樣的，雖然不抱希望，但出於禮貌還是要見一見的，遂讓僕人請進門來。這位青年人風度儒雅，長相白淨，一看就是官宦人家的子弟，顧況首先就不抱什麼希望了。青年人禮數周到，作揖拜見：「晚生拜見著作郎，倉促拜訪，多有打擾，還請先生多多海涵。這是晚生習作，有勞先生指點。」顧況接過年輕人的名帖和文稿，一看姓名，不禁調笑起來：「白居易，白居易，長安米貴，可不易居啊！」這是顧況一貫的狂傲性格，見面就令人難堪。青年人說：「著作郎見笑，還請多多指點！」

這時，顧況抬眼匆匆看了一下眼前這個不卑不亢的年輕後生，不再言語，接著看文稿，看完一遍又看了一遍，方才停下來，輕輕拍了一下桌子，緩緩說道：「不得了，不得了，能寫出這樣的佳作，白居又何妨，白居又何妨啊！白公子，老朽剛才狂語只是一句玩笑話，莫怪啊！」原來他翻開文稿，首先看到的是一首名為《賦得古原草送別》的詩：

離離原上草，一歲一枯榮。野火燒不盡，春風吹又生。
遠芳侵古道，晴翠接荒城。又送王孫去，萋萋滿別情。

接著又是《相和歌辭・王昭君二首》：

其一

滿面胡沙滿鬢風，眉銷殘黛臉銷紅。愁苦辛勤憔悴盡，如今卻似畫圖中。

漢使卻回憑寄語，黃金何日贖蛾眉。君王若問妾顏色，莫道不如宮裡時。

其二

如此年輕的後生，寫得這樣體制嚴謹、氣象開闊的好詩，實在令顧況驚奇。長安城終於出了一個令顧況刮目相看的年輕詩人，一時間傳為美談，而顧況也是不遺餘力地見人便誇讚白居易的才華。很快，長安的文人士子都知道了有一個叫白居易的人是作詩的天才。

白居易生於官宦家庭，聰明過人，九個月大時就可識「之」「無」二字，五歲時便開始學習作詩，受到了良好的教育，十二歲時由於兩河藩鎮割據，為了避亂，父親把他及家人送到了越中，在安定的環境中繼續學習精進。十五六歲發奮讀書，立志出仕為官，匡扶天下。二十歲之後，更是博覽群書，發憤圖強，文、賦、詩沒有他不深入學習和研究的，以至於「口舌成瘡，手肘成胝」（《白居易集．與元九書》）。直到八〇〇年以第四名的成績高中進士，八〇二年參加吏部考試及第，與好友元稹為同科進士，八〇三年授校書郎，自此正式走上仕途。

校書郎在唐朝是正九品的小官職，負責「掌校讎典籍，訂正訛誤」，這在古代立志匡扶天下的文人志士看來無法施展抱負，許多人在這個職位上時間不長就會倦怠。八〇六年，三十四歲的白居易辭去校書郎官職，與好友元稹隱居華陽觀，整日議論時事，欣賞文章，好幾個月也不出門。這年七月，朝廷又啟用他為周至（今陝西周至）縣尉，雖然這個官職也不高，但至少可以接觸百姓，使得詩人有了初步治民濟世的機會。但是在這裡，白居易的政治才華並沒有出色表現，提起他的周至之任，人們至今仍津津樂道的還是他的一首著名長詩。

在周至任上的一天，白居易與好友陳鴻、王質夫等前往馬嵬坡附近的仙遊寺遊玩。三人遊飲暢談，自然說起當年這馬嵬坡的兵變，詩人們不像政治家過分關注歷史的得失，他們說起唐玄宗和楊貴妃的愛情，遙想當時情景，以及此後唐玄宗日日長夢、鬱鬱而終的傳說，深為帝王宮中人的命運惋惜。王質夫提議道：「此等曠世情事，此等美色誤國之大事，正可謂前無古人後無來者，皇帝最心愛的寵妃當著皇帝之面不得不死，令人嘆息，而太平繁盛的大唐王朝也竟因此急轉直下，不可收拾，令人悲嘆。此事已過去四十餘年，如今還有傳說流傳，倘若無人妙筆記錄，恐怕再過幾十年就沒多少人知道了。樂天兄詩歌妙手，情詞婉轉，可願以詩記之？」就這樣，白居易寫了千古動情的《長恨歌》，而好友陳鴻則創作了長篇唐傳奇《長恨歌傳》。

玄宗晚年懶政，從根本上導致了唐朝政權被奸相李林甫、楊國忠相繼獨攬，同時又由於過分自高自大養虎為患，親手扶植了陽奉陰違、賊膽包天的安祿山，釀成了安史之亂，使大唐盛世由盛而衰、每況愈下。安史之亂爆發後，玄宗攜帶後宮及皇親貴冑狼狽逃往西蜀，至馬嵬坡遭遇兵變，楊國忠被殺，楊貴妃被迫賜死。雖然沒多久，玄宗以太上皇的身分回到長安，但自此鬱鬱寡歡，睹物思人，悔恨難抑，傳說他夜夜長夢，每夢都是昔日楊貴妃在的時候，每夢痛不欲生，夢醒之後則久久悵然若失，宮中人見之，無不悲傷淚流。如此，沒過幾年玄宗就積鬱而終。《長恨歌》最初意在警示後代帝王以此為鑒莫要貪色誤國，然而它最偉大的地方並不在此，而是雖然主旨在於警世，卻不因警世而遮蓋這個歷史故事中人性、人情的一面，所以雖千載已往，依然感人至深：

漢皇重色思傾國，御宇多年求不得。楊家有女初長成，養在深閨人未識。

天生麗質難自棄，一朝選在君王側。回眸一笑百媚生，六宮粉黛無顏色。

……

九重城闕煙塵生，千乘萬騎西南行。翠華搖搖行復止，西出都門百餘里。
六軍不發無奈何，宛轉蛾眉馬前死。花鈿委地無人收，翠翹金雀玉搔頭。
君王掩面救不得，回看血淚相和流。……
芙蓉如面柳如眉，對此如何不淚垂。春風桃李花開日，秋雨梧桐葉落時。
西宮南內多秋草，落葉滿階紅不掃。梨園弟子白髮新，椒房阿監青娥老。
夕殿螢飛思悄然，孤燈挑盡未成眠。遲遲鐘鼓初長夜，耿耿星河欲曙天。
鴛鴦瓦冷霜華重，翡翠衾寒誰與共。悠悠生死別經年，魂魄不曾來入夢。

……

惟將舊物表深情，鈿合金釵寄將去。釵留一股合一扇，釵擘黃金合分鈿。
但教心似金鈿堅，天上人間會相見。臨別殷勤重寄詞，詞中有誓兩心知。
七月七日長生殿，夜半無人私語時。在天願作比翼鳥，在地願為連理枝。
天長地久有時盡，此恨綿綿無絕期。

又一位耿直的左拾遺

八〇七年，白居易從周至縣尉任上前往京兆府應試考官，及第，授予翰林學士，相當於進入了皇帝的秘書團，負責為皇帝撰擬文字、批答表疏、作應和文章，可以直入內廷，隨時應召。一年後改任左拾遺，更可以面見皇帝，上朝議事，針砭時政。在這個位置上，如果善於察言觀色、精明能幹、巧舌如簧，憑藉親近皇帝的便利，許多人可以快速獲得擢升，但從前代詩人陳子昂和杜甫的例子來看，文人擔當此職並非好事，因為過於忠實負責、疾惡如仇、言辭懇切，常常不但得不到皇帝的欣賞，反而會招致貶官之禍。白居易此次所任，正是這樣一個官職。

有一年，淄青節度使李師道仗著財大氣粗想要私自出錢六百多萬，為前朝宰相魏徵的孫子贖回祖傳的宅邸，以此在長安城擴大影響，籠絡人心。白居易聽說此事後，當即上表：「魏徵乃我大唐前朝賢相，太宗皇帝遇之甚厚，特命人用建築皇宮的材料為魏相修築宅邸正堂，無奈其子孫孱弱不能守成，遂流落於他人之手。如今國運昌盛，萬民太平，陛下應當效仿太宗之法，贖回魏相故宅賜其子孫，彰顯陛下敬賢愛民之心。李師道是我大唐朝臣，不應該搶掠陛下美意啊。」憲宗很認可白居易的說法，也很欣賞白居易為國著想的忠心，於是著人照辦。李師道只好訕訕作罷。

如此精彩的進諫還有多次，因而在不長的時間裡，白居易以善諫而名滿朝堂，他也更加盡忠職守，天下事無所不諫。有一次，白居易上朝進諫，言辭懇切，語氣強硬，皇帝不置可否，白居易一時心急，馬上更進一步說：「陛下不可以此誤國啊。」此話一出，皇帝立刻變臉。唐憲宗是一位勵精圖治、勤勉政事、重用賢良而善於納諫的明君，所以雖然發怒，也只止於發怒，他知道白居易是一片好意，最後便不了了之。退朝之後，憲宗對宰相李絳說：「白居易是我欽點的拾遺，怎麼能這樣說話，令我難堪？一定要懲戒！」李絳說：「陛下一代明君，廣開言路，善於納諫，朝臣才敢毫無顧忌地議論得失。這是好事。如果罷黜白居易，等於封住了忠臣良才的口，以後怕是無人再敢進言。這不利於發揚陛下的賢明盛德。」憲宗消了氣，對待白居易還和當初一樣。

這幾年，白居易盡責諫言並非信口開河，而是在了解當時民情的基礎之上。這些都被他寫進了他的大型組詩《新樂府》中，在這些詩中，白居易明確寫道：「為君，為臣，為民，為物，為事而作，不為文而作也。」（《新樂府五十首並序》）這一時期，他的創作並非為了文學創作，而是為了國家太平、萬民安寧，詩歌創作已經成了他致力於匡扶天下的手段之一，所以這些作品中多有諷喻之意。

比如，「宣城太守知不知？一丈毯，千兩絲，地不知寒人要暖，少奪人衣作地衣」（《紅線毯》）是諷喻權貴不顧民生疾苦，一味巧取豪奪；「皆云前後征蠻者，千萬人行無一回。是時翁年二十四，兵部牒中有名字。夜深不敢使人知，偷將大石捶折臂。張弓簸旗俱不堪，從茲始免征雲南」（《新豐折臂翁》）是諷喻連年徵兵征戰，百姓畏戰，不惜自斷臂膀以全性命，令人不寒而慄；「今日宮中年最老，大家遙賜尚書號。小頭鞵履窄衣裳，青黛點眉眉細長。外人不見見應笑，天寶末年時世妝。上陽人，苦最多。少亦苦，老亦苦，少苦老苦兩如何」（《上陽白髮人》）諷喻君王大肆選妃而不能臨幸，使眾多宮女蹉跎終身不見天日，老來還要被人嘲笑。

這些被詩人名為《新樂府》的諷喻詩，是一系列思想厚重、情感悲憫的現實主義佳作，上承杜甫「詩史」的傳統，如同描繪苦難的畫卷，生動而沉痛地記錄了中晚唐時期的民間疾苦，其中千古流傳的名作比比皆是。如寫老翁艱難謀生、令人唏噓的《賣炭翁》：

賣炭翁，伐薪燒炭南山中。滿面塵灰煙火色，兩鬢蒼蒼十指黑。

賣炭得錢何所營？身上衣裳口中食。可憐身上衣正單，心憂炭賤願天寒。
夜來城外一尺雪，曉駕炭車輾冰轍。牛困人饑日已高，市南門外泥中歇。
翩翩兩騎來是誰？黃衣使者白衫兒。手把文書口稱敕，回車叱牛牽向北。
一車炭，千餘斤，宮使驅將惜不得。半匹紅綃一丈綾，系向牛頭充炭直。

再如《杜陵叟》：

杜陵叟，杜陵居，歲種薄田一頃餘。
三月無雨旱風起，麥苗不秀多黃死。九月降霜秋早寒，禾穗未熟皆青乾。
長吏明知不申破，急斂暴徵求考課。典桑賣地納官租，明年衣食將何如？
剝我身上帛，奪我口中粟。
虐人害物即豺狼，何必鉤爪鋸牙食人肉？
不知何人奏皇帝，帝心惻隱知人弊。白麻紙上書德音，京畿盡放今年稅。
昨日里胥方到門，手持敕牒榜鄉村。十家租稅九家畢，虛受吾君蠲免恩。

八一〇年，白居易左拾遺任滿，按慣例需要改任，憲宗覺得他家裡不寬裕，就讓他自己選擇一個官職。白居易奏請出任京兆戶曹參軍兼任翰林學士，依然居住在長安城，以便照顧家小。皇帝同意了他的請求。可是第二年，白居易母親去世，按照慣例他必須辭官丁憂，總共三年。這三年間他居住在渭村，開墾了幾畝地，自主營生，但因俸祿斷絕，貧病交加，雖有好友元稹時常救濟，也依然因貧困而導致三歲女兒金鑾子早夭，這令白居易痛不欲生，遂寫下一首《病中哭金鑾子》：「臥驚從枕上，扶哭就燈前……慈淚隨聲迸，悲腸遇物牽。故衣猶架上，殘藥尚頭邊。送出深村巷，看封小墓田。莫言三里地，此別是終天。」白居易由此更加體會到了老百姓生活的艱難不易。

母喪丁憂結束還朝後，白居易被拜為左贊善大夫，此官仍然是負責諫言，但屬於太子官署。八一五年，當朝宰相武元衡和御史中丞裴度遭人暗殺，武元衡當場死亡，裴度受了重傷。這件事震驚朝野，一時間人心惶惶，而執掌司法權的宦官集團卻保持沉默，無人出來主持公道。白居易氣憤難抑，便上書皇帝，要求緝拿凶手，嚴肅法紀。這時，素來與白居易不和的李吉甫等權臣趁機發難，說白居易官屬東宮，卻僭越職權，私自越過諫言之官直議朝政大事。憲宗無奈，想將他貶為州刺史，但詔書未下，接著又收到中書舍人王涯落井下石的奏章，說白居易的母親是因賞花掉到井裡去世的，而白居易卻還在寫有關賞花、新井一類的詩作，有傷風化，而這樣不孝之人又如何做一州的刺史教化百姓？就這樣，白居易被一貶再貶，從贊善大夫貶為江州（今江西九江）司馬。

多情司馬，悠閒刺史

貶官為江州司馬是白居易一生的重要轉捩點。此前，白居易始終心懷「達則兼濟天下」的理想，總希望能在政治上有一番建樹。此次貶官後，白居易多少有些心灰意冷，深刻認識到官場鬥爭的複雜，所以漸漸放棄了少年時的宏圖壯志，避禍遠嫌，遠離官場是非，獨善其身，「不復諤諤直言」（《新唐書．白居易傳》），諷喻之詩也逐漸減少。史書上說，白居易之所以巧妙轉變，和他在儒學之外深諳佛家典籍有關，「常以忘懷處順為事，都不以遷謫介意」。

江州畢竟地處江南，物產豐饒，一年四季綠意盎然，這對於一個遭遇貶謫的文人士大夫，尤其是白居易這樣在江南生活過七八年的人來說，總比北方好許多。到了江西就繞不過秀美的廬山。來江州不久，白居易便和幾位好友相約登廬山覽勝，看到香爐峰風景奇妙，流連忘返，最後竟在香爐峰對面的遺愛寺內置辦了一個隱居的草堂。這間草堂周圍有幾十棵高大的松樹，旁邊又有修竹無數，白石鋪道，溪水環繞，風景殊勝。自此以後，白居易時時來此小住，與這裡的幾位禪師登高嘯詠，談佛論道，幾乎遊遍了廬山的絕勝景致。遊到高興的時候，放浪形骸於山水之間，忘乎所以，有的時候好長時間都不回城上任，有時候甚至一個多月才回一趟官府。好在郡守知道他是朝廷暫時貶謫的京官，對此睜一隻眼閉一隻眼，並不苛責於他。

四月的一天，城裡春光將盡，天氣漸熱，白居易與幾位好友出城遊玩，一行人登上廬山，到了大林峰下的大林寺。山間還不是太熱，他們驚喜地發現大林寺內的幾棵桃樹上還繁花似錦。桃花開得早，一般初春時節開放，十幾日便紛紛零落。白居易見到這些「隱居」山間的妖豔桃花競相開放，喜不自勝，不禁感嘆造化的奇妙，夜宿大林寺，寫就了中晚唐七絕中的那首珍品——《大林寺桃花》：

人間四月芳菲盡，山寺桃花始盛開。長恨春歸無覓處，不知轉入此中來。

這些都是江州的美妙風景對白居易失意之心的撫慰，明顯可感的是，在這些詩中，多了大自然饋贈的欣喜，多了山水的靈氣。這和剛來江州時的白居易相比，還是有了不少變化。八一六年秋，到江州司馬任上還沒多久，白居易到潯陽江畔餞別朋友，飲酒話別之際，覺得多少有些無趣，這時恰巧聽到外面有琵琶聲傳來。白居易便讓船家邀請樂師上船表演。樂師演奏完畢，在場所有人都被深深感動，白居易甚至當場傷感落淚。細問樂師家事，這才知道她年幼時學藝，後來迫不得已嫁給一位商人，但聚少離多，孤單淒涼。這一番話讓白居易想起自身的遭際，不免感慨萬分，回家後寫出了那首著名的《琵琶行》：

潯陽江頭夜送客，楓葉荻花秋瑟瑟。主人下馬客在船，舉酒欲飲無管弦。
醉不成歡慘將別，別時茫茫江浸月。忽聞水上琵琶聲，主人忘歸客不發。
尋聲暗問彈者誰？琵琶聲停欲語遲。移船相近邀相見，添酒回燈重開宴。
千呼萬喚始出來，猶抱琵琶半遮面。轉軸撥弦三兩聲，未成曲調先有情。
弦弦掩抑聲聲思，似訴平生不得志。低眉信手續續彈，說盡心中無限事。
輕攏慢撚抹復挑，初為霓裳後綠腰。大弦嘈嘈如急雨，小弦切切如私語。
嘈嘈切切錯雜彈，大珠小珠落玉盤。……
東船西舫悄無言，唯見江心秋月白。沉吟放撥插弦中，整頓衣裳起斂容。
自言本是京城女，家在蝦蟆陵下住。十三學得琵琶成，名屬教坊第一部。
曲罷曾教善才服，妝成每被秋娘妒。五陵年少爭纏頭，一曲紅綃不知數。

鈿頭銀篦擊節碎，血色羅裙翻酒汙。今年歡笑復明年，秋月春風等閑度。
弟走從軍阿姨死，暮去朝來顏色故。門前冷落車馬稀，老大嫁作商人婦。
商人重利輕別離，前月浮梁買茶去。去來江口守空船，繞船月明江水寒。
夜深忽夢少年事，夢啼妝淚紅闌干。我聞琵琶已嘆息，又聞此語重唧唧。
同是天涯淪落人，相逢何必曾相識！我自去年辭帝京，謫居臥病潯陽城。
潯陽地僻無音樂，終歲不聞絲竹聲。住近湓江地低濕，黃蘆苦竹繞宅生。
其間旦暮聞何物？杜鵑啼血猿哀鳴。春江秋朝花月夜，往往取酒還獨傾。
豈無山歌與村笛？嘔啞嘲哳難為聽。今夜聞君琵琶語，如聽仙樂耳暫明。
莫辭更坐彈一曲，為君翻作琵琶行。感我此言良久立，卻坐促弦弦轉急。
淒淒不似向前聲，滿座重聞皆掩泣。座中泣下誰最多？江州司馬青衫濕。

幾年後憲宗駕崩，穆宗即位，召白居易回朝，先後任命為朝散大夫、中書舍人。但此時以牛僧孺、李宗閔為領袖的牛黨與以李德裕、鄭覃為領袖的李黨爭鬥開始。因其早年得罪李德裕的父親李吉甫，李黨得勢之時，白居易在朝中就立足不穩。八二二年，白居易又一次被貶官出京，赴杭州做刺史。但對於詩人來說，南下素有人間天堂之稱的蘇杭，並非壞事，如他乘船赴杭州途中，見到美妙動人的黃昏江水，夕陽照到的地方金光燦燦，而未照到之處則一片蕭瑟冷清，當即作了一首《暮江吟》，情景真切而微妙，含義悠遠，歷來為人稱道：

一道殘陽鋪水中，半江瑟瑟半江紅。可憐九月初三夜，露似真珠月似弓。

來到杭州的白居易，可以說徹底被這裡的清麗山水所征服，一心沉溺於江南美景，詩酒人生從此開始。他似乎再也無心仕途，而是一反常態嗜酒縱樂，蓄養歌姬，每當良辰美景，便邀請杭州的文人名士來到府上，打開酒罈和存滿詩稿的箱子，喚出歌姬以歌舞助興，一邊飲酒一邊賞舞，吟詩作對，每每都直到酩酊大醉才肯甘休。當然，這樣說未免有些誇張，只是為了說明他已經不像以前一心於國事。

在杭州刺史任上，白居易還是為政有方、心繫百姓的。據史書記載，他在短短不到兩年的任上，為老百姓做了不少實事，如驅除虎患、疏浚城中六井、修建西湖堤壩等。其中，最為人稱道的是修建西湖堤壩。當時的西湖，水比較淺，遇到乾旱天氣，蓄水不夠灌溉農田，而一旦下了大雨，又會氾濫成災。白居易上任後，在西湖東北一帶修建了捍湖大堤。堤壩建成後，白居易親自寫下《錢塘湖石記》一文，刻成石碑立在湖邊，指導人們蓄水排洪。這個壩就是今天還在發生作用的「白公堤」，是當今人去杭州的必遊景點。當然，白居易也不會錯過西湖美景，《錢塘湖春行》就是他記錄西湖春遊的一首膾炙人口的名作：

孤山寺北賈亭西，水面初平雲腳低。幾處早鶯爭暖樹，誰家新燕啄春泥。

亂花漸欲迷人眼，淺草才能沒馬蹄。最愛湖東行不足，綠楊陰裡白沙堤。

醉吟先生

早在八一五年，白居易被貶為江州司馬時就寫了一封長信給他一生的好友元稹，名曰《與元九書》。在這封信中，他言辭懇切地說：「今僕之詩，人之所愛……然百千年後，安知復無如足下者出，而知愛我詩哉？故自八九年來，與足下小通則以詩相戒，小窮則以詩相勉，索居則以詩相慰，同處則以詩相娛。」他們一生互為知己，所以白居易說百年以後，不知道還有幾人能像你一樣懂我的詩、愛我的詩，這麼多年來我們相互交往，仕途稍順則作詩戒驕戒躁，境遇貧困則作詩自我勉勵，獨身孤居時作詩相互安慰，相處同遊則作詩互為應和。

在這封信中，白居易對自己的定位是一位詩人，儘管他一生多有政治理想，但無論窮達，詩與他始終相伴。所以杭州刺史任滿之後，白居易沒再回長安，而是去了洛陽，這裡靠近他的家鄉新鄭。他打算在洛陽安定下來，所以置地買宅，賣馬換房，在洛陽的履道裡定居下來。他時常邀請幾位好友來家裡一起品酒論詩，一個冬天風雪飄飛，白居易邀請幾位朋友前來喝酒，其中一位劉十九因事未至，白居易便寫下一首《問劉十九》記述此事：

綠蟻新醅酒，紅泥小火爐。晚來天欲雪，能飲一杯無？

在洛陽期間，朝廷先後傳來詔書，授予他河南尹、同州刺史等官職，都被白居易以生病為由婉拒。後來，他的兒子去世，白居易更加看透塵世無常，解散了家中的歌舞姬，也將蓄養多年的名馬良駒拍賣，逐漸走向佛門。八三一年，好友元稹病逝，白居易為其撰寫墓誌銘，將元家送來的六七十萬潤筆錢，皆悉數贈予洛陽香山寺，使其修葺一新，自此白居易自號「香山居士」。八三五年自編《白氏文集》，編成後藏於廬山東林寺。八三八年自撰《醉吟先生傳》，生動地記載了他的退隱生活：「醉吟先生者，忘其姓氏、鄉里、官爵，忽忽不知吾為誰也。宦遊三十載，將老，退居洛下。所居有池五六畝，竹數千竿，喬木數十株，臺榭舟橋，具體而微，先生安焉。家雖貧，不至寒餒；年雖老，未及昏耄。性嗜酒，耽琴淫詩，凡酒徒、琴侶、詩客多與之遊……」

如此，至八四五年，七十多歲高齡的白居易還經常與一幫年過七十的老友一同飲酒酬唱，一時傳為美談。八四六年，逝於洛陽家中，葬於洛陽香山，享年七十四歲。當朝皇帝唐宣宗得知白居易去世後，還專門寫了一首《弔白居易》來悼念他：「綴玉聯珠六十年，誰教冥路作詩仙。浮雲不繫名居易，造化無為字樂天。童子解吟長恨曲，胡兒能唱琵琶篇。文章已滿行人耳，一度思卿一愴然。」

「沉舟側畔千帆過，病樹前頭萬木春」

最豪邁的晚唐詩人——劉禹錫

少年得志時

唐德宗貞元年間，長安城發生了一件事，一時間傳為美談。那一年，當時寵臣戶部侍郎判度支裴延齡的兒子裴操參加博學宏詞科選拔考試。有一天，主持考試的黃門侍郎杜黃裳和給事中苗粲剛出吏部的公堂就看見裴延齡在等他們，打過招呼之後，裴延齡說：「『是沖仙人……』兩位大人記得有這麼一篇嗎？」杜黃裳轉頭問苗粲：「苗大人記得有這篇嗎？」苗粲說：「好像沒有。」裴延齡於是仰天長嘆：「沒有中，沒有中啊！」等放榜出來，裴操的名字果然不在其列。

當時的文人士子都知道裴延齡身居要職，他的兒子裴操參加銓選，一舉成功是意料之中的。可是結果一出，一片譁然，文人士子們越加有信心了，這說明主考官是公正無私的。唐代進士考試一般在正月舉行，二月前後放榜，所以很多舉子都會在前一年秋天到長安城來做準備，主要是向達官權貴、社會名流、文壇領袖等投獻詩文，以期激賞和延譽，這叫「行卷」。有許多青年人就是通過這種方法在長安城獲得名聲，然後再參加進士考試，以此提高進士及第的概率，劉禹錫也是如此，裴操銓選落第的消息傳出後，他對自己更加有信心，初到長安就開始了緊鑼密鼓的「行卷」交遊。和別人不一樣的是，除了向一般的權貴名流投獻自己的作品，劉禹錫還依仗著滿腹的才華，直接向當時皇帝唐德宗上書。可惜，他並沒有得到回音。但也不要緊，通過清麗的詩文，他很快就在長安城引起了不少前輩文人的關注。

這一年，劉禹錫十九歲，半年前剛從埇橋（今安徽宿州）父親的任所將母親送回洛陽老家，在此之前，他幾乎一直生活在江南。他幾歲的時候就跟隨著名詩僧皎然和靈澈學習詩歌，名師出高徒，所以入長安不久即贏得很高的聲名。他後來在《謁柱山會禪師》一詩中記述了自己剛到長安時的情狀，可謂一帆風順，意氣昂揚：

> 我本山東人，平生多感慨。弱冠遊咸京，上書金馬外。
> 結交當世賢，馳聲溢四塞。勉修貴及早，狃捷不知退。
> ……

但進士考試，他並沒有急於出手，而是在兩年後才參加，且一舉中第，並在當年又通過了博學宏詞科考試，但是沒有被授官。七九五年，再次參加銓選，授官太子校書。這一年劉禹錫二十三歲。在當時，絕大多數這個年齡的人還在一遍一遍地參加進士考試，所以說劉禹錫的仕途起步很早。太子校書的職責是校勘崇文館的書籍，有職無權，比較清閒，但是能有機會接觸太子。

當時有一位翰林待詔叫王叔文，他是一位圍棋高手，深得太子李誦的信任，經常陪太子下棋。

自中晚唐以來，宮廷所需物資的採購權交給了太監，他們經常派許多人到街市上轉悠，看到所需的或喜歡的東西，也不像以前一樣出示文書，而是直接說「宮市」，然後象徵性地付給貨主很少的銀兩，還要他們送到宮內。長期以來，這一現象令許多商戶敢怒不敢言，忍氣吞聲。有一次，太子和幾個侍讀談及此事，衝著一時的意氣說：「我見到皇上時會稟報此事。」侍讀都誇讚太子仁德，只有王叔文沒有說話。其他人走後，太子問他為什麼不發表意見，王叔文說：「殿下，皇太子侍奉皇上，按禮節問候飲食安康即可，不應該干預宮外之事。陛下在位已久，如果有小人離間，說殿下以此收買人心，引起陛下猜忌的話，就說不清了。」自此以後，太子非常倚重王叔文，覺得他忠於自己又老成持重。

劉禹錫在東宮做事，很快也結識了王叔文，並將自己的詩文拿給他看。王叔文很欣賞劉禹錫的才學和人品，二人互為知交。但是第二年，劉禹錫的父親病逝了。劉禹錫只好暫時離開長安，先下江南處理後事，然後扶父親的靈柩北歸洛陽老家，安葬後丁憂三年。直到八〇〇年，劉禹錫獲得淮南節度使兼徐泗濠節度使杜佑的徵辟，出任節度使掌書記，即節度使的主要秘書。值得一提的是，這位杜佑正是晚唐大詩人杜牧的爺爺，此時距離杜牧出生還有三年。八〇二年，劉禹錫調任京兆府渭南縣主簿，不久遷監察御史，與韓愈、柳宗元同事。這是劉禹錫第二次在朝廷任官，而下次入朝為官就是將近三十年後的事了。

二王八司馬

八〇五年正月，德宗駕崩，太子李誦即位，是為唐順宗。順宗即位後，立刻啟用自己昔日倚重的東宮侍讀王叔文、王伾等人進行改革，王叔文啟用了他非常器重的劉禹錫、柳宗元等人，形成了改革派的核心團隊，而改革的重頭戲就是當時的朝廷頑疾：削弱宦官專權（**其中包括順宗還是太子時就很重視的「宮市」問題**），打擊藩鎮割據，打擊貪污腐敗，加強中央集權。但這些改革的計畫觸及了宗親、藩鎮、宦官等多方利益，他們自然群起而攻之。

攻擊的辦法就是催促順宗立太子，太子既立，又以皇帝身體不好為由請太子監國，而太子監國不久，順宗就「內禪」皇位給了太子李純，是為唐憲宗，自己做了太上皇。不久後順宗病逝，成為唐朝皇帝中最容易讓人記住的一個：當太子時間最長，二十六年；在位時間最短，不足八個月；做太上皇時間最短，不足六個月。而最重要的是，僅維持了一百四十六天的新政因此流產。

新即位的憲宗自做太子時就和王叔文等人互相沒有好感，所以從他即位（**八月九日**）的前幾天開始，新政的主要推行者就無一倖免地被陸續貶官並流放：八月六日，王伾被貶為開州（今重慶一帶）司馬，不久死於貶所；王叔文被貶為渝州（今重慶一帶）司馬，第二年被賜死。九月十三日，劉禹錫被貶為連州（今廣東清遠）刺史，柳宗元被貶為邵州（今山西垣曲）刺史，韓泰被貶為撫州（今江西撫州）刺史，韓曄被貶為池州（今安徽池州）刺史。十一月七日，韋執誼被貶為崖州（今海南崖州）司馬。朝議認為對劉禹錫等處置太輕，十一月十四日，再貶劉禹錫為朗州（今湖南常德）司馬、柳宗元為永州（今湖南永州）司馬、韓泰為虔州（今江西贛州）司馬、韓曄為饒州（今江西鄱陽境內）司馬，同時又貶程異為郴州（今湖南郴州）司馬，貶凌准為連州司馬，貶陳諫為台州（今浙江台州）司馬。

這就是轟轟烈烈的「永貞革新」，還有一個名字叫「二王八司馬事件」。處置之後，皇帝還不忘追加一道聖旨，說他們幾人「逢恩不寬恕」，也就是說即便大赦天下，他們也不在其中。劉禹錫一下子由很受重用的核心官員被貶至偏遠地區，並且「逢恩不寬恕」，他的仕途很快就灰暗起來，淒慘之境可想而知。如出京途中作的《武陵書懷五十韻》一詩所述：

……

旅望花無色，愁心醉不惛。春江千里草，暮雨一聲猿。
問卜安冥數，看方理病源。帶賒衣改制，塵澀劍成痕。
三秀悲中散，二毛傷虎賁。來憂禦魑魅，歸願牧雞豚。
就日秦京遠，臨風楚奏煩。南登無灞岸，旦夕上高原。

一貶二十三年

八〇六年憲宗改元元和，大赦天下，劉禹錫致信老上司杜佑希望他能幫助自己回朝做官或是調任不是太偏遠的地方。杜佑一直同情改革派，也曾暗中保護過他們，這次自然也想幫助他，但因朝中有人作梗，不了了之。身為朗州司馬的劉禹錫在朗州任上，其實沒有一點實權，名為司馬，實際上只是一個被流放的戴罪之身。這近十年間，他除了積極寫信給幾乎所有與他有過交往的官員，希望他們對自己的「量移」能夠施以援手，此外便是寫詩作文以度艱難寥落的貶謫歲月。著名的《秋詞二首》就是這一時期的作品：

其一

自古逢秋悲寂寥，我言秋日勝春朝。晴空一鶴排雲上，便引詩情到碧霄。

其二

山明水淨夜來霜，數樹深紅出淺黃。試上高樓清入骨，豈如春色嗾人狂。

這樣豪邁剛強的詩句，這樣山明水淨的風景，出自一個前途非常不明朗的貶官之手，當然和他豪邁大氣的性格是分不開的。但是結合劉禹錫當時的處境（積極書信往來尋求被赦免的機會），以及「自古逢秋悲寂寥，我言秋日勝春朝」的詩意來看，或許也可以說詩歌此時成了他的「強心劑」——這句詩背後恰恰是悲秋而不能悲，詩人需要通過這樣的詩句來勉勵自己，不能洩了這口氣。這並非對這句詩理解上的標新立異，而是更貼近詩人的真實心境，同時可以更充分地體現作詩對於當時的劉禹錫（或者說作詩對於一個失意文人）來說是多麼的重要。

整整十年後的八一四年十二月，劉禹錫和柳宗元等人終於等到了朝廷召他們回朝的命令，由於兩人同在湖南，所以一路結伴而行，心情愉快輕鬆。他們希望此次回朝能重新開始，再幹一番事業，所謂「雲雨江湘起臥龍，武陵樵客躡仙蹤」（《元和甲午歲詔書盡徵江湘逐客余自武陵赴京宿於都亭有懷續來諸君子》）。八一五年春，劉禹錫等人回到長安，暫時歇息，放鬆心情，聽說長安玄都觀的桃花殊勝，便約了一幫好友去賞花，之後寫了一首名為《元和十年自朗州承召至京戲贈看花諸君子》的詩，寫道：「紫陌紅塵拂面來，無人不道看花回。玄都觀裡桃千樹，盡是劉郎去後栽。」

此詩傳出不久，便被皇帝和當權者認為是當年的革新派心有不甘，此時舊事重提是對當下政權進行諷刺。皇帝大怒，再次貶謫了剛剛召回朝的這些人，並且這一次更加偏遠：劉禹錫被貶為播州（今貴州遵義）刺史，柳宗元被貶為柳州（今廣西柳州）刺史，韓泰被貶為漳州（今福建漳州）刺史，韓曄被貶為汀州（今福建長汀）刺史，陳諫被貶為封州（今廣東新興）刺史。當然，這首詩是導火索，而其中的根本原因還是皇上和當權者打心眼裡不喜歡他們。因為這首詩出自劉禹錫之手，所以對他的處罰最重，他被貶謫的地方也最為偏遠荒僻。

按當時制度，如果一個官員被貶謫到偏僻之地，家人是要隨從前往的，也就是說，劉禹錫被貶播州，就要帶上年老多病的母親一同前往。所以，貶謫的詔書剛下來，劉禹錫及知情的朋友都慌了，不知如何是好，播州路途遙遠艱險，老母親跟著前去只能是凶多吉少。柳宗元說：「播州不是一般人所能適應的地方，夢得老母尚在，哪裡有母子二人一起去那裡的道理？」柳宗元甚至準備上奏皇帝，和劉禹錫調換貶謫的處所，讓劉禹錫帶著母親去條件相對好一點的柳州，自己去播州。御史中丞裴度向憲宗說：「陛下，劉禹錫縱然有罪，可是他的母親年邁多病，與兒子此次一別怕是永絕啊，這確實很令人傷心。」憲宗說：「既然老母尚在，做兒子的說話做事就更應當謹慎，不讓母親擔心，這正是為什麼要更加重罰劉禹錫的原因。」裴度又說：「陛下歷來敬孝太后，臣以為劉禹錫一事還是應該謹慎一些。」過了一會兒，憲宗才說：「朕的意思是，做兒子的犯了錯自然要懲罰，但也不該讓他的母親太過傷心。」後來，劉禹錫就被改授連州（今廣東清遠）刺史了。

劉禹錫十六七歲的時候開始學醫，有深厚的醫藥學功底。所以，他在連州期間做了一件利在千秋萬代的事情——搜集編纂了一套實用的醫書《傳信方》。這套書不僅在中國受到普遍歡迎，還外傳到鄰國，日本的《醫心方》、朝鮮的《東醫寶鑒》等都轉載過《傳信方》中許多行之有效的方劑。

八一九年，劉禹錫年近九十歲的老母在連州去世，劉禹錫卸任護送母親靈柩回洛陽老家安葬、守喪。同年十一月，他最好的朋友柳宗元病逝，劉禹錫在萬分悲痛中遵照柳宗元的遺囑，為他辦理後事，代其撫養孤兒，幫其整理文集。柳宗元是河東（今山西永濟一帶）人，二十一歲就進士及第，文章清越，名氣卓著，很早就與韓愈齊名，後來被尊為「唐宋八大家」之一，但因為參與永貞革新，自八〇五年以來便和劉禹錫一起屢遭貶謫，最終客死柳州，時年四十六歲，怎能不令人痛惜。劉禹錫後來在《重至衡陽傷柳儀曹》一詩中非常悲痛地追憶了與柳宗元最後一次分別時的情景：

憶昨與故人，湘江岸頭別。我馬映林嘶，君帆轉山滅。
馬嘶循古道，帆滅如流電。千里江蘺春，故人今不見。

八二一年冬，剛即位的唐穆宗任命劉禹錫為夔州（今重慶奉節）刺史，兩年後又調任和州（今安徽和縣）刺史，再兩年後奉調回洛陽。傳說劉禹錫任職和州期間，由於是被貶謫而來，所以當地官員不把他放在眼裡，故意刁難他，讓他住江邊一個潮濕的房子，但劉禹錫毫不在乎，作詩讀詩，怡然自得，並作了著名的《陋室銘》來表達自己身處險境卻不改高德遠志的精神：「山不在高，有仙則名。水不在深，有龍則靈。斯是陋室，惟吾德馨。苔痕上階綠，草色入簾青。談笑有鴻儒，往來無白丁。可以調素琴，閱金經。無絲竹之亂耳，無案牘之勞形。南陽諸葛廬，西蜀子雲亭，孔子云：何陋之有？」

無法忘記的玄都觀

從初次被貶至調回洛陽，前後二十三年，這是劉禹錫再次回到唐朝東都，再次接近權力中心。而要回真正的權力中心長安，則還要到兩年後。劉禹錫此次奉詔回洛陽，途經揚州時，遇到了因病卸任蘇州刺史的白居易，老朋友相見，自然要詩酒聚會。此時的白居易精神消沉，「舉眼風光長寂寞，滿朝官職獨蹉跎。亦知合被才名折，二十三年折太多」（**白居易《醉贈劉二十八使君》**），嘆息劉禹錫被貶外放二十三年，劉禹錫當即寫了那首著名的《酬樂天揚州初逢席上見贈》答贈，自我激勵：

巴山楚水淒涼地，二十三年棄置身。懷舊空吟聞笛賦，到鄉翻似爛柯人。
沉舟側畔千帆過，病樹前頭萬木春。今日聽君歌一曲，暫憑杯酒長精神。

八二八年春，劉禹錫被調回長安出任主客郎中，掌管少數民族及外國賓客接待之事。劉禹錫又去了玄都觀賞桃花，只是此次沒有了好友柳宗元的陪同。然而時隔十四年，玄都觀中的桃花已經蕩然無存，荒蕪的庭院中只有兔葵和燕麥在春風中微微晃動，當年的道士們也不知去向。劉禹錫不禁感慨萬千，寫下了一首《再遊玄都觀》，又一次提及往事：

百畝庭中半是苔，桃花淨盡菜花開。種桃道士歸何處，前度劉郎今又來。

本來當時的宰相裴度想舉薦劉禹錫做知制誥的官員，但不喜歡劉禹錫的當權者再次以玄都觀一詩為藉口加以反對，所以此事未成，劉禹錫被授予權力較小的禮部侍郎一職。大和年間，與宦官內外依靠的李宗閔竭力排斥宰相裴度，後來裴度罷相出任東都留守，擁護他的官員受到牽連，多數被外放出京，其中自然包括劉禹錫。此後，劉禹錫先後出任蘇州、汝州、同州刺史，直到八三六年因為患了足病，遷任太子賓客分司東都，去了洛陽。

東都洛陽立府第於集賢里，府中有山有泉，竹林、樹木茂盛，有亭臺樓閣，溪水繞島流淌，是洛陽城內環境最好的地方。當時白居易、裴度都在洛陽，公務之餘劉禹錫和他們詩酒唱和，經常終日宴飲、高歌賦詩，過了一段非常逍遙自在的日子。後來劉禹錫雖曾遷任檢校禮部尚書兼太子賓客，但都是些沒有實權的閒職，始終沒被重用。八四二年，抱病已久的劉禹錫寫了《子劉子傳》，對永貞革新的前前後後及王叔文的功過是非做出了自己的評價，他大膽盛讚永貞革新雖然失敗，但始終都是祛除弊政的良方，而王叔文則是治國理政的能人，並點出了支持新政的唐順宗死於非命的驚天秘密。這契合了當時流傳的憲宗與宦官合謀，軟禁並毒害順宗的傳說。

這年秋天，劉禹錫與世長辭，時年七十歲，死時骨瘦如柴。白居易寫了一首非常沉痛的《哭劉尚書夢得二首》來悼念這位老朋友，用唇亡齒寒來比喻他們之間的深厚友誼：

其一

四海齊名白與劉，百年交分兩綢繆。同貧同病退閒日，一死一生臨老頭。

杯酒英雄君與操，文章微婉我知丘。賢豪雖歿精靈在，應共微之地下遊。

其二

今日哭君吾道孤，寢門淚滿白髭鬚。不知箭折弓何用，兼恐唇亡齒亦枯。

窅窅窮泉埋寶玉，駸駸落景掛桑榆。夜臺暮齒期非遠，但問前頭相見無。

「曾經滄海難為水，除卻巫山不是雲」

唐代最風流的多情公子——元稹

始亂終棄的多情書生

唐代文學最當盛名的自然是唐詩，唐詩之外人們不得不提的就是唐傳奇了，因為唐傳奇革新了以前小說類作品的模式，拋棄了那些作品中的志怪色彩，完全記述現實世界，將小說直接與人們的現實生活關聯起來。唐傳奇中影響最大、流傳最廣的作品之一就是《鶯鶯傳》，它是後來元代四大名劇之一《西廂記》的發端，而中國古代四大名著之首的《紅樓夢》則明顯受到《西廂記》的影響。可見這《鶯鶯傳》的重要性。

《鶯鶯傳》講的是一個愛情故事。男主人公叫張生，是一個書生，女主人公叫崔鶯鶯，是一個知書達理的大家小姐。張生旅居蒲州（今山西永濟）普救寺時遇到兵亂，幫忙救護了同寓寺中的遠房姨母崔夫人一家。在答謝宴上，張生對表妹崔鶯鶯一見傾心，即通過婢女傳書，幾經反覆，兩人終於花好月圓、私訂終身。後來張生赴京應試落第，滯留京城，依然與鶯鶯情書來往，互表深情，恩恩愛愛。但時日一長，張生覺得崔鶯鶯是「妖物」，會斷送他的前程，便書信漸少，終至於音訊斷絕，愛情終了。一年多後，鶯鶯另嫁，張生也另娶。一次，張生路過崔鶯鶯家門，要求以表兄的身分相見，遭到鶯鶯拒絕。當時人多「許張為善補過」。

現代人都能看出這是一篇始亂終棄卻將女人妖魔化的故事，但作者意在讚揚張生「善於補過」，為他的薄倖辯護，令人憎惡。魯迅先生在他的《中國小說史略》中對這篇作品的評價是：「篇末文過飾非，遂墮惡趣。」這篇「遂墮惡趣」的唐傳奇，其作者就是本篇的主角元稹，並且據研究者考證，《鶯鶯傳》正是元稹少年時戀愛舊事的演繹，張生的原型正是他本人。正是由於有這些輕薄往事，幾十年後當他好不容易官至卿相被拜為「中書門下平章事」時，「朝野雜然輕笑」（《新唐書．列傳第九十九》），大家覺得元稹德薄，出任宰相匡正天下得失就像一個笑話。但所有這些並不妨礙他成為中晚唐時期的重要詩人及頗具才幹的官員。

七七九年，元稹生於洛陽一個士大夫之家，自小飽讀詩書，七九三年參加明經科考試，一舉高中。七九九年初入官場，在河中府（今山西永濟蒲州）任職。當時當地駐軍叛亂，蒲州動盪，元稹在朋友的幫助下離開了那裡，暫時借居一個遠房親戚家躲避戰禍。不曾想親戚家的幼女正值豆蔻年華，才貌雙全，一來二去便與一表人才、風流倜儻的元稹相戀，最後元稹西入長安求取功名，這一段戀情便不了了之。這正是《鶯鶯傳》故事的原型。八〇三年，元稹參加吏部考試，順利登科，隨後被任命為校書郎，並在此前後認識了終身好友白居易。做了京官之後，元稹便一心考慮如何加官晉爵、建功立業。

雖然元稹初出茅廬，但當時的京兆尹韋夏卿很欣賞這個年輕人，相信他憑藉出眾的才華定能有大好前途，便有意將家中最寵愛的小女兒韋叢嫁給他。元稹知道京兆尹有此意，剛開始有點猶豫，因為此時的他在蒲州還有戀人。這位戀人知書達理、溫柔賢慧，雖也家中富有，但畢竟無權無勢，對於他心心念念的功業之事幫助有限；而韋氏幼女雖然尚未謀面，但畢竟出身官宦之家，父親位高權重。他思前想後，再三權衡，最後決定放棄蒲州舊情，迎娶韋家幼女。令他沒有想到的是，韋家少女才貌出眾、賢良淑德，更令他沒有想到的是這女子與他一見如故，有情有義，絲毫沒有富家小姐的脾氣，更沒有對他這個高攀的小官宦之子有絲毫不敬之意。

這年十月，韋夏卿另授東都洛陽留守，要赴洛陽上任，但由於「謝公最小偏憐女」，割捨不下心愛的小女兒韋叢，元稹、韋叢夫婦乾脆同行洛陽，侍奉韋夏卿左右。到洛陽後，年輕的元稹夫婦還沒有能力另置宅邸，就住在韋夏卿的家中。直到第二年年初，元稹才返回京城就職。由於韋叢依舊留在洛陽，所以這段時間就苦了元稹，經常要在洛陽和長安之間奔波。在政途上，難說元稹從這樁婚姻中是否直接受益，但可以確定的是，元稹從這段婚姻中獲得了令他終生難忘的愛情和幸福。自從嫁於元稹以來，韋叢一改大家小姐的作派，家中事務一手包辦，盡全力支援元稹讀書、考試、做官，不讓他為家中俗務分心。

八〇九年，三十歲的元稹被授為監察御史，奉旨出使劍南川東，意氣風發，經常上書言事，彈劾不法官吏，終於觸動了藩鎮利益，得罪了朝中權貴，最後被藉故外放至洛陽，雖然仍然是監察御史，但是權力受到了削弱。恰是這一年，元稹的仕途漸漸有所起色，生活即將有所改善的時候，與他一同過了七年貧賤生活的妻子韋叢病逝，年僅二十六歲。而最為可悲的是，當時元稹剛被外放洛陽，妻子逝世時他還無法回長安為她送葬，韋叢孤獨離世。

元稹內心極度傷痛而內疚，在洛陽鬱鬱寡歡，陸續寫了好多首詩悼念亡妻，追憶亡妻生前與他相濡以沫、相敬如賓的生活，如「顧我無衣搜藎篋，泥他沽酒拔金釵。野蔬充膳甘長藿，落葉添薪仰古槐」（《遣悲懷三首・其一》）；表現了妻子去世後自己睹物思人的情形，如「衣裳已施行看盡，針線猶存未忍開。尚想舊情憐婢僕，也曾因夢送錢財」（《遣悲懷三首・其二》）；也表達了對妻子的感念與感恩，如「惟將終夜長開眼，報答平生未展眉」（《遣悲懷三首・其三》）。而流傳最廣的則是那首《離思五首・其四》：

曾經滄海難為水，除卻巫山不是雲。取次花叢懶回顧，半緣修道半緣君。

《離思五首・其五》也情真意切、委婉動人：

尋常百種花齊發，偏摘梨花與白人。今日江頭兩三樹，可憐和葉度殘春。

浣花溪畔的癡情才女

中晚唐時期，四川有個奇女子，名叫薛濤，文人士子無人不知她的大名。薛濤才貌雙全，詩名遠播，與當時著名詩人白居易、張籍、王建、劉禹錫、杜牧、張祜多有唱和，並且，她還是中國古代歷史上少有的女官員——川西節度府的校書郎。當時宰相武元衡就曾作詩《贈道者》，稱她「麻衣如雪一枝梅，笑掩微妝入夢來。若到越溪逢越女，紅蓮池裡白蓮開」。可見她確實魅力不凡。

薛濤本是長安人，父親前往四川做官，即遷家於蜀地，父親去世後，薛濤和母親留在四川，相依為命。薛濤美貌聰慧，加之出身文人家庭耳濡目染，所以七八歲時就能作文賦詩，同時也精通音律，可謂多才多藝，十幾歲便名傾一方。韋皋出任劍南西川節度使時，召見薛濤，邀請她入樂籍，從此成為出色的歌伎。久而久之，她也幫助韋皋處理一些案牘工作，後來乾脆被推薦為朝廷命官，秘書省校書郎，做公文撰寫和典校藏書的工作。後世稱歌伎為「女校書」正是出於這個原因。

薛濤其實骨子裡頗有男子氣概，所以當地方官吏想通過賄賂她求見韋皋時，她也毫不在乎，有禮送來她就安心收著，然後上交。但是時間一長，流言蜚語就多了起來，動靜越鬧越大，令韋皋非常生氣，一怒之下就將她發配松州（今四川松潘），以示懲罰。松州地處四川邊陲，十分荒涼，加上人煙稀少、兵荒馬亂，讓薛濤感到很淒涼，不久便寫了《十離詩》寄與老上司，淒慘悔恨都在紙上：「馴擾朱門四五年，毛香足淨主人憐。無端咬著親情客，不得紅絲毯上眠。」（**《十離詩・犬離主》**）「鑄瀉黃金鏡始開，初生三五月徘徊。為遭無限塵蒙蔽，不得華堂上玉臺。」（**《十離詩・鏡離臺》**）韋皋看後十分不忍，又把她召回了成都。歸來不久，薛濤就主動脫去樂籍，成了一個自由身，在成都西郊浣花溪畔置辦了一所院子，過起了瀟灑自在的文人生活。相傳，她的院子裡種滿了枇杷樹。

八〇九年三月的一天，已隱居浣花溪畔二十年的薛濤收到了當時著名詩人元稹的書信，約她在梓州（今四川三台縣）一見。薛濤當然知道元稹的大名，也讀過他的詩作，為他的才華所傾倒，但沒想到會突然收到他的約見信。薛濤也沒有多想，只是抱著詩友相見的念頭隻身去了梓州。

原來這年三月升任監察御史的元稹奉旨出使川西，早就聽說女詩人薛濤為人爽朗、詩文一流，遂修書約會。薛濤到達元稹在梓州的任所時，元稹早已在門口等待。三月春滿，繁花滿枝，鳥鳴清脆。薛濤隻身下轎，雖然已經近四十歲，但依然丰姿綽約，腹有詩書氣自華，年齡和閱歷留在她臉上的不是年老色衰，而是靜水流深的成熟。元稹正值壯年，身材勻稱，面貌俊朗，也是一身詩書才華，加之剛剛加官，那種意氣風發也讓他多了許多魅力。很顯然，這場詩友相見自然而然就變成了情人相會。幾乎是在一剎那，兩人間就燃起了熊熊的愛情烈火。傳說第二天，薛濤就作了一首《池上雙鳥》，陷入愛情不可自拔的小女子情態全在這二十個字中：

雙棲綠池上，朝暮共飛還。更忙將雛日，同心蓮葉間。

接下來，兩人自然是情投意合、卿卿我我，他們心中裝著熾熱的愛情，抓緊一切時間相處相愛，屋前是「春來江水綠如藍」的錦江，屋後是「萬點蜀山尖」的青川。那段時光，幾乎是薛濤有生以來最幸福的日子，也是元稹步入官場之後一次意外的甜蜜之旅。但是由於元稹彈劾東川節度使嚴礪，得罪了朝中權貴，很快就被一紙詔令罷去了監察御史的官職，調往東都洛陽，「分務東臺」，前後不過百日。元稹調離後，很快就給薛濤寄來了情詩《寄贈薛濤》，這令薛濤非常欣慰：

錦江滑膩蛾嵋秀，幻出文君與薛濤。言語巧偷鸚鵡舌，文章分得鳳凰毛。
紛紛詞客皆停筆，個個公卿欲夢刀。別後相思隔煙水，菖蒲花發五雲高。

收到情詩的薛濤滿懷著千山萬水的愛情，用心將回信的紙染成桃紅色，裁剪精巧，只書情詩。這種款式的信紙後來流傳開來，被稱為「薛濤箋」，它的流傳除了信箋本身別出心裁，還附帶著薛濤癡心的愛情。但是，只有三十來歲且整日忙於應對官場浮沉的元稹並沒有過多的時間專心於這樣的兒女私情，漸漸地情詩就少了，哪怕薛濤的回信用的是精巧而用心的「薛濤箋」。

傳說自此以後，薛濤默默地脫下了她極為喜愛的紅裙，換上了一襲灰色的道袍，她的人生也從熱烈走向了淡然，她在浣花溪旁的宅院也不再車馬喧囂、高朋滿座。後來，這所經歷了無數風流的宅院空了下來，它的主人移居碧雞坊，置辦了一座吟詩樓，在那裡度過了最後的時光，直到八三二年逝世。薛濤過世後，曾任宰相的段文昌親手為她題寫了墓誌銘，墓碑上赫然寫著：西川女校書薛濤洪度之墓。

被人嘲笑的宰相

元稹才高，少年得志，所以直至三十多歲並未深切體會官場凶險，也未曾體會人世悲涼。這一切也都從八〇九年開始，但不是開始於三月他與薛濤的蜀地春情，而是開始於七月妻子韋叢的孤獨離世。沒錯，韋叢最後在家中孤獨受病的日子，正是元稹在梓州與薛濤共度春宵的日子。這也是當時人及後世說他薄情輕德的依據之一，即便他後來在悼念亡妻的詩中寫出了「曾經滄海難為水，除卻巫山不是雲」的名句，也於事無補。

八一〇年，被外放東都洛陽並喪妻的元稹依然意氣風發，想通過盡忠職守地上表奏書引起皇帝注意，好調回長安。但適得其反，這一年，元稹因彈劾河南尹房式（開國重臣房玄齡之後）不法之事，惹怒朝中權貴，被召回罰俸。回長安途中，在華州（今陝西渭南）敷水驛休息，元稹仗著自己是朝廷命官，想住驛站的上房，可恰恰遇到宦官仇士良、劉士元等人，他們依仗自己是宮中人，也想住驛站的上房。可是上房只有一間，雙方均爭強好勝，兩不相讓。元稹說：「本人乃朝廷八品命官，難道還不配住這小小驛站的一間上房嗎？」仇士良說：「喲，原來是八品命官呀，我以為誰呢？你一個八品官，能和我們爭嗎？」元稹說：「你們這幫奴才！在宮中怎麼了？在宮中就可以為所欲為嗎？」話音還沒落，劉士元上前揚起馬鞭就打，打得元稹鮮血直流，房間裡一下子亂作一團。看管驛站的小官吏著急地喊著：「各位大人，你們不要打了，不要打了！」元稹就這樣被趕出了驛站的上房。

回到長安後，皇帝聽說此事更是怒不可遏，厲聲罵道：「元稹啊元稹，堂堂我大唐朝廷八品命官，竟無絲毫風度，也無絲毫德望，大庭廣眾之下與宮人互罵鬥毆，丟盡了大唐的顏面。成何體統，成何體統！」元稹只能吃啞巴虧，憲宗以「元稹輕樹威，失憲臣體」（《新唐書・元稹傳》）為由，將其貶官外放，任江陵府士曹參軍。至於那些氣焰囂張的宦官有沒有受到懲戒，已無關緊要，重要的是元稹早年幾乎一馬平川的仕途開始了艱難的顛簸，從此，他開始了困頓州郡十餘年的貶謫生活。這十年中，隨著年齡的增長，他心高氣傲、汲汲於高官厚祿的性情有所變化，視野中更多了民生疾苦，述寫自身遭遇也更多淒婉流離之感，這一切在和白居易唱和的詩作中表現突出。這一時期，元稹的詩作被人爭相傳誦，一度傳至宮中，甚至一時間到了洛陽紙貴的程度。

比如這首《酬樂天見憶，兼傷仲遠》：

死別重泉閟，生離萬里賒。瘴侵新病骨，夢到故人家。
遙淚陳根草，閒收落地花。庾公樓悵望，巴子國生涯。
河任天然曲，江隨峽勢斜。與君皆直戇，須分老泥沙。

八一五年正月，元稹奉詔還朝，已被外放五年的他以為起用有望，一路意氣風發，心情不錯，但還是不免多年積聚的悵惘，如其在《西歸絕句》中所寫：「寒花帶雪滿山腰，著柳冰珠滿碧條。天色漸明回一望，玉塵隨馬度藍橋。」回到長安後，元稹與白居易詩酒唱和，並收集他與白居易唱和的作品，想編纂為《元白還往詩集》，但書稿還沒編完，又一次莫名其妙地被外放通州（今江蘇南通），貶為通州司馬。這年三月，元稹又一次孤獨上路，「一身騎馬向通州」。到達通州後，由於心情鬱悶加上旅途勞累，元稹生了一場重病，患上瘧疾差點死去，多虧及時就醫才保住了性命。在這樣的窮困潦倒中，詩人以詩述懷，與老友白居易往來唱和，以此獲得些微的慰藉。這些作品多是元詩中思想與藝術俱佳的精品，奠定了他作為一位重要詩人的地位。

如沉鬱有力的《酬樂天得微之詩知通州事因成四首》，有幾分杜詩意味：

其一

茅簷屋舍竹籬州，虎怕偏蹄蛇兩頭。暗蠱有時迷酒影，浮塵向日似波流。
沙含水弩多傷骨，田仰畬刀少用牛。知得共君相見否，近來魂夢轉悠悠。

其二

平地才應一頃餘，閣欄都大似巢居。入衙官吏聲疑鳥，下峽舟船腹似魚。
市井無錢論尺丈，田疇付火罷耘鋤。此中愁殺須甘分，惟惜平生舊著書。

其三

哭鳥晝飛人少見，倀魂夜嘯虎行多。滿身沙虱無防處，獨腳山魈不奈何。
甘受鬼神侵骨髓，常憂岐路處風波。南歌未有東西分，敢唱滄浪一字歌。

其四

荒蕪滿院不能鋤，甑有塵埃圃乏蔬。定覺身將囚一種，未知生共死何如。
饑搖困尾喪家狗，熱暴枯鱗失水魚。苦境萬般君莫問，自憐方寸本來虛。

再如與白居易《長恨歌》齊名的《連昌宮詞》，寫宮外老翁講述連昌宮的歷史，由此想到大唐王朝幾十年來的紛繁戰亂以及由此造成的動盪不安，順暢流利，鋪成比興，不著一字批判之語而盡批判之意：

連昌宮中滿宮竹，歲久無人森似束。又有牆頭千葉桃，風動落花紅蔌蔌。
宮邊老翁為余泣，小年進食曾因入。上皇正在望仙樓，太真同憑闌干立。

……

逡巡大遍涼州徹，色色龜茲轟錄續。李謨擫笛傍宮牆，偷得新翻數般曲。

……

爾後相傳六皇帝，不到離宮門久閉。往來年少說長安，玄武樓成花萼廢。

……

去年敕使因斫竹，偶值門開暫相逐。荊榛櫛比塞池塘，狐兔驕癡緣樹木。

……

指似傍人因慟哭，卻出宮門淚相續。自從此後還閉門，夜夜狐狸上門屋。

……

八二〇年穆宗即位，因從小就閱讀元稹詩文，對其欽慕有加，授他祠部郎中，數月後擢升中書舍人兼翰林承旨學士。八二二年，元稹被擢升為中書門下平章事，即實際上的宰相。據《新唐書》記載，元稹高坐相位後，「朝野雜然輕笑」，正是元稹那些陳芝麻爛穀子的風流情事，讓朝堂上的官員以為其「望輕不當」。這是元稹汲汲一生的官職巔峰，但不足三月即被罷免，此後直至八三一年暴病身亡，再也沒當過這麼高的官。逝世後被追贈尚書右僕射，一生的老友白居易為他撰寫了墓誌銘。

「衰蘭送客咸陽道，天若有情天亦老」

一生不得志的短命鬼才——李賀

驚動一代龍頭的神童

唐德宗貞元年間，洛陽一帶出了一個神童，年僅七歲就出口成章，且寫得一手好文章，文思敏捷，立馬可待。一時間，這成了洛陽文人之間最熱門的話題，傳著傳著，這個神童就被傳成了文曲星下凡。這件事驚動了當時的文壇領袖韓愈和皇甫湜，一開始他們自然是不信的，可要是一陣風吹一吹過去也就罷了，但這件事一天比一天傳得真，韓愈不禁在心裡犯起了嘀咕：「要是古人也就罷了，放在今天實在令人難以相信，但如果是真的，與他失之交臂豈不是太可惜了？」

於是，韓愈和皇甫湜便一起前去尋訪，想看個究竟。他們到了這個清貧的神童家，見到了李賀。李賀文文弱弱，見了人禮數周到，答起話來不卑不亢，可除此之外並沒有其他異樣之處。韓愈想當面試探一下，便說：「驚聞公子文采不凡，下筆如有神助，今日特來拜會，某等冒昧，敢請公子一展身手，讓某等一開眼界啊？」這孩子聽了這話，一邊不慌不忙地向兩位來客作揖行禮，一邊說：「無妨。二位大人請稍等片刻便是。」說完，李賀慢慢走到桌前，展開一張紙，援筆，磨墨，起筆寫下詩題《高軒過》，然後緩緩揮灑，一首詩一氣呵成：

華裾織翠青如蔥，金環壓轡搖玲瓏。馬蹄隱耳聲隆隆，入門下馬氣如虹。云是東京才子，文章鉅公。二十八宿羅心胸，元精耿耿貫當中。殿前作賦聲摩空，筆補造化天無功。龐眉書客感秋蓬，誰知死草生華風？我今垂翅附冥鴻，他日不羞蛇作龍！

等他寫完，韓愈和皇甫湜接過來一看，嚇了一跳，真是文采斐然，不同凡響，不禁驚喜讚嘆：「足下真乃天才！果然名不虛傳！」告辭的時候，兩人還反覆邀請神童有空時多去他們府上作客。這首當場應命之作之所以讓韓愈這樣的大文人都讚嘆不已，不僅因其文辭華美、文思敏捷，更因作者在詩中所表明的志向，說自己要像大鵬展翅那樣有一番作為，有朝一日要像神龍騰空，而不是像現在這樣如一條小蛇蜷縮在角落裡。

七歲就有這樣的文思，有如此大的口氣也是相配的。這個神童就是晚唐乃至整個唐代詩壇最令人叫絕的鬼才李賀，他在唐代群星璀璨的詩壇獨闢蹊徑，開拓了一條獨屬於自己的路，且是一條千餘年來唯有他能走的路。這個故事見於《太平廣記》，但是很明顯，這是一則穿鑿附會的古代傳說。因為李賀七歲的這一年，韓愈剛滿三十歲，中進士已有五年卻剛剛獲得一個秘書省校書郎兼宣武節度使觀察推官的小官職，屬於剛入仕途的起步時期，自然沒有那麼大的影響力，也沒有精力去忙活和工作無關的事情。而皇甫湜這一年更是只有二十歲，還沒有考中進士。

但李賀早慧是不爭的事實。李賀出生在一個文人家庭，他的父親李晉肅是大詩人杜甫的一個遠房表弟（杜甫曾給他寫過一首名為《公安送李二十九弟晉肅入蜀餘下沔鄂》的詩），早年做過文書一類的小官，中晚年稍有升遷，在李賀出生後曾做過幾年陝縣（今河南三門峽境內）縣令。因為這樣的家庭條件，李賀自然不能跟隨父親生活在他的任所，就一直和母親及兄弟姐妹生活在昌谷（今河南宜陽縣境內），但小時候總體上還是可以吃得飽穿得暖，除此之外，還有條件從小讀書寫作。昌谷依山帶水，李賀成長的地方，遠看群山延綿，草木蒼翠，南北不遠處各有一片天然的山林，山上長滿竹子和桑樹，每到夏秋季節，紫紅色的桑葚成熟，這裡就成了孩子們的樂園。離家西南三十里的地方還有一座女几山，傳說是蘭香女神上天的地方，山上至今還有蘭香女神廟及女神所用的石桌。這些神話傳說，李賀在很小的時候就耳熟能詳了。

一個極具天賦的人，在這樣一個有詩書可讀、有自然相伴又可自由生長的家庭，早慧而少年成名並不難理解，並且自古以來這樣的例子也並不少。《新唐書》上說，李賀十五歲時就已經與當時名滿天下的李益齊名了，當時就有作品被樂工譜曲演唱。李益是著名的邊塞詩人，當時已經五十歲，他的名作是《夜上受降城聞笛》：「回樂峰前沙似雪，受降城外月如霜。不知何處吹蘆管，一夜征人盡望鄉。」在當時幾乎無人不知。

當然，李賀的名聲也不是輕易就可以得到的。他在作詩方面十分刻苦，廢寢忘食，夜以繼日。他作詩的方式也很奇怪，他不會把自己關在家裡閉門造車，也不會像孟郊賈島那樣對一句詩深思熟慮，而是每有詩興，即援筆而作，哪怕是隻言片語都會記錄下來，回頭再整理成篇。傳說李賀有一匹瘦骨嶙峋的馬，他經常騎著這匹馬，帶上一個小書童在外面遛達，看山看水，看風看雲，看雷看電，陰晴圓缺，喜怒哀樂，不管見到什麼，只要有一點靈感便馬上寫下來裝在小書童背的小布袋子裡。如此周遊，要到天黑才回家，而回家之後，連飯都顧不上吃就拿出小布袋裡厚厚一摞詩句草稿，整理加工，直到全部完成才做其他事。他的母親見他經常這樣，非常心疼地說：「這孩子呀，為了作詩非要嘔出心吐了血才肯甘休呀！」除非有時候醉酒或是去別人家弔喪，否則他每天都這樣。這樣的生活習慣使得李賀年紀輕輕便十分消瘦。

《幽閒鼓吹》中記載了這麼一個故事。約八〇七年冬，時任東都分教國子博士的韓愈忙完一天的公務，送走了最後一位客人，已經很累了，正要打算休息，侍從呈上來一卷文書。韓愈已經在解衣帶了，就說：「明日再閱吧。」侍從卻說：「老爺，是一位年少的公子呈上來的，不是公文，他還在府外等候。」聽說不是公文，韓愈就一邊繼續解外袍的衣帶一邊接了過來，待打開一看，第一篇即《雁門太守行》，起句就氣勢磅礴，氣度不凡：

黑雲壓城城欲摧，甲光向日金鱗開。角聲滿天秋色裡，塞上燕脂凝夜紫。
半卷紅旗臨易水，霜重鼓寒聲不起。報君黃金臺上意，提攜玉龍為君死！

不待讀完全詩，韓愈便把解了一半的衣帶重新繫好，整理衣冠，對侍從說：「快去請那位公子進來說話。」那位公子進來作揖行禮，說：「昌谷晚輩李長吉拜見韓博士。」韓愈這才看清楚，此人個子不高，身形極瘦，兩條眉毛十分濃密，幾乎要連在一起，鼻子很大，顯得整個五官不太協調，手指長而枯細，指甲很長，雙鬢多有白髮，目光如炬，神情冷靜。這昌谷李長吉正是李賀，長吉是他的字，而韓愈所見和李賀後來的一首詩中所述完全吻合，「巨鼻宜山褐，龐眉入苦吟」（《巴童答》）。這一年李賀十七歲，久有詩名，所以來到東都洛陽，開始交遊為自己的前程做準備。這一次也正是李賀與韓愈生平第一次見面，這對李賀來說太重要了，有了韓愈的獎掖延譽，才有了李賀真正意義上的名聲大振，有了韓愈的提攜庇護，才有了李賀還不算過分貧困潦倒的一生。

白頭少年的坎坷仕途

韓愈並不知道李賀的往事，但是看他少年白頭、形體消瘦、目光如炬，再看他氣勢磅礴、厚重老練的詩作，自然能猜出他是多麼地用功。李賀如此用功除了珍惜自己的天賦，還想盡快建立自己的功業，一方面重振他一向看重的皇家聲望（雖然家道中落，但他始終以自己是初唐大鄭王的後裔而感到自豪），另一方面改善家庭生活，這時候他的父親已經非常老弱，俸祿微薄，家庭生活日益拮据。可往往天不遂人願，這一年在他謁見韓愈之後不久，他的父親就去世了，微薄的俸祿也斷了，他全家的處境雪上加霜。

八一〇年，河南尹房式主持貢舉考試，時任河南令的韓愈便寫信給李賀勸他參加。李賀自然很順利就通過了選拔，然後被送往長安參加進士考試。當時，在韓愈的舉薦之下，李賀的名聲已經很大，就算是在長安也是大名鼎鼎。當時應舉進士非常難，凡有考試最終錄取的不過十幾人，有時候甚至不足十人，並且還不是每年都會有考試。要考中進士，不僅要文采出眾，家世背景磊落，還要在文人士大夫中有一定的美譽度。這幾項李賀無疑都是具備的。但正因如此，就有一些當年也要應舉的人出來作怪刁難了。唐代非常重視避諱，所以這些人就拿李賀父親的名字做文章。李賀的父親名叫「晉肅」，在發音上近似於「進士」，所以這些人就散播謬論說：「李賀的父親名叫李晉肅，為了避諱，李賀還是不考進士為好。那些勸他考進士的人不重禮俗，這是不對的。」這種說法一時間傳得沸沸揚揚。三人成虎，說的人多了，這事就成了一隻猛虎，攔在了李賀面前，雖然韓愈非常氣憤地寫了一篇名叫《諱辯》的文章，在文中說：「父親名叫晉肅，兒子就不能考進士，那難道父親名叫『仁』，兒子就不能做人了嗎？」但人言可畏，李賀最終還是沒能參加考試。

年輕氣盛的李賀當然非常憤怒，大好的前程就這樣敗在了不知從何而起的閒言碎語上。當年秋冬之交，他就回河南老家去了。一個頭髮灰白的年輕人，愁容滿面，垂頭喪氣，形單影隻，衣衫寒酸，瘦馬如犬，到了十字路口不知何去何從，便拔劍亂擊，寶劍所及，叮噹亂響。路遇酒館，他也只能脫下衣服換酒喝，想借酒澆愁，無奈白晝漫長，一路淒慘迷離，只有酒館的主人勸他莫要悲切傷身，莫要讓那些俗事充滿自己的心。這些情狀都記錄在《開愁歌》中：

秋風吹地百草乾，華容碧影生晚寒。我當二十不得意，一心愁謝如枯蘭。
衣如飛鶉馬如狗，臨歧擊劍生銅吼。旗亭下馬解秋衣，請貰宜陽一壺酒。
壺中喚天雲不開，白晝萬里閒淒迷。主人勸我養心骨，莫受俗物相填豗。

李賀經常念叨的皇族後裔身分，加上韓愈的影響力及奔走打點，很快就拉了近乎絕望的李賀一把。當時大概有恩蔭授官的慣例，所以八一一年春天，李賀獲得了一個奉禮郎的小官職，並於這年秋天與奉詔回京的韓愈一同西入長安。但很明顯，這個小官他當得並不高興，上任之後他寫過一首名為《始為奉禮憶昌谷山居》的詩，回憶在昌谷老家的生活，說「犬書曾去洛，鶴病悔遊秦」，由家書可知，離家的日子裡妻子生病，這讓他很後悔來了長安；又說「不知船上月，誰棹滿溪雲」，對自己將何去何從充滿了猶疑。後來在寫給一位朋友的贈詩中更是非常激憤地說：「天眼何時開，古劍庸一吼。」（《贈陳商》）陳商是他的同齡人，此時還未中進士，也是流落長安城，無人理會。陳商在一個日影黯淡而夜風漸勁的黃昏來拜訪李賀，「柴門車轍凍，日下榆影瘦」。同是天涯淪落人，李賀對他的際遇感同身受，為二人的處境感到不平。「禮節乃相去，憔悴如芻狗」，雖然還遵從著古人流傳下來的禮節，卻憔悴落魄如同一條狗。這使得他不得不在最後一聲大吼，質問老天何時開眼。

但就算這個不起眼的從九品小官，也來之不易，所以李賀雖心有不滿，還是咬著牙做了三年。這三年中，李賀居於長安，見了長安的世道，也結交了一些朋友，寫了幾十首詩，其中不乏傑作。有一次，一個同樣從事國家祭祀工作的小官和李賀宴飲，這人自稱學過幾年詩歌寫作，但一直沒寫出什麼名堂，酒酣之際挑釁李賀說：「李長吉，你只能作長調，卻不會寫五言，就算偶爾強詞而作，那和陶淵明、謝靈運比起來，還是相差萬里啊！」李賀不服，當即就寫了一首五言詩，題為《申鬍子觱篥歌》，其中寫道：「今夕歲華落，令人惜平生。心事如波濤，中坐時時驚。朔客騎白馬，劍弝懸蘭纓。俊健如生猱，肯拾蓬中螢。」這首詩雖然有點負氣而作的意思，但總體上昂揚歡快，多有當年曹植的氣質，詩中所記也是詩人生活中較為快意的一部分。

由於不得志，這樣比較歡快的生活確實很少，他更多時候自然是慨嘆自己的懷才不遇，作嶙峋怪誕之詩，抒發淒冷幽寂的人生之感，《致酒行》就是其中最有名的一首，借馬周上書皇帝被重用一事勉勵自己終有一天也會撥雲見日，得酬平生之志：

零落棲遲一杯酒，主人奉觴客長壽。主父西遊困不歸，家人折斷門前柳。
吾聞馬周昔作新豐客，天荒地老無人識。空將箋上兩行書，直犯龍顏請恩澤。
我有迷魂招不得，雄雞一聲天下白。少年心事當拿雲，誰念幽寒坐嗚呃。

當時梨園藝人中有一位著名的樂師，名叫李憑，善彈箜篌，許多人都爭相一聽，以能聽李憑彈箜篌為榮。有一天，李賀也有機會傾耳一聽，幾曲下來，果然萬千機關，動人心弦，而幽深的音樂背後自然也潛藏著樂師的萬千情緒及無數的故事。李賀的名作《李憑箜篌引》就是對李憑音樂的詩化表達，他把聽音樂時的那種抽象的感受用具體意象表現出來，不僅讓讀者驚訝於音樂的豐富奇崛，更拓展了音樂所表現的內容，在描寫音樂的作品中成了一座千百年來無人超越的高峰：

吳絲蜀桐張高秋，空山凝雲頹不流。江娥啼竹素女愁，李憑中國彈箜篌。
昆山玉碎鳳凰叫，芙蓉泣露香蘭笑。十二門前融冷光，二十三絲動紫皇。
女媧煉石補天處，石破天驚逗秋雨。夢入神山教神嫗，老魚跳波瘦蛟舞。
吳質不眠倚桂樹，露腳斜飛濕寒兔。

官職卑微，俸祿有限，李賀雖然堅持在從九品的奉禮郎之職上，但眼見沒有什麼前途，而生活則一日比一日更加窘迫，以至於到了送別朋友連喝一頓酒的錢都沒有。八一三年春，完全失去耐心的李賀終於託病辭職，返回洛陽。朋友為他餞別後，又依依不捨地將他送出長安城。此時春寒料峭，街道兩旁的槐樹還乾枯細瘦，距離長出新芽還要一段時間，只有河邊的柳樹遠遠看去有一絲鵝黃，像假的一樣。牆角向陽的杏樹有的含苞待放，有的還絲毫沒有動靜，但所有這些，詩人都已經無心留意。他心中所想，依然是小人當道、世事艱難、懷才不遇的激憤，如他在《出城別張又新，酬李漢》中所寫：「時宜裂大袂，劍客車盤茵。小人如死灰，心切生秋榛。皇圖跨四海，百姓拖長紳。光明靄不發，腰龜徒甃銀。吾將噪禮樂，聲調摩清新。」

然而，還是愁緒難舒，不鳴不平。漢武帝曾經在長安的神明臺鑄造了一尊非常大的金銅仙人像，意欲保佑漢朝萬年江山，後三國鼎立，魏明帝曹睿命人將這尊仙人像從長安搬運至洛陽。傳說宮人將其拆下，要裝上大車運走的時候，仙人銅像竟潸然淚下。李賀在路上想起了這個故事，不禁感慨萬千，心懷家國之悲，亦感自己際遇之痛，更是感嘆自己居京三年而一事無成。那首《金銅仙人辭漢歌》，就寫在他辭官後從長安回洛陽的路上：

茂陵劉郎秋風客，夜聞馬嘶曉無跡。畫欄桂樹懸秋香，三十六宮土花碧。
魏官牽車指千里，東關酸風射眸子。空將漢月出宮門，憶君清淚如鉛水。
衰蘭送客咸陽道，天若有情天亦老。攜盤獨出月荒涼，渭城已遠波聲小。

飄零天涯一瘦馬

李賀父親過世後，斷了俸祿，家裡經濟拮据，所以李賀回家不久，被逼無奈又和弟弟雙雙外出找差事，希望能有份收入養家。弟弟要去盧山，他自己則打算再入長安碰碰運氣。

秋冬之際，李賀將弟弟送到洛陽，柳樹和槐樹的葉子都已經飄落無幾，天上的雁群徘徊很久才遠去，河渠之中靜水流深，蒼冷的色澤看上去就如同一把鋼刀令人不寒而慄，大風吹過原野，風聲如同鬼哭狼嚎。月亮輪廓分明，已經從樹叢後面升起來了，洛水的遠處還停靠著一隻小船，有一朵雲在旁邊慢慢消散。「洛郊無俎豆，弊廄慚老馬」（《勉愛行二首送小季之盧山．其一》），雖是送行，卻連餞行的酒菜都沒有，而所騎的鬃毛蓬亂的老馬，更加令人羞慚。

《勉愛行二首送小季之盧山．其二》則寫得更是悲涼，李賀覺得自己作為家中長子，離家進京為官三年卻最終空手而歸，對於改變家庭狀況幾乎沒有幫助，十分愧疚，又惦念弟弟尚且年幼就要外出謀生，百感交集：

別柳當馬頭，官槐如兔目。欲將千里別，持此易鬥粟。
南雲北雲空脈斷，靈臺經絡懸春線。青軒樹轉月滿床，下國饑兒夢中見。
維爾之昆二十餘，年來持鏡頗有須。辭家三載今如此，索米王門一事無。
荒溝古水光如刀，庭南拱柳生蠐螬。江干幼客真可念，郊原晚吹悲號號。

李賀此前辭官歸家也沒住多久，家裡雖有母親和妻子，但貧窮使他無法多住，心緒也難以安寧。這樣的人生確實悲慘，但其描述這一時期生活及心境的詩作，卻更進一步強化了他的風格，使他作為「詩鬼」的特質達到了出神入化的境界，無人可比，更無人可學。比如，《南山田中行》寫家中附近田地的秋景，本來就慘澹的秋色在他這裡如同哭泣的幽鬼，奇形怪狀，青面獠牙，張牙舞爪，陰氣森森，卻又令人萬分可憐：

秋野明，秋風白，塘水漻漻蟲嘖嘖。雲根苔蘚山上石，冷紅泣露嬌啼色。
荒畦九月稻叉牙，蟄螢低飛隴徑斜。石脈水流泉滴沙，鬼燈如漆點松花。

再如《秋來》，落寞慘澹，幽冷怪誕，悽楚荒寂：

桐風驚心壯士苦，衰燈絡緯啼寒素。誰看青簡一編書，不遣花蟲粉空蠹。
思牽今夜腸應直，雨冷香魂弔書客。秋墳鬼唱鮑家詩，恨血千年土中碧。

又是在韓愈的幫助下，李賀接受了潞州府幕僚張徹的邀請，前去任職。這位張徹既是韓愈的學生，又是他的侄女婿，他和李賀之前也有交往，所以很願意幫忙。八一四年秋，李賀到了潞州幕府，在那裡度過了一段較為平靜的生活，直到八一六年告病回家。張徹是個較有意思的人，也很欣賞李賀，所以他們時常飲酒暢談，徹夜不歸。李賀在《酒罷張大徹索贈詩。時張初效潞幕》一詩中這麼描寫張徹：「長鬣張郎三十八，天遣裁詩花作骨。」而他們的飲酒暢談則是這樣的：「隴西長吉摧頹客，酒闌感覺中區窄。葛衣斷碎趙城秋，吟詩一夜東方白。」雖然飲酒已多，身體有所不適，卻還是徹夜長談建功立業，興之所至即隨口賦詩，一直到長夜將盡，東方既白。

這一時期，李賀因為生活平穩，多有舒心快活之作，但瘦身多病及不得志的現實一直纏繞著他。自小陪伴過他的那些或骨瘦如柴的老馬，或配飾華麗的駿馬，均內化在他的精神中，被他寫成了一組內容龐雜名為《馬詩》的五言絕句，其中多有自況之語，得意時如快馬踏清秋，失意詩如病馬臥牙石：

其五

大漠沙如雪，燕山月似鉤。何當金絡腦，快走踏清秋。

其六

饑臥骨查牙，粗毛刺破花。鬣焦朱色落，髮斷鋸長麻。

八一六年，李賀覺得身體不適，告假回家休養，但回家後沒多久就病逝了，年僅二十六歲。去世之前，李賀已編纂好自己畢生的詩文，交給了一位叫沈子明的朋友，十五年後，沈子明拿著這疊詩稿去找當時的著名詩人杜牧為其寫序，杜牧雖然對這位已故的短命前輩略有微詞，但在那篇小序中準確地概括了其詩作的特點，至今還是不刊之論：「荒國陊殿，梗莽邱壟，不足為其怨恨悲愁也；鯨呿鼇擲，牛鬼蛇神，不足為其虛荒誕幻也。」

後來，不知道過了多少年，晚唐著名詩人李商隱又為李賀寫了一個小傳，簡述了他短暫的一生，尤其對他去世時的情狀描繪得極為生動神奇，很貼近李賀詩作的風格。在那篇小傳的最後，李商隱說，這個故事是李賀的姐姐說的，並且強調說他的姐姐老實本分，是不會說謊的。這個故事是這樣的：

長吉臨終時，家裡忽然來了一個穿著紅色絲帛衣服的老人，駕著一條紅色的龍，手裡拿著一塊木板，上面寫著遠古時期的篆文或是石鼓文，說：「我奉旨前來徵召李長吉。」木板上的字長吉全都不認識，卻急忙下床向來人磕頭說：「我母親老了，而且還生著病，我不能啊。」紅衣人笑著說：「天帝剛建成一座白玉樓，召你馬上去寫記。天上的事情都是比較快樂的，一點不苦。」長吉獨自泣下。在一旁的人都看見了。沒過一會兒，長吉停止了呼吸。他平時所住房屋的窗子裡，有煙氣嫋嫋升騰，還能聽到微微的行車和奏樂聲。長吉的母親趕緊制止人們的哭泣，又過了煮一鍋小米飯的時間，長吉死了。

九〇〇年，晚唐的一位著名詞人韋莊，就是寫「未老莫還鄉，還鄉須斷腸」（《菩薩蠻》）的那位大詞人，奏請皇帝追賜李賀、陸龜蒙、溫庭筠、賈島等人以進士及第的名號，認為他們都很優秀，只是出於各種原因沒有考中進士。皇帝很高興有這樣胸懷寬大而尊敬先賢的人，便獎勵了韋莊，把追認一事交給中書省酌情處理，但並沒有落實，最終不了了之。

「十年一覺揚州夢，贏得青樓薄倖名」

緋聞不斷的風流才子——杜牧

豪門公子真才俊

八〇三年是長安安仁坊杜府的大年。二月，杜老爺杜佑從淮南節度使任上奉詔入朝，三月即官拜檢校司空同中書門下平章事，即宰相，這是第一大喜事。第二大喜事則是杜府添丁，杜佑又得了一個小孫子，是三公子的長子。實際上，在一千多年後的今天來看，這一年的第一大喜事應該是三公子喜得長子，因為這個男嬰的名字叫杜牧。如今，絕大多數人之所以細細研究杜家族譜及其家族歷史，都是為了找到更多的資料，更好地了解那個男嬰的生平事蹟及其日後的詩作文章，而非杜家當時的赫赫功業，更非其他。

安仁坊位於尊貴的朱雀門東第一街，這裡是長安的中心地帶，周圍所居非王即侯，非富即貴。杜府家大業大，全家百餘間房，體制宏大氣派，但裝飾內斂含蓄，不事奢華。杜佑也是讀書人出身，以詩書傳家，家有萬卷藏書，所以公子小姐大都自幼飽讀詩書、知書達禮。杜佑的三個兒子都入朝為官，貴盛天下，後來他的一個孫子還官至宰相。難怪杜牧後來在《冬至日寄小侄阿宜詩》中這樣說：「我家公相家，劍佩嘗丁當。舊第開朱門，長安城中央。第中無一物，萬卷書滿堂。家集二百編，上下馳皇王。」

除了安仁坊的正宅，杜家在長安城南三十里處的杜樊鄉朱坡還有一座別墅，名叫樊川別墅。樊川別墅坐落在莽莽秦嶺的懷抱中，樊川和潏水自南面的秦嶺而下，河水淙淙，門外山嶺起伏，秋天時山嶺上連綿接續的紅葉樹疏落而不斷絕，而山腳的佛寺旁卻還閃動著碧綠的楊樹，兩相對照，別有風味。外出山行，可聽得山泉叮咚，可見在水邊漫步的彩羽華麗的錦雞，偶爾還可見潔白如雪的白鶴。在山上遠望，可以看到樊川中的船隻在激流中左躲右閃，克服著險灘厲石。待行到河畔，茂盛的藤條就如同蛇的尾巴，令人生懼，水邊的沙土上還留著幼鹿的蹄印，它們應該是不久前曾來這裡飲水。對岸的河灣處，還能看到幾個垂釣的人。

這麼愜意清淨的地方，杜府上下少不得常去，杜牧自然也經常跟過去，玩得不亦樂乎。等到大一些的時候，杜牧幾乎遊遍了別墅周圍的山水，久而久之，這些水雲木石、山河鳥獸，就都在他的胸中了，當然也包括蒼莽如巨龍的秦嶺。所以，也難怪杜牧在後來的日子多次懷念這個童年的世外桃源，並自稱樊川居士。有一年，他邀請一個姓沈的朋友去樊川郊遊小住，但不知道什麼原因朋友爽約，他只好獨自前往。此次樊川之行，他寫了一首《秋晚與沈十七舍人期遊樊川不至》：

邀侶以官解，泛然成獨遊。川光初媚日，山色正矜秋。
野竹疏還密，巖泉咽復流。杜村連潏水，晚步見垂鉤。

八一二年冬，祖父杜佑逝世，幾年後，官至官駕部員外郎的父親杜從郁病逝，而杜牧當時只有十四五歲。雖然出身宰相之家，但由於兄弟眾多（父輩三個，兄弟輩十幾個），各家所分財產也有限，加之各家經營不同，到父親去世後，杜牧一家家道中落，很快陷入了經濟困境，奴婢或死或逃，原來的富家生活難以維持。不久之後，不知道出於什麼原因，杜牧甚至賣掉了祖父留下的宅第，用以還債。富家公子錦衣玉食的生活暫告一段落，作為長子的杜牧，自然要考慮讀書備考的事，以便盡快考取功名，重振家業。

八二八年，進士考試的考場設在東都洛陽，主考官是崔郾。一天，崔郾的老朋友太學博士吳武陵來拜訪，當時崔郾正在和朋友們喝酒，聽說吳武陵有要事相商，便趕緊起身去迎接。吳武陵神秘地把崔郾拉到一旁說：「崔侍郎今年主考，擔負此任是眾望所歸啊。我老了，也不能擔當重任了，但是我可以向你推薦一個賢才。」崔郾說：「吳博士請講。」吳武陵接著說：「前幾日，我偶然看到一群太學生在議論一篇文章，便走過去一看，果然是一篇難得的好文章，題作《阿房宮賦》，作者是前宰相杜佑杜大人的十四孫，此人名叫杜牧。崔侍郎日理要機，無暇他顧，怕是沒有時間讀這篇好文，不如老朽現在就為侍郎朗誦一遍。」說著還真搖頭晃腦地開始朗誦了，崔郾就在一旁聽著，越聽越覺得此人有見識，聽完後更是讚嘆不已。

吳武陵趁機說：「崔侍郎，我看此人乃是今年狀元之才呀！」崔郾趕緊說：「吳博士，狀元可不是你我二人一句話就能定的，不瞞您說，今年的狀元已經有人選了。」吳武陵脾氣很倔：「狀元不行，第五名總是可以吧？如果還不行，這篇文章我拿走，請崔侍郎再看看還有沒有比這篇寫得更好的。」崔郾不得已，只好答應，吳武陵這才離開。重新回到席上，崔郾笑著說：「吳博士剛剛為我大唐推薦了一位第五名的進士。」同席的人問是誰，崔郾說：「前宰相杜佑杜大人之十四孫，名叫杜牧。」在座有人趕緊說：「這位杜公子有才不假，但是聽說經常出入煙花柳巷，不拘細行啊。」崔郾說：「我剛才已答應吳博士，就算這位杜公子是個屠夫或是賣酒的小販，也不能變動了。」

杜牧就這樣被內定為第五名，但不管怎麼說，大多數人都要應考多次才能及第的進士考試，杜牧一舉成功，那一年他才二十五歲。而令崔侍郎和吳博士都很讚賞的那篇著名的《阿房宮賦》更是寫於三年前。他曾在一篇給朋友的文章中寫道：「寶曆大起宮室，廣聲色，故作《阿房宮賦》。」（《上知己文章啟》）寶曆是唐敬宗李湛的年號，敬宗在位期間昏聵失德、荒淫無度，這就是杜牧所說的「廣聲色」。由此可見，當時的杜牧已經見識高遠，心懷家國，胸有遠大的政治抱負。

卓越的才華加上進士及第，使得杜牧名滿京城。有一天，杜牧和兩位同年進士的朋友去城南郊遊，來到了文公寺。看到一位穿著粗布僧袍的老和尚獨自打坐，杜牧便走過去與之攀談，老和尚說的話玄之又玄，每一句都出人意表。老和尚問他：「你叫什麼名字？」杜牧說：「在下杜牧。」老和尚又問：「你是做什麼的？」旁邊的人大笑起來，說：「老和尚連這都不知道啊，他就是《阿房宮賦》的作者，也是今年的新科進士啊。」老和尚笑一笑說：「可惜我都不知道。」杜牧也很驚訝，回去便寫了一首《贈終南蘭若僧》：

北闕南山是故鄉，兩枝仙桂一時芳。休公都不知名姓，始覺禪門氣味長。

八二九年三月，杜牧參加授官考試，順利登第，很快就被授予弘文館校書郎、試左武衛兵曹參軍，十月又以江西團練巡官、試大理評事的身分，隨江西觀察使沈傳師離開長安，趕赴洪州（今江西南昌），自此開始了他十餘年頻繁奔波的幕府生涯。

幕府十年，一生情愁

杜牧有貴公子放蕩不羈、喜好聲色歌舞的習氣，說難聽點是喜好聲色犬馬，說好聽點是性情直率、風流不拘、憐香惜玉。到洪州任職後不久的一天，杜牧隨觀察使宴飲，當歌舞伎上前表演時，其中一個歌伎引起了所有人的注意，當然也包括杜牧。此人十三四歲的模樣，就像初生的鳳尾竹一般晶瑩剔透，像含苞待放的紅蓮脈脈含情，明眸嫺靜，顧盼生情，開口歌唱就像鳳凰和鳴，神氣獨特，眾多歌女舞者，沒有誰可以與她相比。宴飲結束之後，經過打聽才知道，此女名叫張好好，是洪州人，年僅十三歲，因為美貌並善於歌舞，早已被觀察使引入樂籍中，是洪州府的一名官妓。

此後雖然也經常在宴會上相見，但兩人始終沒有獨處的機會，甚至連說句話的機會都沒有。張好好的美貌和神態深深地烙印在了年輕的杜牧心中，一日不見如隔三秋。杜牧在這種不可為外人道的痛苦的單相思中，張好好隨著年齡的增長越來越富有魅力，應付各種各樣的看客，嫺熟老練。這讓杜牧心中充滿了非常複雜的滋味，但還是割捨不下。八三〇年，沈傳師遷任宣州（今安徽宣城），帶了杜牧，同時也帶了張好好，並將張好好納入宣州樂籍。兩年後，幾乎是在突然之間，張好好就被沈傳師的弟弟沈述師納為小妾了。自此杜牧完全斷了念想，可是八三五年秋，杜牧與張好好竟然在洛陽城東門不期而遇，只是當時的張好好在酒壚賣酒，早已不是當年那個婀娜多姿、楚楚可憐的舞女了。

此時沈傳師已經逝世，他的弟弟沈述師大約也因為兄長過世無法繼續富貴生活，只好任美人流落而去，當街賣酒。杜牧潸然淚下，痛感世事萬變，寫下了那首著名的《張好好詩》，並將手稿送給了這個曾經的夢中情人，張好好非常珍惜地將這一手稿保存了下來。其後的歲月裡不知轉手多少次，流傳至今，被作為杜牧唯一現存的書法作品保存在國家博物館中：

君為豫章姝，十三才有餘。翠茁鳳生尾，丹葉蓮含跗。
……
主公再三嘆，謂言天下殊。贈之天馬錦，副以水犀梳。
龍沙看秋浪，明月遊東湖。自此每相見，三日已為疏。
玉質隨月滿，豔態逐春舒。……
爾來未幾歲，散盡高陽徒。洛城重相見，婥婥為當壚。
怪我苦何事，少年垂白須。朋遊今在否，落拓更能無？
門館慟哭後，水雲秋景初。斜日掛衰柳，涼風生座隅。
灑盡滿襟淚，短歌聊一書。

這首詩經常被與白居易的《琵琶行》相提並論，不僅因為都是寫歌伎，也因為詩中傷感寥落人生的悲情及對歌伎不幸命運的同情。實際上，另一首有關歌伎的《杜秋娘詩》更多地為杜牧贏得了憐香惜玉之名，也贏得了更大的詩名。杜秋娘當年名聲很大，此詩一出，即傳唱於大江南北。八三二年，杜牧出訪淮南節度使牛僧孺，路過京口（今江蘇鎮江）時與當地朋友相聚，聚會上有朋友講了杜秋娘的故事，聽得杜牧哀嘆連連，感慨於她年輕時貌美多才一時深受追捧，老邁時卻因種種原因流落金陵，孤老殘年，「感其窮且老，為之賦詩」（《杜秋娘詩．序》）。

杜秋娘本是金陵女子，年輕時美貌動人，知書達禮，能歌善舞，且可以作詩作曲。她十五歲時就能唱那首《金縷衣》：「勸君莫惜金縷衣，勸君惜取少年時。花開堪折直須折，莫待無花空折枝。」這首歌一出就俘獲了時任鎮海節度使的李錡。李錡納杜秋娘為妾，但是後來因為李錡起兵對抗朝廷兵敗被殺，杜秋娘作為罪臣家屬被送入後宮為奴，繼續充當宮中歌伎。當杜秋娘再次演唱《金縷衣》時又俘獲了唐憲宗的心，遂被封為秋妃，封妃後一時間很得憲宗寵愛，甚至還時常讓其參與朝政大事的討論。有一次，宰相李吉甫勸說憲宗普選美女充實後宮，憲宗自豪地說：「我有一秋妃足矣，何須再納他人？」後來穆宗即位，任命杜秋娘做皇子李湊的保姆，因此捲入了皇子之間的權力之爭，李湊失勢後，她也被趕出了皇宮。

李商隱在寫給杜牧的一首詩中，開篇就說：「杜牧司勳字牧之，清秋一首《杜秋詩》。」說的就是這首《杜秋娘詩》，可見當時人是把這首詩當作杜牧的代表作來看待的。但後人也有很不喜歡這首詩的，如清代潘德輿在其《養一齋詩話》就說：「此等於題何義？於詩何法？累累五六百言，不如廢紙。」斥責他後面太過囉唆。這首毀譽參半的《杜秋娘詩》節選如下：

京江水清滑，生女白如脂。其間杜秋者，不勞朱粉施。
老濞即山鑄，後庭千雙眉。秋持玉斝醉，與唱金縷衣。
濞既白首叛，秋亦紅淚滋。吳江落日渡，灞岸綠楊垂。
……
王幽茅土削，秋放故鄉歸。觚稜拂斗極，回首尚遲遲。
四朝三十載，似夢復疑非。潼關識舊吏，吏髮已如絲。
卻喚吳江渡，舟人那得知。歸來四鄰改，茂苑草菲菲。
清血灑不盡，仰天知問誰？寒衣一匹素，夜借鄰人機。
我昨金陵過，聞之為歔欷。……

當然了，杜牧在洪州、宣州任上，並非只聽了些歌伎的悲慘故事，寫了些憐香惜玉、哀嘆人生無常的詩歌。八三一年的一天晚上，半夜時分，侍從告訴他沈著作送來了一封信。這個沈著作正是納了張好好為妾的沈述師，沈傳師的弟弟，字子明。他在信中說：「我的亡友李賀，元和年間在世時，與我情投意合私交甚厚，整天相伴，連飲食起居都在一起。李賀臨終前將平生所作的詩歌都交給了我，總共四編，約有千餘首。可是近年來，我為了生活南北遷徙，以為早已遺失。今天晚上酒醒之後，無法入睡，就翻閱放文字書信的箱子，竟然發現了李賀之前交給我的詩稿。回想往事，當年與李賀一起時的情形，交談，遊玩，所處之所、所觀之物、所度之日、所飲之酒、所食之飯、歷歷在目，一件都沒有忘記，不覺淚下。李賀去世後也沒有留下妻子兒女，讓我可以代他供養照顧，我常常想起他，吟詠他的詩歌，僅此而已。閣下厚待於我，就請幫我給李賀的詩集作序，追述由來，如此我也算心有稍安了。」這封信情感誠摯，讀之令人動容。杜牧最後應承下來，寫了一篇《李賀集序》。這個李賀就是驚天地泣鬼神的詩鬼李賀。

八三三年沈傳師奉詔還朝，杜牧收到牛僧孺徵辟，從宣州前去揚州任節度使掌書記一職，相當於做了牛僧孺的秘書。揚州是唐代第一繁華的商業都市，富庶無比，歌舞昇平，一定程度上非常貼合杜牧對生活的理解。所以在揚州幾年，杜牧白天辦完公事，晚上經常去最繁華的十里長街遊玩，但這裡什麼人都有，很容易鬧事。牛僧孺知道後也不勸阻，但又不放心他，怕他出去有危險，便密派兵卒幾十人換上便裝，一路悄然隨行，保護他。這件事情杜牧竟然絲毫不知。兩年後杜牧被任命為監察御史，要奉旨還朝，牛僧孺為他餞行時說：「公子氣概豪邁，定當前途無量，只是我經常擔心你風情不節，恐有傷身體。」杜牧回答說：「多謝恩公提點。晚輩生活檢點，勿用擔憂。」牛僧孺笑而不答，命令侍從拿出一個小匣子，裡面都是兵卒密報，多寫諸如「今夕，杜書記過某家，無恙」等。杜牧很慚愧，但對牛僧孺感激涕零，當場拜謝。

但無論如何，揚州給杜牧留下了非常美好的記憶，後來他寫了一首名叫《遣懷》的詩懷念這段生活，往日歡愉就如一場夢一樣，雖已過去十年，卻還時時閃現：

落魄江湖載酒行，楚腰纖細掌中輕。十年一覺揚州夢，贏得青樓薄倖名。

這一時期，杜牧算是比較得意，所以寫了不少氣度瀟灑卻也思想深沉的名作。如《江南春》就是他有一次去金陵時所作。詩人登高遠望，看著整個金陵城籠罩在霏霏春雨中，南朝遺留下來的許多寺廟和亭臺樓閣，都在煙雨中顯得無比靜謐：

千里鶯啼綠映紅，水村山郭酒旗風。南朝四百八十寺，多少樓臺煙雨中。

而《泊秦淮》則是感慨商人歌女不知國事，不感興亡：

煙籠寒水月籠沙，夜泊秦淮近酒家。商女不知亡國恨，隔江猶唱後庭花。

八三五年，唐文宗不甘心為宦官脅迫，便和心腹宰相李訓、鄭注等策劃誅殺宦官仇士良等，以便奪回皇權。十一月二十一日，文宗以觀看甘露為名，將宦官頭目仇士良騙至禁衛軍的後院，可是被仇士良發覺，於是雙方發生激戰，結果李訓、王涯、舒元輿、郭行餘、羅立言、李孝本、韓約等多位朝廷命官被宦官所殺，其家人也受到連誅，先後牽連一千餘人，史稱「甘露之變」。好在杜牧入朝不久即任監察御史分司東都，去了洛陽，算是躲過一劫——他在洛陽東門重逢張好好，就是在此時。

八三七年，杜牧自幼就有眼疾的弟弟杜顗病情加重，以至於失明，報信給杜牧，杜牧從洛陽趕往揚州，還經朋友介紹特意去長安邀請了一位名醫石公集一同南下。當時制度規定，如果在職官員告假超過百日就自動解職，石公集診斷了杜顗的病情，說他的眼病需要一年之後才可以施以手術，所以杜牧在洛陽的監察御史一職自然只好解去。這時，杜牧當年考中進士時的主考官崔郾的弟弟崔鄲正在宣州出任觀察使，杜牧寫信自薦，不久就被徵辟為宣州團練判官。這年秋天，杜牧帶著弟弟和石公集前往宣州任職。宣州依然風景優美，山水秀麗，但如今和六年前在此時的境遇已完全不同，這讓杜牧心中深感壓抑，正如他在《大雨行》中所述：「三吳六月忽淒慘，晚後點滴來蒼茫。」「太和六年亦如此，我時壯氣神洋洋。東樓聳首看不足，恨無羽翼高飛翔。」「今年闒茸鬢已白，奇遊壯觀唯深藏。景物不盡人自老，誰知前事堪悲傷。」

八三八冬，杜牧被任命為左補闕、史館修撰，因為京官俸祿微薄加之在長安也沒有家業，所以直到第二年初杜牧將弟弟託付給時任江州刺史的堂兄杜慥代為照料之後，二月才從江州出發回京任職。回京前後，杜牧作了一首《自宣城赴官上京》的詩，感嘆他入仕以來的十一年，雖然沒有大展宏圖，可是卻飄蕩江湖、流連江山，似乎也並非一無是處。這是杜牧此時最真實的心理寫照，耐人尋味：

瀟灑江湖十過秋，酒杯無日不淹留。謝公城畔溪驚夢，蘇小門前柳拂頭。
千里雲山何處好，幾人襟韻一生休。塵冠掛卻知閒事，終擬蹉跎訪舊遊。

那首著名的《過華清宮》也是此次回京路過驪山時所作：

長安回望繡成堆，山頂千門次第開。一騎紅塵妃子笑，無人知是荔枝來。

千首詩輕萬戶侯

八四〇年，已升任膳部員外郎的杜牧不放心弟弟，冬天到江州探望，留居到第二年四月才啟程回京，回京後不久轉任比部員外郎，隸屬刑部，但第二年就外放黃州（今湖北黃岡）刺史，兩年後又遷池州（今安徽池州）刺史，兩年後又遷任睦州（今杭州建德、桐廬、淳安一帶）刺史。

杜牧雖然是個風流公子，但年輕時就知道體恤民情，還曾寫過一首《題村舍》表達對百姓疾苦的同情：「三樹稚桑春未到，扶床乳女午啼饑。潛銷暗鑠歸何處，萬指侯家自不知。」所以，他在出任黃州刺史的時候，祛除弊政，為百姓謀福利。當時地方每逢臘月祭祀，小官小吏藉機魚肉百姓，公然向百姓索要祭祀用的酒肉及其他雜物，並且索要之量遠超所需，然後據為己有，百姓苦不堪言。杜牧到任後聽說此事，嚴加調查。他還不斷訓誡治內官吏，購買民間物品時要公平，當百姓前來告狀時要耐心體諒、公正判斷。

在池州任上，詩人張祜前來拜訪，杜牧與他相見甚歡。張祜當時文才不錯，但一直沒有得到任用。當兩人談起往事時，張祜向杜牧說了這麼一件事：當年白居易任杭州刺史時，張祜前去請求他貢舉自己進京應考，那時徐凝也來請託，白居易就當場出題考他們兩人，考完之後取了徐凝，而非張祜。張祜憤憤不平地說：「白居易也是有詩名的人，為何就不能明辨高下呢？」大概杜牧也和白居易關係不太好，聽了張祜的話自然為他打抱不平，後來作了一首《登池州九峰樓寄張祜》，將張祜引為懷才不遇的同伴，睥睨王侯，笑傲江湖：

百感中來不自由，角聲孤起夕陽樓。碧山終日思無盡，芳草何年恨即休。
睫在眼前長不見，道非身外更何求。誰人得似張公子，千首詩輕萬戶侯。

睦州是一個沿江的小郡，四周群山環抱，荒涼偏僻，附近千餘戶人家，白天煙霧繚繞，晚上野獸惡鳥爭相嚎叫，令人心驚膽戰。這裡許多人吃都吃不飽，生了病也無處就醫，非常貧窮落後，人們多數時間都窩在家中，很少外出。這使得杜牧非常想念小時候生活的樊川別墅，如在《憶遊朱坡四韻》所寫：「秋草樊川路，斜陽覆盎門。獵逢韓嫣騎，樹識館陶園。帶雨經荷沼，盤煙下竹村。如今歸不得，自戴望天盆。」

好在不久之後杜牧獲得升遷，升任司勳員外郎、史館修撰，這多虧了剛剛升任宰相的老朋友周墀的幫助。九月，杜牧從睦州啟程回京，十二月抵達長安，兩年後升遷為吏部員外郎。但由於京官俸祿不多，加上杜牧家中並無多少積蓄，且患眼病的弟弟一家需要接濟，杜牧的日子一直過得緊巴巴，所以他上書宰相請求外放杭州做刺史，但由於老友周墀已經罷相，他的請求沒被許可。後來杜牧再三請求說：「舍弟不幸失明，窮居東海，只有一兄卻因不在一郡而不能照顧，希望能夠獲允，求異士為其治病。」最後，朝廷終於允許杜牧外放湖州刺史。

傳說杜牧這次來湖州，背後還有年輕時的一段緋聞。他在宣州任上時就經常去湖州玩，在一次龍舟比賽中發現了一個老婦人，帶著一個荳蔻年華的婀娜小姐，杜牧非常喜歡，便請當地的朋友將老婦人和小姐請來。母女倆很害怕，杜牧說：「夫人，在下杜牧，現為宣州府掌書記，見小姐驚為天人，如不嫌棄，願與小姐預訂終身。」老婦說：「公子倒是一表人才，可是如果失約該當如何？」杜牧拱手說：「十年之內，我必主政此地，到時明媒正娶，迎娶小姐。如果十年不來，夫人與小姐就不必再等。」老婦同意了，接受了杜牧下的聘禮。可是當杜牧終於來到湖州時，已經是十餘年之後，杜牧打聽到了這母女兩人的消息，得知當年的女子早已嫁作他人婦。杜牧無奈，寫了一首《嘆花》聊遣愁懷：「自恨尋芳到已遲，往年曾見未開時。如今風擺花狼藉，綠葉成蔭子滿枝。」

杜牧在湖州刺史任上只做了一年，又擢升為考功郎中、知制誥，考核百官、起草詔令，官位顯要，但是杜牧並不看重，所以回長安時顯得很不情願。這一年，他心心念念的弟弟病逝，他的好友周墀也在外放劍南川東節度使任上病逝。這兩件事讓杜牧備受打擊，非常淒切，他在弟弟的墓誌銘中寫道：「我今年五十歲，假使能再活十年，到六十歲就不算早夭了。那時與你分別就三千六百天了。可是如今我多病早衰，還能指望活到六十歲嗎？」

第二年杜牧再次擢升，官至中書舍人，是一個相當重要的官職。從湖州刺史任上回來後，杜牧將積蓄拿來修葺了祖父杜佑留下來的那座樊川別墅。此後，就經常邀請朋友去樊川別墅宴飲聚會，有一次酒酣，杜牧叫來他的外甥裴延翰，對他說：「司馬遷曾說自古富貴而其名磨滅的人數不勝數。我小時候就在這裡生活玩耍，年老後也要在這裡做一個樊上翁，我不期望富貴，留下來的百十篇文章將來作集，就叫《樊川集》，到時候你幫我整理作序。這樣，我對著樊川的一草一木、一魚一禽就無遺憾了。」這一時期，杜牧認識了小他九歲的溫庭筠，即那位寫了「梧桐樹，三更雨，不道離情正苦。一葉葉，一聲聲，空階滴到明」（《更漏子．玉爐香》）的詞人，杜牧對他很是欣賞，溫庭筠也曾獻詩給杜牧希望得到他的引薦，但沒有結果。

八五二年冬，杜牧得了重病，久久不癒，便寫了一篇墓誌銘自述生平，後來又作了一首詩獻給當朝宰相裴休，說自己大限將至，所謂「孤墳三尺土，誰可為培栽」（《忍死留別獻鹽鐵裴相公二十叔》）。不久之後，杜牧就離開了人世。

「相見時難別亦難，東風無力百花殘」

唐代詩壇最後一顆明星——李商隱

少年遇恩師

八二八年，登基一年多的唐文宗李昂對勢力龐大的宦官集團忍無可忍。尤其是炙手可熱的神策軍中尉王守澄，以一介宦官之身，參與毒害唐憲宗李純，後來歷經穆宗、敬宗兩朝，非但沒有受到懲罰，反而進一步掌控政權，在牛李兩黨爭權時左右逢源，以至於在朝中掌權長達十五年。文宗自知宦官專權貽害無窮，想一舉摧毀之以絕後患，可是在宦官集團的操縱之下，朝中哪裡還有皇帝可用的人？於是，文宗昭告天下，舉薦賢良方正，想選拔培植一些可用之才。此次賢良方正選舉考試之後，考官們看到了一篇討論宦官干政誤國並痛陳興利除弊方法的策論，覺得酣暢淋漓，甚至有人把這篇策論的作者比作漢武帝時的董仲舒。這位作者叫劉蕡，是八二六年的進士，尚沒有官職。但是主考官怕得罪強大的宦官集團，對朝政及自身不利，雖然心中讚賞策論之議，卻還是將這篇文章扣了下來。

此次選舉賢良方正登科者二十三人，其中自然沒有劉蕡的名字，但是他的策論文章已經流傳出去了，所以剛剛放榜就引起了軒然大波。一同應考的河南府參軍李郃尤其為此憤憤不平，甚至在大榜前面就說：「劉蕡下第，我們這些人卻登科，真是羞慚啊。」隨後，李郃又上疏皇帝，懇請將授予他的官職讓給劉蕡，自然被朝廷置之不理。文宗聽說此事，心中惱怒，但由於登基不久，怕任用劉蕡之後激怒宦官危及自己的帝位，也就睜一隻眼閉一隻眼，讓這件事不了了之。因為這件事，社會上流傳著不少討論宦官專政的文章，其中《才論》、《聖論》兩篇在文人士大夫中間廣為流傳，獲得不少讚許。時任戶部尚書的令狐楚尤為讚賞。

這兩篇雄論正出自李商隱之手，他時年十五歲，早就因擅長古文而聞名鄉里。李商隱出生於滎陽，兩三歲時隨父親遷往浙江，不到十歲時父親病逝，便與母親、弟弟、妹妹們一起遷回滎陽老家生活。由於是家中長子，需要為母親分擔供養家庭的責任，所以他很早就過上了一邊讀書一邊「傭書販舂」的半工半讀生活，即為別人抄書、幫別人舂米，以此掙些小錢，補貼家用。李商隱沒想到自己的兩篇政論文章受到如此熱烈的好評，第二年他便從滎陽來到洛陽，打算為入仕做準備。恰巧這一年三月，戶部尚書令狐楚改任檢校兵部尚書、東都留守、東畿汝州都防禦使，任所正在洛陽。同一年，著名詩人白居易也改任太子賓客分司東都，來到了洛陽。就這樣，因緣際會，李商隱剛來洛陽，就一下子遇到了兩位欣賞他的伯樂。

這確實是一個不錯的開始。史書沒有記載李商隱拜見令狐楚時的情景，但從兩人後來的交往中可以看出，令狐楚對這個看上去瘦弱、沉穩、謙遜但不乏思想和膽識的青年人充滿了好感，幾乎在第一面之後便決定助其成材。令狐楚後來是以不言自明的老師身分和李商隱相處的，他親自教授李商隱今體、章奏之類的實用寫作，幫他為日後的應舉出仕做準備。除此之外，這位六十多歲的老人還給他一些零用錢，幫他置辦行頭，補貼其家用，簡直把他當兒子看待了。

這一年十一月，令狐楚升任檢校右僕射、鄆州（今山東東平）刺史、天平軍節度使、鄆曹濮諸州觀察使。上任前，令狐楚聘請李商隱作為他的隨從巡官，跟他一起出任山東。這是李商隱第一次以公職身分離家遠行，一路上目睹了由於藩鎮之亂造成的種種破敗景象，可以說令多數時間生活在太平之地的李商隱觸目驚心，所謂「可惜前朝玄菟郡，積骸成莽陣雲深」（《隨師東》），同時也為朝廷不用賢人執政導致國家內亂不休而慨嘆，「但須鸑鷟巢阿閣，豈假鴟鴞在泮林」（《隨師東》），把那些只知鉤心鬥角的小人佞臣比作凶險不祥的貓頭鷹。一路走來，李商隱對令狐楚的為人、為官、見識、學識、才能都非常敬佩，也由衷地感激令狐楚對自己的知遇和栽培，特意寫了一首《謝書》詩來表達自己的感激：

微意何曾有一毫，空攜筆硯奉龍韜。自蒙半夜傳衣後，不羨王祥得佩刀。

接下來就是應舉考試了，考了兩年都以落第告終。李商隱多少有點失望，八三三年恩公令狐楚奉詔回京，他則乾脆回老家閒居，這期間經常去玉陽山學道，這一學，斷斷續續就是三四年。這段學道生涯，對李商隱當時的入仕追求影響並不大，但當他在面臨更多的現實困境後寫下的那些隱晦難懂的詩句中，誰也無法拂去這幾年道學薰陶的影子，甚至可以說，他那些意境幽冷的詩歌就如同一粒粒令人難解的仙丹，閃爍著幽暗的神秘光澤。但他始終沒有放棄，年年應舉，屢敗屢戰。一開始落第，他覺得也在情理之中，畢竟中進士並沒有那麼容易，但連續三四次落榜之後，他心中的怒火就熊熊燃燒了，而這怒火的燃料就是他所認為的社會不公、奸人當道。「鸞皇期一舉，燕雀不相饒」（《送從翁從東川弘農尚書幕》），他憤怒於自己空有滿腔熱血與才華，卻礙於小人當道，沒有施展的舞臺。

八三五年春試再考，再不中，遂回家，斷斷續續上玉陽山學道。一來二去，出了事情：正值青春的李商隱和道觀裡的一位姓宋的女道士發生了戀情，正如《碧城三首》所寫。從一開始的眉來眼去到後來的頻頻密會，從最初的詩樂傳情到後來的觀中密會，從一開始因衝動初嘗禁果到後來意欲長相廝守，兩人雙雙墜入愛河並且越陷越深。傳說這位道姑是一位公主的侍女，後來隨著公主下山回宮去了。這段火熱的戀情隨著她的離開立刻變得如死灰一般，沒有一點溫度了，而周圍的一切無論春風還是秋陽，在李商隱這裡都成了淒風冷雨。創作於多年後的《春雨》一詩，據說就是對這段戀情的懷念：

悵臥新春白袷衣，白門寥落意多違。紅樓隔雨相望冷，珠箔飄燈獨自歸。
遠路應悲春晼晚，殘宵猶得夢依稀。玉璫緘札何由達，萬里雲羅一雁飛。

雖然分開了，但是令狐楚始終沒忘記他的得意門生李商隱，所以在覺得時機成熟的時候，指派他當時已在朝任官的兒子令狐綯前去向主考官請託。李商隱的得意文章，他每有機會就向別人推薦，每年如此，不厭其煩。八三七年的一天，令狐綯退朝後遇到當年主管進士考試的高鍇，相互問好致意，高鍇一向敬重令狐楚的賢明和才德，便向令狐綯打聽當今有才能的年輕人。高鍇作揖問道：「八公子的朋友中，誰最賢能啊？」令狐楚絢不含糊地說：「回高大人，李商隱是賢才。」為了強調，特意說了三遍。

這一年，八三七年，李商隱再舉應考，果然進士及第，取得了步入仕途的資格。這一年李商隱二十四歲，在「三十老明經，五十少進士」的唐代科舉這條路上，算是少年得志。

陷入黨爭的少進士

八〇九年唐憲宗在位時，長安選舉賢良方正，進士牛僧孺和李宗閔應考時在策論中批評當朝不能任用賢能、廣開言路，論述非常精彩，考官便把他們推薦給了皇上。當時把持朝政的宰相李吉甫聽說此事後，怕這樣的策論對自己不利，就對皇上說牛李二人與考官有私交，相當於說考官徇私枉法。憲宗大怒，不但將牛李二人放還，幾個考官也都被降了職。但因這是無中生有，自然引起了朝野上下一片譁然，同情牛李二人的官員們為他們鳴不平，同時大力彈劾長期嫉賢妒能的李吉甫。皇帝迫於壓力，只好任用牛僧孺、李宗閔二人，同時罷去李吉甫的宰相之職。如此一來，彈劾和沒有彈劾李吉甫的人自然分作兩派。但這還是最初。

八二一年禮部考試放榜之後，中書舍人李宗閔之婿蘇巢、時任主考官的右補闕楊汝士之弟楊殷士、時任宰相裴度之子裴撰都赫然在列。前任宰相段文昌對此憤憤不平，向皇帝奏稱禮部貢舉不公，錄取的人都是關係戶。穆宗便問時任翰林學士的李德裕、元稹、李紳，他們說段文昌所說確是實情。穆宗為了謹慎起見派人複試，原榜中第的十四人中，僅有三人勉強及第，大怒，原考官錢黴、楊汝士及中書舍人李宗閔都因此被貶官，李、楊耿耿於懷。這個李宗閔就是當年被李吉甫打壓的李宗閔（**牛僧孺影響大於李宗閔，因此這一派以牛僧孺為首，稱為「牛黨」**），而這位李德裕正是李吉甫的兒子，黨爭自此白熱化。

史書上說：「自是德裕、宗閔各有朋黨，更相傾軋，垂四十年。」（**《資治通鑑》**）牛李黨爭不僅在朝廷上形成派系、相互傾軋，一派當權，則另一派必然被打擊報復、貶謫流放，如此反覆，致使朝堂政事缺乏穩定性和延續性，並且這幾十年間，幾乎所有入仕的文人都難以擺脫黨爭的政治漩渦，往往深陷其中，難以自拔。同時，因為需要倚重於宦官和皇帝溝通，這在很大程度上又助長了宦官干政的氣焰。文宗李昂曾感慨：「去河北賊易，去朝廷朋黨難。」可見朋黨之爭是多麼讓唐王朝的統治者束手無策。

新中進士的李商隱自然也無法置身事外，他非但不能，而且大概由於年輕氣盛、功名心切，比其他人更早、更明顯地踏入了這攤爛泥，加之晚唐糟糕的政治環境，這一步就如同魔咒一般影響了他的一生，令本來就並不擅長人事與政治的李商隱左右為難，不知所措。

八三七年，知道自己終於進士及第的李商隱自然歡欣鼓舞，當即寫信給令狐楚表示感謝：「二十四日放榜，我有幸名列其中，無比感恩慶幸……您不怕別人議論不公，由於對我的關愛，出面關照，盡心栽培，使我區區才華得以有施展之機……」（**見《上令狐相公狀》**）此時的令狐楚是興元（今陝西漢中）尹、充山南西道節度使，令狐楚待李商隱如愛子一般，所以在需要人才時，自然首先想到的是自己人，所以也不顧尊卑，向李商隱發出好幾次邀請，催他盡快前來。但李商隱要參加朝廷為當期進士舉辦的諸多例行儀式，如送喜報、謝座主、拜宰相、杏園探花宴、大雁塔題名、曲江池歡慶等，接下來還準備回河南看望母親，要到中秋前後才能去興元拜望恩師。

但是中秋前後，李商隱也並沒有到興元，而是去了長安，在同榜進士韓瞻的介紹下，結識了涇原（今甘肅涇川一帶）節度使王茂元。韓瞻是王茂元的大女婿。因為這種關係，王茂元非常信任李商隱，也很欣賞他，甚至準備把小女兒嫁給他。李商隱心情大好，心想趁著好時光先把兩件人生大事辦妥，再去拜見恩師不遲。於是在長安和涇原間奔走，專事交遊，這其中也包括請託有地位的人為自己說媒——雖然王茂元已經同意這門婚事，但是人們看重的明媒與正娶，一項都不能缺少。李商隱幾乎忘記了恩師的催促，所以直到這一年十一月接到恩師令狐楚病危的急信，才從長安快馬賓士前往興元。

李商隱確實沒有想到令狐楚的病情這樣危急，等他趕到節度使府的時候，令狐楚已經連藥都不再吃了，因為他知道自己命數將盡。李商隱跪在令狐楚的床榻前，看他枯瘦如柴，兩眼渾濁，全然不是幾年前帶著自己出任山東時威風凜凜的將軍了，為自己的晚來內疚不已。令狐楚對他說：「我氣息虛弱，魂魄大概也已將盡，才情文思都衰竭不復，但心中還有一念，想寫成文書奏稟天子，又擔心語無倫次。你來了正好，一定要幫我完成這篇奏表。」說完這番話，令狐楚還是自己拿起筆寫道：「臣永惟際會，受國深恩。以祖以父，皆蒙褒贈；有弟有子，並列班行……」（見《新唐書》）寫完，又對他的兒子們說：「我生平對人無所補益，死後不要請贈謚號。殯葬那天，不要請用鼓吹奏樂，僅用布帳喪車一輛，此外不要再加裝飾。碑銘墓誌只記宗族，撰寫碑文不請高官。」

令狐楚本來就是當時寫奏章的高手，他臨死還急命李商隱前來，說讓他協助自己寫完最後的奏表，而實際上又全是自己動手，用意非常明顯。李商隱是他栽培多年的人才，他想利用臨終上表的機會，用自己的才能、威望和影響力再幫李商隱一把。此外，他患病日久再三徵召而李商隱久久不來，必然引起家人的意見，他想藉此機會告訴家人們，要不計前嫌，要像他一樣寬厚對待李商隱，不可因此而責怪於他。李商隱追悔不及，痛不欲生，在痛苦、內疚中寫下了一篇《奠相國令狐公文》，在其中尊稱令狐楚為夫子，將其比作賢德仁厚的伯夷，寫道：「聖有夫子，廉有伯夷。浮魂沈魄，公其與之。故山巍巍，玉谿在中。送公而歸，一世蒿蓬。嗚呼哀哉！」

李商隱和令狐楚諸子一同將令狐楚的靈柩奉送回長安，辦完喪事後，繼續張羅自己的前程與婚事。李商隱先是參加八三八年博學鴻詞科授官考試，但考官中有人聽說令狐楚病重時李商隱不前去探望之事，斥之為忘恩負義，將他除名。這令李商隱非常憤怒，然而也無可奈何，最後只好投奔自己的準岳父王茂元，在其節度府充任幕僚，不久後便娶王茂元小女為妻。但是這些喜事始終無法沖淡被除名之事對李商隱的羞辱。有一天他在涇原節度府的城樓上遠望，想起此事，激憤不已，寫下了憤恨而豪邁的《安定城樓》：

迢遞高城百尺樓，綠楊枝外盡汀洲。賈生年少虛垂淚，王粲春來更遠遊。
永憶江湖歸白髮，欲回天地入扁舟。不知腐鼠成滋味，猜意鵷雛竟未休。

鵷雛是古代傳說中一種類似鳳凰的鳥，李商隱以此自比，把官職利祿比作腐敗了的老鼠肉，說自己並不是汲汲於這些小恩小惠之輩，而那些當權者卻以己度人，據官職利祿為己有，猜忌打壓他。此時的李商隱心裡也非常清楚，僅僅是一場婚姻，已經使他陷入牛李黨爭的泥潭，只是他年輕氣盛，還不知道一旦墮入，就有可能在仕途上萬劫不復。令狐楚從政治上來講屬於「牛黨」一派，而王茂元與李德裕親近，屬於「李黨」一派。李商隱從令狐楚的得意門生轉而成為王茂元的乘龍快婿，自然會被視為從牛黨轉投李黨，而從他後面的交往可以看出，他還有一些屬於「牛黨」的朋友。也許這是出於跨越黨爭的想法，但在現實層面非但不可能，反而兩邊都不討好。這確實是一種十分尷尬的處境。

好在八三九年李商隱再次參加授官考試時不再有人為難他，遂中第，授秘書省校書郎一職，不久後調任弘農（今河南靈寶）縣尉。官職卑微，本來李商隱就看不上，後來由於沒跟縣令商量私自給一個囚犯減刑，招致了縣令的不滿，這使李商隱在弘農的處境更加艱難。不久之後他就找理由請長假回長安去了。他在為此所作的詩中寫道：「黃昏封印點刑徒，愧負荊山入座隅。卻羡卞和雙刖足，一生無覆沒階趨。」（《任弘農尉獻州刺史乞假歸京》）他對這些官場紛爭與是非厭倦透頂，甚至羡慕因獻美玉而慘遭砍去雙足的卞和，他失去雙足，卻再也不用追求加官晉爵，不用趨炎附勢。到八四〇年，他乾脆辭去了弘農縣尉一職。

未老先衰的失意人

八四二年，李商隱再次被授官，拜為秘書省正字，但不久後母親去世，他必須辭官丁憂，在家三年。八四三年，他身居要職的岳父王茂元還沒來得及幫襯這個女婿，便猝然病逝。這三年是「李黨」李德裕深受唐武宗信任的三年，一般認為，李商隱因此錯過了在仕途上的絕好機會，因為待他丁憂滿期，再入朝就任秘書省正字一職，不久後武宗逝世宣宗即位，李德裕很快就被罷相外放，「牛黨」主政，「李黨」一派很快就哀鴻遍野。實際上也並不一定，因為李德裕在朝為政始於李商隱初次入仕的八三九年，並且李商隱返朝入職是在八四五年，而此時離李德裕罷相還要再過一年。可見牛李二黨到底誰來主政，對於初出茅廬的李商隱來說似乎並不重要，換句話說，無論是在李德裕那裡，還是在牛僧孺那裡，李商隱官職卑微，都顯得無足輕重。

這段閒居期間，李商隱給不少人題詩贈賦，但其中沒有幾個是「李黨」，反而以「牛黨」為主，如給令狐楚的兒子、時任考功郎中的令狐綯，受牛僧孺器重的司戶劉蕡。這或許可以說明李商隱確實不在乎政治站隊，他心中沒有明顯的兩黨界限，所以，一般所說的因為他迎娶了李黨王茂元的女兒而深受牛黨令狐綯的排擠打壓，幾乎是站不住腳的。他在給令狐綯的《寄令狐郎中》一詩中嘆息自己貧病交加，仕途不如意，如此寫道：

嵩雲秦樹久離居，雙鯉迢迢一紙書。休問梁園舊賓客，茂陵秋雨病相如。

這時候的李商隱才三十歲出頭，但總體上情緒落寞，精神消沉，彷彿已經是見慣世間萬象、早早步入暮年的老人。他那首著名的《樂遊原》就是最好的刻畫。一天傍晚，他心中落寞，便驅車出門，登上了長安城外的樂遊原。這裡地勢高而風光壯闊，可以一覽長安城的全景。當時夕陽西下，城中高聳的宮殿鱗次櫛比，在夕陽的餘暉中有如塗上了泛紅的黃金，熠熠生輝。但沒過多久，黑夜降臨，那些巍峨的建築就逐漸隱入夜色。這本是極其平常的晝夜輪替現象，而當出現在詩人筆下時，卻如同大唐王朝的一個預言。全詩這樣寫道：

向晚意不適，驅車登古原。夕陽無限好，只是近黃昏。

需要特別一提的是，這一時期李商隱贈詩最多的人是劉蕡，多達五六首。劉蕡就是當年那個因為在策論中呼籲廢除宦官專權，一石激起千層浪的年輕進士，當年的他是多麼的見識高超且抱負遠大，有識之士中，幾乎沒有人不認同他的觀點，也沒有人不佩服他的見識和膽略。然而正因這樣雄辯的利國之論，他被整個宦官集團記恨在心，並因此而始終沒有出頭之日。劉蕡的處境讓李商隱聯想到自己，同病相憐，同樣的才華橫溢，同樣的一心報國，卻因為宦官專權和朋黨相爭的不正之風，而進身無階。「萬里相逢歡復泣，鳳巢西隔九重門」（《贈劉司戶蕡》），兩人在異鄉相逢，兩身疲憊，要見深宮之中的皇帝，更是遙不可及。當幾年後，傳來劉蕡死訊時，李商隱更是悲痛欲絕，接連寫了好幾首詩「哭劉蕡」，甚至比當年恩師令狐楚去世時更加悲痛欲絕。因為經過幾年宦海浮沉，他更知人世艱難，而更重要的是，對於劉蕡的處境，他感同身受。如《哭劉司戶二首》：

其一

離居星歲易，失望死生分。酒甕凝餘桂，書籤冷舊芸。
江風吹雁急，山木帶蟬曛。一叫千回首，天高不為聞。

其二

有美扶皇運，無誰薦直言。已為秦逐客，復作楚冤魂。
溢浦應分派，荊江有會源。並將添恨淚，一灑問乾坤。

當時聲名卓著的大詩人白居易非常欣賞李商隱，晚年經常讀李商隱的詩文。有一天，白居易見到李商隱，當著他的面說：「玉溪啊，我死後，如果能投胎做你的兒子就心滿意足了。」這讓作為晚輩的李商隱一時不知如何是好，而白居易卻哈哈大笑，一笑了之。八四六年，白居易逝世，巧不巧，沒過多久，李商隱還真得一子。想起白居易當時的玩笑，李商隱也沒多想，很豪邁地給這個兒子取了個小名，叫「白老」。這只是個傳說，但李商隱這一年得子是事實，添子是喜事，這多少讓他心情好一些。

八四七年，在長安升遷無望的李商隱，跟隨因李德裕罷相而受到牽連的給事中鄭亞前往桂林，在他的幕府任職。初到桂林的李商隱過了一段短暫的安穩日子，他想自放南方，遠離政治，只求獨善其身，安度後半生。春夏之交的一天，李商隱外出散步，看到陰暗角落裡一天都沒見到陽光的野草卻在夕陽西下時被照得光芒四射，無比漂亮，不禁心生感動，覺得也許自己以後的際遇也會像這野草一般因得到上天的眷顧而有所改善。他的那首名作《晚晴》正是對這次散步所見所感的記錄：

深居俯夾城，春去夏猶清。天意憐幽草，人間重晚晴。
並添高閣迥，微注小窗明。越鳥巢乾後，歸飛體更輕。

但是不足一年，鄭亞再次被貶，李商隱因此失業，不得不長途跋涉重回長安。八四八年再次應考，最後又被授予一個縣尉，這相當於他在仕途上追求近十年後又回到了原點——他最初的官職即是縣尉。八四九年，李商隱受武寧軍節度使盧弘正邀請，前去徐州做他的幕府判官，直到約兩年後盧弘正病逝，李商隱又一次失業，落寞回京。這一時期，他有一首名作《賈生》，詩中寫道：「宣室求賢訪逐臣，賈生才調更無倫。可憐夜半虛前席，不問蒼生問鬼神。」詩人對唐朝政治已經完全失望，嘆息它「不問蒼生問鬼神」，對自己的仕途也幾乎心灰意冷。

晚景淒慘，恍若隔世

歷來傳說令狐楚逝世後，令狐綯一直對李商隱排擠打壓，甚至還流傳著李商隱前去令狐府求見吃閉門羹，而後題詩羞辱令狐綯的說法，這些在加強李商隱的悲慘命運及故事的曲折性方面確實有作用，但不符合事實，且對令狐綯其人非常不公。一則，唐代社會雖然流行舉薦，但如果舉薦不當往往會連累自身，輕則被貶官，重則甚至性命不保，所以除非位高權重，舉薦一個人並沒有那麼簡單，不是誰都敢於隨便舉薦，更不是說想舉薦就能舉薦成功的。二則，八五一年前後李商隱從徐州返回京城的路上就提早寫信給已任宰相之職的令狐綯，請他幫自己留意朝廷的職位，後來確實通過令狐綯的幫助獲得了太學博士一職，還曾寫了第二封信感謝令狐綯的提攜。這件事可由李商隱的兩篇啟得以印證，分別是《上時相啟》和《上兵部相公啟》。

令狐綯或許確實因為李商隱對他父親令狐楚臨終前的召喚怠慢而心有不悅，但還不至於因此而處處壓制李商隱。若其果真心胸狹窄，不能容人，又如何能登上宰相之位，且居相位長達十年之久？有人說令狐綯是迫於人言的壓力，才幫助李商隱獲取太學博士一職，這更是無稽之談。以當時朝政形式和令狐綯的名望，以李商隱忽左忽右的政治立場，令狐綯能迫於什麼樣的壓力，又會迫於誰的壓力？如果僅憑對一些詩歌的演繹推測而硬生生將令狐綯推上心胸狹小、不仁不義、見死不救的斷頭臺，顯然是不妥的，既對不起令狐綯，也對不起李商隱。

但不知什麼原因，李商隱並未就任這個太學博士，而是應東川節度使柳仲郢之邀，去梓州（今四川綿陽境內）做他的幕僚。李商隱剛到蜀地不久，便收到妻子從長安寄來的家書，問他何時回家。詩人拿著這封家書，心中無限凝重，連綿的大雨快要下滿門外的池塘，而每一絲雨都帶著秋天的涼氣。家書還沒有回覆，一時感慨，先作了一首詩，在詩中對妻子說，等我北回長安，我們秉燭長談，好好跟你說說我在蜀地雨夜看你寫來的家書時心中所思所想。這就是著名的《夜雨寄北》：

君問歸期未有期，巴山夜雨漲秋池。何當共剪西窗燭，卻話巴山夜雨時。

然而，他沒有想到的是，這份落寞的浪漫，他的妻子再也無福消受了。幾個月之後，他才得到消息，原來他的結髮妻子正是在他收到家書後不久的那個夏秋之交，寂然病逝。這對李商隱來說，無疑又是一次沉痛的打擊，妻子去世，他的人生就少了牽掛，活得更如浮萍。他為此感到痛心，也深感歉疚。回想他們初相識的那個春天，她美貌溫柔，他才華橫溢，新中進士，意氣風發，一切都欣欣向榮。可是這個開始就如同一個假象，不斷令他失望，不斷令他心灰意冷，不斷讓他忍辱奔波，而留下妻兒在家獨守空房。妻子去世後，孑然一身的李商隱在第二年春天，寫下一首《憶梅》，寥落孤寂，追憶往事：「定定住天涯，依依向物華。寒梅最堪恨，常作去年花。」

接下來的幾年之中，李商隱一直在柳仲郢的節度府，其間的大部分時間都鬱鬱寡歡，一度對佛教產生了濃厚的興趣，多與當地僧人交往，還曾經捐贈俸祿，用於刻印佛經，甚至還曾動過出家為僧的念頭。此時的李商隱生活清貧，但平淡而穩定，已全無功名心，精神脆弱又傷感，經常往事如潮水般湧來。和朋友一起吃飯，朋友有事要離席，他都會傷感地說：「人生何處不離群，世路干戈惜暫分。」（《杜工部蜀中離席》）和朋友一起喝酒賞樂，酒酣之時他會突生人生無常之感，覺得人生處處是戰場，戰功名，戰生死，所謂「江海三年客，乾坤百戰場」（《夜飲》）。而最能體現他這一時期生活的，則是《初起》一詩，三年巴蜀生活如同雲霧繚繞，往事迴腸，就像在夢裡一般，又恍若隔世，非常不真切：

想像咸池日欲光，五更鐘後更迴腸。三年苦霧巴江水，不為離人照屋梁。

八五五年十一月，柳仲郢奉詔回京，也帶著李商隱回來了，給他安排了一個沒有多少前景但收入還算豐厚的鹽鐵推官。接下來幾年，李商隱都在長安，有時也和親人朋友聚會歡飲。有一次和自己的妻姐一家吃飯，年僅十歲的外甥即席賦詩，滿座皆驚，贏得大家的讚譽，李商隱很高興，也當場作了兩首詩，說以後要向這個十歲的小外甥學習，題為《韓冬郎即席為詩相送，一座盡驚，他日余方追吟「連宵侍坐徘徊久」之句，有老成之風，因成二絕寄酬，兼呈畏之員外》：

其一

十歲裁詩走馬成，冷灰殘燭動離情。桐花萬里丹山路，雛鳳清於老鳳聲。

這位被李商隱如此誇讚的韓冬郎就是晚唐詩人韓偓。總體而言，此時的李商隱了無進取之心，參佛修道，精神經常縈繞在虛無縹緲的往事中，他那幾首十分經典卻也十分難解，至今也不知所寫為何事（也有人說，這組詩是詩人在追憶年輕時期的愛情）的《無題》詩正是作於這個時期：

其一

相見時難別亦難，東風無力百花殘。春蠶到死絲方盡，蠟炬成灰淚始乾。
曉鏡但愁雲鬢改，夜吟應覺月光寒。蓬山此去無多路，青鳥殷勤為探看。

其二

來是空言去絕蹤，月斜樓上五更鐘。夢為遠別啼難喚，書被催成墨未濃。
蠟照半籠金翡翠，麝薰微度繡芙蓉。劉郎已恨蓬山遠，更隔蓬山一萬重！

其三

昨夜星辰昨夜風，畫樓西畔桂堂東。身無彩鳳雙飛翼，心有靈犀一點通。
隔座送鉤春酒暖，分曹射覆蠟燈紅。嗟餘聽鼓應官去，走馬蘭臺類轉蓬。

八五八年，李商隱辭去鹽鐵推官，回到河南鄭州閒居，落寞孤寂，細想平生，百感交集，想到當年那些建功報國的理想，如今更是枉談。正如《幽居冬暮》所寫：「羽翼摧殘日，郊園寂寞時。曉雞驚樹雪，寒鶩守冰池。急景忽雲暮，頹年寖已衰。如何匡國分，不與夙心期。」還沒過完這個冬天，李商隱就悄然病逝了，逝世前給我們留下了一首更加撲朔迷離的《錦瑟》：

錦瑟無端五十弦，一弦一柱思華年。莊生曉夢迷蝴蝶，望帝春心託杜鵑。
滄海月明珠有淚，藍田日暖玉生煙。此情可待成追憶，只是當時已惘然。

藏在唐詩裡的趣事 / 王月亮著. -- 一版.-- 臺北
市：大地, 2019.09
面：　公分. --（大地叢書：42）
ISBN 978-986-402-321-9（平裝）
831.4　　108013523

藏在唐詩裡的趣事

大地叢書 042

作　　者	王月亮
發 行 人	吳錫清
主　　編	陳玟玟
出 版 者	大地出版社
社　　址	114台北市內湖區瑞光路358巷38弄36號4樓之2
劃撥帳號	50031946（戶名：大地出版社有限公司）
電　　話	02-26277749
傳　　眞	02-26270895
E - mail	vastplai@ms45.hinet.net
網　　址	www.vastplain.com.tw
美術設計	成樺廣告印刷有限公司
印 刷 者	博客斯彩藝有限公司
一版一刷	2019年09月

大地
定　　價：280元